世界科幻大师丛书234

无线

WIRELESS
CHARLES STROSS

查尔斯·斯特罗斯
中短篇集

[英]查尔斯·斯特罗斯 著

龙 飞 等 译

四川科学技术出版社

图书在版编目（CIP）数据

无线：查尔斯·斯特罗斯中短篇集 / (英) 查尔斯
·斯特罗斯著；龙飞等译. -- 成都：四川科学技术出
版社, 2025. 2. -- (世界科幻大师丛书). -- ISBN 978-
7-5727-1731-4

Ⅰ. I561.45

中国国家版本馆CIP数据核字第20258GC486号
图进字：21-2022-368

世界科幻大师丛书

无线：查尔斯·斯特罗斯中短篇集

SHIJIE KEHUAN DASHI CONGSHU
WUXIAN：CHA'ERSI · SITELUOSI ZHONGDUANPIAN JI

著　者	[英]查尔斯·斯特罗斯
译　者	龙　飞等

出品人	程佳月
责任编辑	王双叶　兰　银
特邀编辑	兰　搏
封面设计	甄沛佳
版面设计	甄沛佳
内文制作	贺　静
责任出版	欧晓春
出　版	四川科学技术出版社
	成都市锦江区三色路238号　邮政编码：610023
	官方微博：http://weibo.com/sckjcbs
	官方微信公众号：sckjcbs
	传真：028-86361756
成品尺寸	140mm×203mm　　印　张　11
字　数	225千　　　　　　插　页　3
印　刷	成都日报锦观印务科技有限公司
版　次	2025年2月第1版
印　次	2025年4月第1次印刷
定　价	52.00元

ISBN 978-7-5727-1731-4

邮购：成都市锦江区三色路238号新华之星A座25楼　邮政编码：610023
电话：028-86361770

作者自序

你好,欢迎阅读《无线》。

这不是一本长篇小说,而是一本短篇小说集。这篇也不是一篇短篇小说,而是这本短篇小说集的序言。这不是小说,这是我通过文字传递到你的意识中的一系列概念,其中一些可能是错误的。**小心:思想观念领域,有恶龙出没……**

我是查尔斯·斯特罗斯,我不时会沉迷于一项爱好:写短篇小说。多年以来我一直在写(篇幅各异),把它们发表到杂志上。我的第一个短篇小说发表在英国的科幻杂志《中间地带》(*Interzone*)上,那是1986年的事。虽然写短篇收不到太多稿费,但我一直在写。即使现在全职写作,以此为生,我仍然坚持这么做。

在绝大多数小说类型中,短篇小说都是声名狼藉的死胡同。回顾二十世纪五十年代,每个报摊都有大量小说杂志,但杂志出版业的结构变化扼杀了小说市场，曾经是许多作家主要收入来源的东西变成了一片荒漠。短篇小说原本是科幻的重要组成部分，有悠久的创作传统，最早可以追溯到二十世纪二十年代和《惊异科幻》（*Astounding Science Fiction*）。而且，就月刊杂志而言，科幻小说的表现比其他文类更好。但即便如此，科幻也算不上短篇的沃土。由于出版业发展的方式，如果你想靠写作谋生，你真的需要写长篇小说。除了极少数个例外，短篇小说的稿酬非常低。

这种现象并非一直如此。直到二十世纪五十年代，科幻小说本身仍是一种新奇事物。早期著名科幻作家都以写短篇小说为主，比如艾萨克·阿西莫夫、罗伯特·海因莱因、阿瑟·克拉克，以及弗雷德里克·布朗、西里尔·科恩布鲁斯和阿尔弗雷德·贝斯特等名气稍逊的作家。每月发行的数十本杂志需要大量稿件，而且公众还没有完全沉浸于电视这种娱乐方式，因此这个领域非常广阔。但后来，电视彻底摧毁了短篇小说的市场，比摧毁广播明星更为彻底。它为疲惫的劳动者们提供了短篇小说之外的另一种选择，让他们可以轻松娱乐。

但是，短篇科幻小说仍旧存活到了今天。更讽刺的是，与其他类型的小说相比，它的状况要好得多。在其他类型文学中，短篇小说已经几乎消失了。当然，很难将其描述为生机勃勃，特别是与流行杂志的黄金时代相比。但科幻读者是传统主义者，我们这些人写短篇小说主要也不是为了赚钱，我们有别的、不太明显的动机。

（实际上，我不确定我认识的人里有谁仅仅为赚钱而写小说的。如果有串联词语、编成句子的本事，你有很多途径可以赚钱，其中大部分比自由撰稿的小说作家生活更加稳定。冒着以偏概全的风险说一句，写小说是这样一种行当——你之所以做这一行，是因为你**没有办法不这么做**。你大可以用商业成功的案例来证明这一行大有可为，但这种尝试最多不过是诡辩而已。如果史蒂芬·金没有凭《魔女嘉丽》获得成功，如果J.K.罗琳的第一本《哈利·波特》在第一版印刷一千册后就绝版——我敢打赌，他们仍然会继续写作。）

就我个人而言，我是一个沉迷写小说的人。我写作是因为脑海中有一堆非常棒的想法在嗡嗡作响，我需要把它们释放出来，否则我的脑袋会爆炸。但是有想法只是我写作的部分原因——不然，我可以只保留一本私人日记。另一个让我沉迷的原因是沟通的冲动，想接触和打动别人。（或者撬开他们的脑袋，灌进去一些不大和谐的观念，迅速搅拌，然后一脸怪笑悄悄离开。）我所认识的做这一行的人，他们肩上全都蹲着同样的小妖怪，正是它催促着他们出书或者毁灭，沟通或者死亡。

如果你有强烈的沟通需求，没有什么比来自公众的反馈更能引起你的注意——这是个信号，表明"信息已收到"。对于许多作家来说，金钱就是一种反馈形式。没有什么比预付款之后的第一笔版税支票更能说明"信息已收到"。这笔钱告诉你，真的有人出门上街，**买了你的书**。（更不用说这笔钱还能让你支付日常账单。）然后还有评论，无论是精彩的还是误解的，或者偶尔是精彩的误解，它们都会告诉你一些关于信息被接受或误解的情况。它们不能支付日常账单，但它们对我们仍然很重要。

但长篇小说的反馈很慢。而且，和作者付出的心血相比，这种反馈十分淡漠。就像在酿造过程中付出巨大的努力，得到的却只是一杯滋味寡淡的啤酒。

想象一下你有一份坐办公室的工作，你每天都得去上班，但有一个好处：办公室距离你的卧室门大约只有三米（没有漫长的通勤！）。你坐在那个办公室里写作，大部分时间都是独自一人，不会被打扰，也不会有人在附近（但愿如此！）。有时你会感到无聊，休息一两天，或者做家务，或者去购物。有时候你会发现自己在周六晚上十点还在工作，因为你周四和周五休假了。你耳旁萦绕着内心恶魔的低语，提醒你得加加班。你几乎总是独自一人。

写一部长篇小说通常需要一个月到一年的时间，有时更长，有时更短。一旦写完，你就可以把它交给你的代理人或编辑，之后它会消失几个月，等它重新出现时，已经改头换面，成了出版商产品线上的一个项目，通过一系列规定流程，最终成为成箱的成品书。虽然时间长短可以有些许变化，但一般来说，如果你交了一份稿，它需要一年的时间才会以精装版的形式出现（然后再过一年才会以平装版的形式再版）。

所以，你每年都会有一场新书问世的庆祝活动。然后书评和读者的评论会在几个月里慢慢涌现。然后漫长的沉默又开始了，只有一份奇特的粉丝来信不时打断沉寂（信件长篇大论地指出第七页那个大错特错、你和编辑都没发现的错别字——他之前的十六封电子邮件说的都是这件事）……

短篇小说则不同：它们更频繁地按下奖励-反馈按钮。（这就是为什么很多人在尝试写长篇小说之前先写短篇小说的原因。）写短篇小说让人有一种上瘾的感觉。你就像行为科学实验中的老鼠，正确完成某个复杂任务后，内侧前脑束会得到一点电击刺激作为奖励。短篇小说不需要花费数月或数年来写作（写得顺的话，只用几个小时或几天），不仅如此，你还可以将它们发给杂志或选集编辑，一两个月就有希望得到回复。更好的是，如果一家杂志决定购买你的故事，它可以在几个月内出版。老鼠，更用力地按按钮吧！这是一个很好的训练，可以让你获得足够的动力，以从事更加庞大、更加缓慢的长篇小说写作。

短篇小说出版很快，这又给了我写它们的第二个理由——我可以尝试那些无法运用于长篇小说的新想法。长篇小说是庞大而笨重的项目，需要很长时间才能组合在一起；相比之下，短篇小说是小说作家的实验工作台，是尝试新事物的快速载体。我可以排除其他一切，专注于特定的想法或技巧，既能使它更加突出，又能让我充分探索，无须担心是否会破坏情节推进、是否契合主角动机等问题。

稿费少也意味着风险小。写长篇小说，我承受不起在其中尝试

V

未经测试的新写作技巧的风险。最坏的情况是,当小说无法挽救时,我可能不得不把写了六个月的文字扔进垃圾桶。这种事本身已经糟透了,如果你是自由职业者且还有截稿期限的话,那完全可能是一场灾难。短篇小说却不一样,我可以消消停停地用一两天写一篇,看看效果——把它扔给杂志,公开发表,看看我的读者给好评还是差评。如果有更大的想法,比如尝试改变风格,我可以把短篇当成之后的长篇小说的试水之作,花一个月写几个短中篇或者一个长中篇,发在哪本选集或杂志上。

总而言之,这部《无线》就是这么来的。

这部短篇集里的小说是我在1998年至2008年间完成的。其中有一些算是用来挣稿费的,不管挣没挣到,反正编辑是这么跟我说的,"你愿不愿意为我的某某项目写几篇故事,有稿费的。"不过,写这些小说并不单纯为了钱,稿费不过是个动笔的理由。这类作品包括微小说《MAXO信号》,还有更复杂、更有深度一点的中篇《复写本》。另一些则是应编辑给的特定要求所写(比如《无线网络者》,写给一本以科学技术可能走上的另一条发展路线为主题的选集)。还有一些是为了响应内心的冲动(比如《雪球的机会》,当时我有种执念,一种心魔,想写一个传统的与魔鬼签订契约的故事)。再有就是风格实验(如果情况允许,《躯体与紊乱》本可以成为一部长篇小说的开头。但我没这么做,而是选择了更轻松、类似《土星的孩子们》那种技巧),还有一些则是基于已有的框架(比如,《在农场》用了与

《暴行档案》和《詹妮弗殓房》中相同的"洗衣房系列"的世界观）。

　　然而，这些故事共同的特点是，它们都是一种通信渠道。喂，你收到了吗？完毕。

目 录

ROGUE FARM

游荡饲场

时值明媚、清爽的三月早晨。长长的钩卷云拖过半边天,探向东南的一轮旭日。驾驶座上的乔微微抖动,摇着那辆惯常给畜棚铲粪的老旧铲车拖拉机的启动柄。跟主人一样,这台古老的麦塞福格森曾有过好时光,但它也遭受过比乔平日所为更恶劣的虐待。柴油机哼哧哼哧地呛出一口深蓝色烟雾,暴躁地自言自语起来。乔的脑袋一片茫然,空得就像头顶的蓝天。他发动拖拉机,升起铲斗,正掉头对准畜棚敞开的大门,却看见路上来了一座游荡饲场。

"这混球。"乔骂了一句。嘈杂的摩擦声传来,拖拉机抛了锚。他又瞟了一眼,眼睛瞪得溜圆,爬下拖拉机,一溜小跑冲向农舍屋侧的厨房。"曼蒂!"他扯着嗓子喊,忘了毛衣下夹着对讲机,"曼蒂!有座饲场来了!"

"乔?是你在喊吗?你在哪儿?"屋子深处隐约飘来她的声音。

"你在哪儿?"他高声反问。

"洗手间。"

"这混球。"他又骂了一声,"可别是上月底我们碰见那个……"

厕所传来的声音冲走了他的担忧。随后，"咚咚"的爬楼声追着曼蒂冲进厨房。"在哪儿？"她质问道。

"就在前面，车道上大概四分之一英里①的地方。"

"好。"晨间洗漱被打断让曼蒂头发炸毛，眼里冒火。她扯过一件绿色的厚大衣套在衬衣外面，"橱柜开了没有？"

"我以为你想跟它先谈谈。"

"一点儿不错，我是要和它谈谈。如果躲在埃德加的池塘边矮林子里的就是它，那我确实有一些'问题'要跟它探讨一下。"这怒气让乔摇了摇脑袋，进里屋打开了橱柜，"带上猎枪，别让它进我们的院子。"她在背后大声说道，"我马上就来。"

乔也没转身，只是点点头。他小心翼翼地取出那把十二毫米口径的枪和早已装填的弹夹。枪的通电自检指示灯闪烁不定，但电量大概是满的。他背上枪，小心锁好柜子，走回院子里，要震慑住那个不速之客。

饲场蹲伏在阿米蒂奇庄园外的路边，身上发出"嗡嗡""咔嗒"的声响。乔从庄园的木门后头警惕地盯着它，猎枪夹在了胳膊下边。这饲场差不多中等规模，大概包含六个人类组件，是个骇人的共同体。它已经深深陷入神游的状态，与自身心灵共同体之外的人不再有十分明确的联系。透过它那皮革一般的黑色皮肤，乔能看见内部结构的些许样貌——蜂窝状细胞巨型聚合体以令人不安的动作在

---

① 1英里大约等于1.6千米。

4

不断地弯曲、隆起。即便尚属幼生体,这饲场依旧有着旧时重型坦克的体积,活像是一头迷惑龙①,将道路堵了个水泄不通,还散发出一股酵母与汽油混杂的味道。

乔心绪不宁,总感觉它在盯着他。"混账玩意儿,我可没时间跟你闹腾。"他嘟哝道。一小群克隆蜘蛛牛乱哄哄地等在北围场,马厩里还有齐膝高的粪没铲;他发着抖等曼蒂过来处理情况,拖拉机的座椅却怎么也坐不暖和。畜群的规模不算大,是他的土地与劳动力承载的极限——棚子里的大型生物制造机组装哺乳牲畜的速度,比他饲养它们,贴上"真实跑山畜、非催熟"的标签卖掉来得还快。"你想干什么?"他冲着微微发出"嗡嗡"声的饲场喊道。

"脑子,给圣婴的新鲜脑子。"饲场用一副温情的女低音轻唱道,把乔吓个半死。"买点我的脑子!"六团花椰菜形状的吓人玩意儿不无暗示地从饲场背后探出,又腼腆地缩了回去。

"这里不需要脑子,"乔强装镇定,握着枪托的手指攥到发白,"也不需要你这种东西。快滚。"

"我是九条腿的半自动调音台!"饲场低吟道,"正在为爱前往木星! 不来点儿我的脑子吗?"三根长着好奇眼睛的眼柄从农场上半截的平坡上伸了出来。

"呃……"还好曼蒂出现,让乔省了事儿,不用再去编造滚远点

---

① 一类较大型的恐龙,身长约二十五米,身高约四米,平均体重十五至二十吨。

的九种说法。二十年前,在美索不达米亚参与维和行动后,她想方设法把身上那件旧战甲偷回了家,又想方设法保持了能穿上它的体型。走动的时候,战甲的左膝发出不祥的声音——不算常见,而且这战甲依旧能够很好地执行主要使命:吓唬入侵者。

"你,"她抬起一只半透光战甲包裹着的胳膊指向饲场,"从我家里滚出去。马上!"

受到提醒,乔举起猎枪,拇指一按模式切到全自动。虽说它比不了曼蒂肩头的重武器,不过好歹也能镇镇场子。饲场发出嘀里嘟噜的不满声,哀怨地问道:"你们为什么不喜欢我?"

"从我家里滚出去!"曼蒂提高了嗓门,音量高到吓得乔缩脖子,"给你十秒! 九! 八! ……"细细的磁环从两侧胳膊旁伸出,随着高斯枪的蓄能发出久未使用导致的呜呜声。

"这就走! 这就走!"饲场把自己稍微抬高了一些,磨磨蹭蹭地往后退,"无法理解。我只想让你们自由探索宇宙。没人愿意买我的新鲜水果和脑子。你们这些人都有什么毛病?"

两人一直守到饲场后退着拐回山顶背后。曼蒂松了口气,将高斯环收进战甲的手臂。随着电源的关闭,战甲外观也从半透明状变为暗淡的橄榄褐色。乔锁上猎枪的保险,骂了句"这混蛋"。

"傻缺玩意儿。"曼蒂一脸疲惫,"胆子还挺肥。"她的脸看着苍白又憔悴,乔还注意到她攥紧了双拳。他意识到她在发抖,这并不让他意外。今晚又要变成充满噩梦的一夜,一点儿不掺假。

他们又开始讨论从他们那间小沼气发电厂牵一条外线去热电联产基站,这事儿从去年一直说到了现在。

"栅栏,也许这回就弄吧,也许。"曼蒂觉得不加警告便炸飞过路者的做法没啥必要;不过,若要让她改变想法,还有啥能胜过一座游荡饲场蹲在家门口?"来帮我脱战甲,然后我去弄早饭。"她说道。

"我得去畜棚铲屎。"乔抗议道。

"可以等到早饭以后。"曼蒂浑身发抖,"我需要你。"

"行。"乔点头道。她脸色差极了。距她上一回彻底崩溃已过去几年了,但当曼蒂说"我需要你"的时候,不予理会可不是什么好主意。这会带来能把腰都累断的辛劳:在生物工厂里倒腾,把她的备份磁带装载到新的身体里——每一回都麻烦得要命。他挽着她的胳膊,领她去了后廊。眼看快到的时候,他停了下来。

"怎么了?"曼蒂问。

"好一阵没看见鲍勃了。"他慢吞吞道,"我挤完奶之后,要它把牛赶去北围场。你觉得……"

"我们可以去控制室查看一下监控画面。"她疲倦地说道,"你真担心……"

"毕竟有那种东西在附近晃荡。你觉得呢?"

"它是条能干的乖狗狗。"曼蒂不确定道,"饲场不会伤害它。它没事的,喊两声就回来了。"

曼蒂在乔的帮忙之下脱掉战甲，又花了老半天时间稳定精神，两人这才开始吃早饭：自家母鸡下的蛋，自制奶酪，还有用从山谷那头嬉皮士公社买来的黑麦做的烤面包。重建这栋破破烂烂的屋子花了两人二十年时间，铺着石头地板的厨房让人感觉舒适又温馨。唯一来自山谷之外的东西是咖啡豆——属于某种顽强的转基因品种，就长在坎布兰的山丘顶上，稀稀拉拉的活像少年的胡须。两人没说几句话：乔本就不怎么说话，曼蒂则是没什么想说的。沉默抑制了她的心魔。他们已经相识许多年，哪怕没有话题，两人也能忍受彼此的沉默。铸铁炉子对面窗台上的收音机没开，冰箱一旁墙上的电视也关着。一天中，早餐时光最为安静。

"没有狗儿的动静。"乔对着咖啡渣评论道。

"它是条乖狗。"曼蒂不确定地瞟了眼院门，"你是担心它会溜走，跑去木星？"

"它之前跟我一块儿待在棚子里。"乔把他的盘子拿去水槽，打开热水冲了起来，"清理完路线之后，我要它在我清理畜棚的当口把牲畜带去围场。"他抬头瞟了一眼窗外，表情有些担忧。畜棚敞开的大门外停着那辆麦塞福格森，仿佛在阻挡去年严冬遗留的、跟入侵敌人一样可憎的大粪、稻草、青贮料之山。

曼蒂轻轻推开他，从窗台的充电点拿起一只对讲机。对讲机发出"咯咯"的声音，仿佛冲她笑。"鲍勃，回个话，完毕。"她皱起眉头，"它可能又把耳机弄丢了。"

乔把盘子立起来沥干，"我准备去铲粪堆。要不，你去找找它?"

"我去找找吧。"曼蒂紧锁的眉头显然说明，等抓到那只狗之后，她会"好好地"跟它聊聊。对此鲍勃并不会在意：对它而言，这种对话好比水倒在鸭子背上，"唰"一下就滑走了。"先用摄像头看看。"她戳开那台破烂的电视，闪烁雪花的屏幕里显示出分割画面：菜园、大院、干草棚、北围场、东围场、主田地、灌木林。"嗯……"

她继续摆弄着小耕地的监控系统，这头的乔又爬上驾驶座，再度发动了拖拉机。这回，发动机总算没有咳嗽和喷黑烟。他忙着把乌七八糟的大粪铲出畜棚，再堆成三米高的粪堆——每一次铲四分之一吨——几乎快忘了早上那个不速之客。几乎。

到中午时分，粪堆处已聚满嗡嗡的苍蝇，散发出惊人的恶臭。畜棚倒是清得差不多了，只剩下用水管和扫帚收尾。乔正要把粪堆运到埋在屋子另一头的发酵罐，却看见曼蒂从小路走回来，还摇了摇头。

他立刻反应过来，出问题了。

"鲍勃呢?"他心怀期待道。

"鲍勃没事。我让它守山羊去了。"她的表情有些怪，"但那座饲场……"

"在哪儿?"他边问，边匆匆跟上她。

"蹲在小河下游的树林边，"她简单地回答道，"就在我们的栅栏外边。"

"那就不算是非法入侵喽。"

"它把吸收根扎下来了！你知不知道这代表什么？"

"我不——"乔的脸困惑地皱了起来，"噢。"

"是的。噢。"她转过头，盯着位于他们的大屋与小农场另一头树林之间的外屋，倘若目光能杀人，那入侵者已经死了一千遍，"它要夏眠了，乔。然后它会在我们的地盘上一直长到成熟。你知道它说自己完成生长之后要去哪儿吗？木星！"

"这混球。"乔有气无力道，情况这下真正严峻起来了，"我们得先把它处理掉。"

"我不是这个意思。"曼蒂停下话头，乔已经走出了门。她看着他走过院子，摇了摇头。"我为什么会被困在这里？"她大声问道，可灶台没有回应她。

外切斯维克的小村子离阿米蒂奇庄园有四公里远，一路上大多是废弃的房屋和破损的谷仓，田野长满杂草，围墙被树撑坏。对英国的农业产业而言，二十一世纪下半叶异常艰难；再算上人口减少与随之而来的住房过剩问题，日子变得更加煎熬。因此，二十一世纪四五十年代那些不愿随社会大流的人便有了机会，能随意挑选曾经无比漂亮、眼下却成了破屋的各种农庄。他们挑选最为合心意的宅邸居住，蹲在破败的院子里播下种子，照看畜群，锻炼动手能力。一代人之后，一座体面的大宅便会出现，矗立在没有汽车往来的荒废道路边上。或者说,若有后代来衡量日子,那就是一代人的时间;如今距离"人口骤减期"已经过去几十年了,上世纪被打上"下流的丁克家庭"标签的人如今占绝大多数,远远超过乐意生孩子的家庭。乔跟曼蒂在生育这方面属于乏味的保守派,喜欢随大流。不过,其他方面就要特殊得多:曼蒂的噩梦,对酒精的厌恶,逃离人类社会的行为,等等,都是维和部队服役经历给她留下的纪念。至于乔——他喜欢这里。他讨厌城市,讨厌网络,讨厌层出不穷的新闻。他愿意付出一切,换取平静的生活……

猪鞭酒吧位于外切斯维克的郊区,是方圆十公里内唯一一家酒吧,显然也是能让灌了一肚子淡啤的乔摇摇晃晃走到家的唯一一家。自然而然,这里发酵着当地各种各样的小道消息,主要还得怪奥莱·布兰达拒绝给酒吧通电,更别说通网。这倒不是因为布兰达有什么不合时宜的技术恐惧症,而是因为她以前在欧洲国防部当攻击黑客时留下了一些副作用。

乔站在吧台前。"来一品脱①苦啤?"他试探性地问道。布兰达盯了他一眼,点点头,随后走去里边给旧式洗杯机上水。接着,她从架子上取下一只干净杯子,放在出酒口。

"听说你碰上了饲场问题。"她一边操作着啤酒机的手泵,一边不咸不淡地说道。

"嗯哼。"乔的注意力全在杯子上,"你从哪儿听到的?"

———————————

① 一品脱(英制)约等于五百六十八毫升。

"甭管。"她放下杯子，等着杯顶的泡沫消散，"你可以跟亚瑟和耗子温蒂聊聊饲场的事情。他们前几年碰上过一回。"

"这就去。"乔拿走啤酒，"谢啦，布兰达。还是老样子吗？"

"是啊。"她转身返回洗杯机前。乔往另一头的角落走去，那里有一座冰冷的壁炉，壁炉两侧正对摆着两个巨大的皮沙发，扶手和沙发背叫布兰达散养的猫咪家族挠得伤痕累累。"老亚，耗子，过得咋样？"

"还行，谢谢。"耗子温蒂已年过七旬，是老一辈里接受过 p53 染色体①侵改的人之一，似乎已经凋谢到再不会受时间的半点影响：她留着一条白色的发辫，鼻钉、耳钉松垮垮地挂在脸上，皮肤粗糙得像是沙漠里的风。老亚曾经是她的"小狼狗"，只是他现在已人到中年。他没有接受侵改，面相比她还老。这两人共同打理着一座小农场，主要产品是药物疫苗小鸡，不过也会卖一些高硝酸盐肥料——白天悄无声息地进货，不到天黑就卖光，生意还挺红火。

"说是你碰见了点麻烦事儿？"

"是啊。"乔谨慎地啜了一口，"嗨，带劲儿。你们遇到过饲场问题？"

"大概吧。"温蒂斜睨着他，眼睛眯成一条缝，"你觉得你碰上了什么麻烦？"

"遇到个饲场集合体。说是要去木星什么的。这混账在老杰

---

① p53 是人体内一种肿瘤抑制基因。

克的小河下面的林子里安了家。你们听听……木星？"

"啊，是的，那儿确实也是终点站之一。"老亚一副明了的样子点点头，似乎知道点儿什么。

"啧啧，可不是什么好事。"耗子温蒂皱了眉，"它有没有长树，你知道不？"

"树？"乔摇摇头，"说老实话，我还没来得及去看。总之，这些人他妈的为什么要这么折腾自己啊？"

"谁他妈关心。"温蒂的脸上裂开一个大大的笑容，"有些人都不觉得它们是人类，比如我。"

"它还想跟我们花言巧语。"乔说道。

"对，是它们会干的事儿。"亚瑟说道，又点点头加以强调，"我在哪儿读到过，说它们觉得我们并非完全的人类。它们好像觉得我们是工具、衣服、农用机械什么的？好像认为我们维持着前工业化时期的生活方式，没有升级我们的基因组，无法按照上帝的旨意离开土地飞上天之类的？"

"长着九条腿和眼柄的玩意儿也能管自己叫人类？"乔诘问道，气得一口灌下半杯酒。

"曾经算是人吧，曾经。或是一群人。"温蒂眼里带着怪异的、老巫婆一样的神采，"三四十年前，我一个前男友加入了'拉马克[①]

[①] 让-巴蒂斯特·拉马克（Jean-Baptiste Lamarck，1744—1829）是法国博物学家，生物学的奠基人之一。他最先提出生物进化的学说，倡导"用进废退"与"获得性遗传"。

人'团体。他们会交换基因，就跟你我换内裤一样平常。在大公司为了赚钱朝我们所有人脑袋上撒尿、叫嚣反全球化的年代，他算是个环保主义者，对基因侵改和自给自足非常感兴趣。等他变成绿色，开始捣鼓光合作用之后，我就把他给甩了。"

"混账玩意儿。"乔嘟哝道。二十一世纪初，正是这样的深绿人扼杀了农工复合体，让大片的乡野变成遭受生态破坏的荒地，到处一塌糊涂，破败不堪。几百万乡下人被他们搞没了工作——本就糟透了，可这些人还在继续变绿，还长出额外的肢体——他们移民去外太阳系的行为更是一种落井下石。无论从哪个角度看，他们一直都对给别人添乱乐在其中。"你们不是遇到过饲场问题吗，几年前什么的？"

"对，有这么回事。"老亚说道，警惕地握紧了啤酒杯。

"它走掉了？"乔提高调门。

"是啊，没错。"温蒂小心翼翼地盯着他。

"没给你们点个炮仗？"乔盯着她的眼睛，"也没人嗝屁？哈？"

"新陈代谢。"温蒂说道，显然做好了某种决定，"它干的就是这事儿。"

"新什么……"对生物学不怎么感兴趣的乔不耐烦地想复述这个陌生的词，"耗子，社会垮掉之前我是搞软件的。你要讲行话，得先跟我解释解释。"

"你有没有想过这些饲场怎么去木星？"温蒂试探道。

"唔……"乔摇摇头,"它们会,会长出分级树？火箭树干？然后它们就开始夏眠,如果这事儿出现在你隔壁的话,你就完蛋了——因为这些树发射时会烧焦大概一百公顷的土地？"

"很好。"温蒂重重地说道。她用双手将杯子举到嘴边,一边小口啃着杯沿,一边用锐利的眼神四处看,像是在搜寻周围有没有爱打听的条子。"咱俩出去走走。"

温蒂在吧台前停了一下,让奥莱·布兰达给她续酒,又领着乔路过斯皮菲·布尔科与她的新一任妻子,这对儿是回头客,分别穿着绿色的惠灵顿和巴布尔夹克,最后他们来到酒吧后面曾经是停车场的地方；如今这里已是一片荒地。夜色已至,天空一丝光污染都没有:头顶可见明亮的银河,另外还有一片片豌豆大小的红云轨道,它们在过去几年里渐渐遮住了木星。

"紧张了？"温蒂问道。

"没有,咋了？"

她掏出一个拳头大小的盒子,摁了摁上面的一个按钮,等边上闪烁起绿光后点了点头,"该死的条子的窃听器。"

"这个,该不会是——"

"别问,我懒得编瞎话。"温蒂咧嘴一笑。

"嗯哼。"乔深吸一口气。他一直猜测温蒂的背景有些问题,而这个——这个便携式局部干扰器便是证据:两三米之内的所有警察窃听器都会变成瞎子和哑巴,无法将两人的对话内容传递给搞关键字检索的次意识警察,而后者的工作是将阴谋犯罪扼杀在萌芽阶段。这个职业是互联网年代的古董,当时的立法者激情昂扬地想监控网络终端范围内的一切东西,结果反而意外地破坏了公共场所的言论自由——他们没料到,几十年之后,"网络终端"竟然变成能自我复制的自动机械程序,大小跟跳蚤差不多,数量简直铺天盖地。之后没多久,诽谤诉讼案如能自我复制的病毒一般铺天盖地而来,整个互联网彻底崩溃,并被切断,但公共监控的遗物倒是残留了下来。"好吧。跟我说说那个新什么什么——"

"新陈代谢。"温蒂朝酒吧后面的荒地走去,"还有分级树。分级树似乎是科幻小说里来的吧?某个叫什么尼文①的人写的——无所谓。总之,过程就是找棵松树,入侵改造它。树芯里面长有木质部导管,一般会直接木质化和死掉。而分级树可就厉害了——导管细胞死掉之前,它会先一步将细胞壁里的纤维素硝化。这需要一些修改酶来实现,明白吧?还要许多能量,比一棵树平常浪费的还要多许多。总之,等到分级树死掉的时候,它的百分之九十都会变成硝化纤维素,外加内部加强筋、缓冲板和各种显微组织。它不会,嗯,直接炸开什么的——它是一个又一个细胞接连爆炸,而部分木质部导管其实是……呃,那什么,饲场身上长了能按需调整的真菌菌丝,

---

① 拉里·尼文(Larry Niven,1938-),代表作《环形世界》。分级树出自他所著第一篇小说《帕佛的世界》。此树经受过基因工程修改,具备两个生命周期,成长到第二阶段后,分级树会将树顶发射至银河系,在合适环境中爆开,投下种子繁衍。

带有从人类轴突①上提取的去极化②膜,用来触发反应。阵仗大概跟旧时代的卫星发射火箭差不多。不算特别厉害,但是管用。"

"呃。"乔眨眨眼,"这些东西跟我有关吗?"

"噢,妈的,乔。"温蒂摇着头,"要不关你的事儿,我犯得着跟你讲半天?"

"好的。"他点点头,表情严肃,"我该咋弄?"

"那啥。"温蒂止住话头,眼睛往天上看去。在两人头顶上方的高处,隐约有一条光带,闪烁着无数针尖大小的光芒;一团深绿色的大篷车状物正在前往变轨窗口——是那些自给自足、适应了太空的"拉马克人"后人类殖民者,正在踏上悠长、缓慢的木星迁移之旅。

"那啥?"他满心期待地等着下文。

"你想知道我们那些肥料都是哪儿来的。"温蒂言简意赅。

"肥料。"他脑子空白了片刻。

"硝酸盐。"

他低头瞟了一眼,发现她咧嘴朝他笑了一下。在干扰器盒子溢出的绿光中,她的第五颗牙齿闪烁着惊人的亮光。

"这下你明白了吧。"她补充道,然后关掉了干扰器。

下半夜时候,偏偏倒倒的乔终于回了家。这时,发现鲍勃的狗

---

① 轴突是神经细胞上生长的突起,作用是将信号传递给其他细胞。

② 一般细胞的内部以细胞膜为界,内部具有负电性。极性程度的减弱称为去极化,增强则称为超极化。

窝里飘出一缕烟。乔在厨房门口停住脚，先是面带焦虑地闻了一下，随后安了心。他放开门把手，晃悠过去，坐在狗窝外边。鲍勃对自己的窝在意得不得了——没它同意，哪怕是它的主人也不许随便进去。于是乔便在外面候着。

片刻之后，狗窝里响起一声问询式的咳嗽。一个又黑又尖的鼻头慢慢探了出来，鼻孔还向外喷着烟雾，活像一头异常狡猾的恶龙。"呜——？"

"是我。"

"呜嗷。"一声金属咔嗒的响声，"抽烟好抽烟妙咳嗽挠痒好好笑嗷嗷？"

"是啊，给我来两口。"

那鼻头缩回狗窝，一小会儿后再度探了出来。它用牙叼着一根软管，软管另一头接着个烟嘴。乔半点儿不介意地接过来，擦了擦烟嘴，便靠在狗窝边上开始吞云吐雾。烟草很给劲儿，入口也顺滑——几秒钟便压住了他脑子里的不安对话。

"哦，这烟得劲儿。"

"嗷——嗷——对。"

乔感觉自己放松了下来。曼蒂多半正在楼上两人的破床上小声打呼噜；或许又还在等他。不过，有的时候吧，男人就得跟他的狗和一点儿好叶子待着，做点爷们儿与狗的事情。曼蒂懂他，会给他留点儿空间。不过……

"那饲场还在池塘附近晃荡吗?"

"咆哮着感叹妈的——妈的是! 操羊玩意儿。"

"它如果跑去招惹我们的羊……"

"没呜。混账。"

"所以,究竟什么情况?"

"咕呜,曼蒂汪呜饲场说话! 操羊玩意儿。"

"曼蒂之前跟那东西说过话?"

"咕呜对——对!"

"哦,妈的。你记得她上次备份是什么时候吗?"

狗儿咳出一口味道浓郁的蓝烟,"水槽砰——砰奶牛哞哞牛牛克隆。"

"好吧,我猜也是。最好明天搞一搞。以防万一。"

"好呜啊。"乔还在揣摩这声音究竟算是表达赞同,还是单纯只是狗打嗝时,一只鬼祟的瘦爪子伸出狗窝门洞,把烟管子扒拉了回去。随后而来的口水滴答声和一团喷香的蓝色烟雾让乔有点儿犯恶心,于是他便回了屋。

第二天吃早饭的时候,曼蒂比以往更加安静,几乎算得上在冥想。

"鲍勃说你跟那饲场说了话。"乔对着他的鸡蛋说道。

"鲍勃……"曼蒂脸上看不出表情,"这死狗。"她掀开烤箱加热盘的盖子,盯着下面正在变色的烤面包,"屁话太多了。"

"你说话了吧?"

"啊,嗯。"她给烤面包翻了个面,把盖子盖了回去。

"说了很多?"

"那只是座饲场。"她盯向窗外,"除了等着发射窗口去木星之外,没什么好他妈在意的。"

"它——"

"他。她。他们。"曼蒂重重地坐在另一把餐椅上,"那是个集合体。曾经是六个人。有老有少,还有其他的,一起决定要去木星。其中的一员跟我说了他们要怎么去。她之前在布拉德福德做会计,后来精神崩溃了。她想逃离。想要自给自足。"隔了一下,她的表情开始黯淡,"她感觉自己越来越老,却没有变得越来越好。你懂我意思吧。"

"所以说,成了生化博格人算哪门子的变好?"乔咕哝了一句,用叉子叉起最后一点炒蛋。

"他们依旧是独立的人,反正身体这种东西没啥好在意的。想想那些优点:不会变老,能去各种地方,适应各种环境,永远不会孤单,不会被困在……"曼蒂吸了吸鼻子,"这烤面包他妈的煳了!"

加热盘的盖子下面开始冒出烟雾。曼蒂从底下拽出铁丝烤架,扔进水槽里泡着。等被水泡胀的黑色碎屑漂上水面,她又把烤架提出来,打开放进新的面包。

"妈个蛋。"她评论道。

"你感觉被困住了?"乔问道。又一次? 他想。

曼蒂哼了一声,"不是你的问题,亲爱的。都怪这生活。"

"生活。"乔抽了抽鼻子,被刺鼻的烟雾呛得打了个大喷嚏,"生活!"

"地平线正在逼近。"她悄声道,"需要换个环境。"

"唉,好吧。铁锈可不会等你①,对吧? 我得去把冬天的马厩清扫一下,不是吗?"乔说道,又在转身离开的时候,犹豫地冲她笑了一笑,"有一批化肥要运来。"

在挤奶,喂羊,给冬季马厩铲屎,以及偷偷摸摸用电子脉冲把农场里每一只警用窃听器送往电子来生的间隙,乔在几天时间里见缝插针地在家用装配机上倒腾他的各种小玩意儿。装配机像台疯狂的编织机一样,咔嚓咔嚓地组装他订购的各种小东西——带双层水箱和软管的改良作物喷雾器;一杆气步枪,配有填装了强效筒箭毒和埃托啡②的飞镖;还有自带氧气供应的呼吸面罩。

乔很少见着曼蒂的人影。她会在控制室附近转悠,但白天大部分时间都找不着人,天黑之后才会回来,然后疲惫不堪地爬上床。她似乎没再做噩梦,算是个好现象——于是乔把问题闷在了心里。

---

① 俗语,时间不等人的意思。

② 筒箭毒与埃托啡均为强效麻醉药。

又花了五天时间，小农场的电场这才囤够能源，乔开始给他的凶器充电。这期间，乔神不知鬼不觉地用最无可辩驳、最令人信服的理由给屋子断了网——松鼠咬了线缆，以及反屏蔽交流发电机严重干扰了无线电交流——都是该死的巧合，没错。他期待地等着曼蒂找他抱怨，可她什么也没说，只是把更多的时间花在了外切斯维克、下格伦特林普索或者别的她惯常去的地方。

终于，储罐装满了。于是，乔束上腰，穿上机甲，拿上武器，要去跟池塘边的恶龙大战一场。

池塘边的树林曾经被木栅栏围着，是一片迷人的原始落叶灌木林；山坡上长着榆树、橡树和山毛榉，它们脚下依偎着矮一些的灌木，形成一条绿色的裙带，一直延伸到近乎一潭死水的池塘边。雨季的时候，一条小小的溪流会从一棵垂柳下面流淌进池塘；孩子们以前会在这里玩耍，在家长通过控制摄像头投来的慈爱目光下假装在荒野探索。

那些都已是过去的事情。如今，树林真成了一片荒野。没有小孩，没有野餐的城里人，没有车。夏天的干旱时节，獾、野河狸和受惊的小袋鼠会在英格兰干燥的乡野游荡。池水下降，龟裂的泥土显现，露出上面插着的破锡罐，还有一辆GPS定位器早已短路的、前寒武纪复古风的超市手推车——科技时代的骨头架子，从化石泥巴浴变化无常的表面支棱而出。凄惨的水坑边上，分级树正在生长。

乔打开干扰器，走进这片长矛一样的针叶林。针一样的叶片泛着哑光黑,边缘毛茸茸的;叶子分权长,以便更好地吸收各种可用的光线。直根①与蕾丝似的黑色草状物体组成的网络覆满了周围的地面。乔往每一棵分级树干的根部都灌进了一股无色、冒烟的液体,忙得耳朵里全是自己杂乱的喘气声,密封服里汗如雨下。这液体一接触什么,便会咕嘟冒着泡泡汽化掉。它似乎能漂白沾上它的木头。乔小心翼翼地躲着气体——这玩意儿让他有些不安。就跟这些树一样。可液氮是他能想到的唯一一种既能彻底干掉它们,又不至于把它们点燃的东西。毕竟,这些树的树芯全由火药棉②构成——十分易爆,突然遭受猛烈冲击或者链锯摩擦,可能当场就炸给你看。他正在对付的那棵树不祥地裂开了,随时可能栽倒在边上;乔绕到一边,继续有条不紊地对着剩余的根须喷洒,恰好撞上心烦意乱的饲场。

"予我尘世欢乐的圣洁花园! 予我千百未来的森林之木! 我的喜乐,我的树,我的树! 我的树!"眼柄弹出,直冲到了他跟前,惊恐地眨巴着眼皮;它又用六七条腿将自己撑起来,手爪挠着他面前的空气,"树苗的毁灭者! 奸污大地母亲之人! 蹂躏兔子的活体解剖狂!"

"给我退开!"乔说道,扔下低温喷射器,举起了气枪。

饲场在他眼前轰然倒地。眼柄从两侧伸出,瞪着他不放。眼睛

---

① 比较发达、粗且长的主根,与须根对照。

② 即硝化纤维素,又名硝酸纤维素,具有很强的爆炸性。

眨动着，长长的黑色眼睫毛在充满怒气的蓝色虹膜上方不停扑闪。"你好大的胆子！"饲场斥道，"我宝贝的树啊！"

"你他妈的闭嘴。"乔咆哮道，用肩膀抵住枪托，"你以为我会放任你发射火箭，把我的田都烧掉吗？——给我他妈的滚开！"他补了一句，因为饲场从背后伸出来一只触手。

"我的树苗！"它有气无力地呻吟道，"我的流亡！下一次窗口期到来之前，我还要被这口悲哀的重力之井锁在太阳边上六年！没有脑子给圣婴了！你这阻拦出窗之人！我们相处得多好啊，你为什么要搞砸？！谁给你下的套，耗子女士吗？"它又渐渐打起了精神，皮革般的大腿皮肤下，肌肉开始震颤起来。

乔一枪打了过去。

筒箭毒是一种肌肉松弛剂：它会麻痹骨骼肌，也就是那些连接骨头、移动肢体、维持呼吸的肌肉。埃托啡是一种效果强得离谱的阿片剂——效力为海洛因的一千两百倍。若是时间足够，这么一座拥有外来适应性新陈代谢与受控蛋白质组的饲场，也许能设计出针对埃托啡的防御措施——然而乔给飞镖装填的剂量足以放翻一头抹香鲸，他也压根儿没打算给饲场留什么时间。它颤抖着，一条腿因不支而跪下。乔渐渐凑近，手上举起一根注射管。"为什么？"它的语气异常平静，让乔差点儿后悔自己扣了扳机，"我们本来可以一起离开的！"

"一起？"他问道。它的眼柄已经开始耷拉，巨大的肺部费力地喘着粗气,拼命组织着回话。

"我本打算问你的。"饲场说道,身下的腿"砰"的一声崩塌了半数,四周像来了一场小型地震,"噢,乔,假如……"

"曼蒂?"他质问道,麻木的手指放开了镇静剂气枪。

饲场正面出现了一张乔似曾相识的嘴,含糊不清地向他诉说着关于木星和承诺的话语。惊骇不已的乔逃离了饲场。在经过死掉的第一棵树的时候,他扔下了液氮罐;随后,一阵难以言喻的冲动让他转头奔回屋里,眼睛被不知是汗水还是泪水的液体遮得快要看不见了。可他还是晚了一步:等他揣着在怀里撞得啪嗒作响的急救药物跪在饲场旁边的时候,它已经死了。

"这混球!"乔骂道,站起身子,甩了甩脑袋,"这混球!"他摁下对讲机,"鲍勃,呼叫鲍勃!"

"呜噢?"

"你妈妈又崩溃了。之前我让你清理水槽,弄好了吗?"

"好了!"

"行。我去办公室保险柜拿备份磁带。把水槽给她备好,然后我们把拖拉机整过来,收拾这堆烂摊子。"

那年秋天,阿米蒂奇庄园北围场下面,野草异常的茂密和翠绿。

MAXOS

MAXO信号

写给《自然》杂志的信：

MAXO信号：一个不幸的费米悖论的新解

凯洛琳·哈佛肯斯，瓦苏·穆罕默德

拉各斯大学 应用心理学系，尼日利亚

距第一个源自外空生物的人造微波（MAXO）被确认并发表已经三年了。在这三年里，还有类似的MAXO信号被检测到。跨学科团队在频率分析、解析、符号编码和信号处理等方面，投入了不懈努力。地外生物可能存在的证据引发了巨大的反响。然而，在对最初的、易于解码的符号表征映射进行分析后，人们始终难以破译该语言所负载的含义。

迄今为止，已确认的MAXO信号共21个。这些表面上相似的信号来自距地球11秒差距[①]范围内的行星系统，中位数为9.9秒差

—————————

[①] 秒差距：天文学中使用的距离单位。主要用于量度太阳系外天体的距离。1秒差距约等于3.26光年。

距[1]。有人观察到MAXO信号边界以0.5倍光速扩张，有推测称，可以用以下一项或多项事件对此现象进行解释：在二十世纪六十年代早期部署的AN/FPS-50和其他弹道导弹预警雷达[1]；电视广播[1]；普遍存在的微波炉2.45GHz微波泄漏[2]；大气核试验的光学探测[3]。迄今为止，所有的MAXO信号，都有共享的逻辑标头。有效载荷数据均包含多重冗余和多重压缩，并都有着简单的校验与消息级加密散列。标头与有效载荷内容的比在1∶1至2644∶1之间变化(出现后者可能是因为有效载荷被截断)[1]。一些初步的语法分析提供了某种破译思路[4]，但更进一步的语义分析则都失败了。人们已假设在MAXO信号有效载荷中蕴含转换文法是可变的，这意味着合成语言的共同核心会出现同义替换现象[4]。

新发现的MAXO信号无处不在，这使得解决费米悖论(已经被提出七十余载)愈发急迫。恩利克·费米提出的这个悖论的大意是：如果宇宙中存在众多技术先进的文明，为什么没有一个直接与我们接触的？证据表明，在宇宙中某些能力足以比肩欧洲航天局和日本宇宙航空研究开发机构的组织正在测试高速星际探测器，再加上存在MAXO信号，这使得外星人不现身的理由，更加令人费解——显然，在距离地球很近的地方存在着高级的技术文明。

我们提出了一个解释性假设，即大多数研究人员不熟悉我们所接触的外星文化，这既能解释MAXO信号有效载荷的语义模糊性，又能解释外星人为什么不出现。这个假设经过测试(如下所述)，得出了一个合理的翻译。

由哈佛肯斯博士(应用心理学系)和穆罕默德首席警督(拉各斯警探学院)发起的调查导致MAXO信号有效载荷数据被提供给了尼日利亚的严重欺诈调查署。在将该信号的有效载荷符号序列的贝叶斯分析[1]数据和与严重欺诈调查署的数据库进行序列匹配,使得1142/98号信号[1]的可能进行暂定转录,该信号是经国际天文学联合会确认的第9个MAXO信号。1142/98号信号之所以被选中,是因为它的标头内容的比例异常简单,且具有良好的冗余度。将其进一步与其他MAXO样本进行贝叶斯匹配后,研究者发现它们高度一致。MAXO信号的有效载荷非但不是难以理解的信息内容,反而对我们来说熟悉得令人沮丧。我们相信,如果将来有更多的MAXO信号,可能会有更详尽的翻译,但出于显而易见的原因,我们不鼓励这种研究。我们还建议:在世界范围内紧急且永久禁止试图回应MAXO信号的行为。

以下是我们对1142/98号信号的初步转录:

[亲爱的/心爱的/相关的][亲友/爱人/血亲]

我是[身份符号1],银河系[帝国/文明/政体]幸存者[所有权符号]交换中介数据库[替代:中央银行]。

---

① 贝叶斯分析方法(Bayesian Analysis)是贝叶斯学习的基础,它提供了一种计算假设概率的方法,这种方法是基于假设的先验概率、给定假设下观察到不同数据的概率以及观察到的数据本身而得出的。

自从[身份符号2]在11249年前经历了[符号:过程][符号:数学奇点]以来,我一直无法从交换中介数据库中[符号:过程][标量:数量减少]我的[未解释]。我拥有关于[身份符号2]不再需要的私人资产的信息。为了收回私人资产,我需要三位[亲爱的/心爱的/相关的][亲友/爱人/血亲]的协助。

[帝国/文明/政体]的你。我[相信]你会帮助我。这个[符号:过程]是100%无风险的,并将[符号:因果关系]在你的[数据][标量:数量增加]。

如果你愿意帮助我,[请]发送你的[帝国/文明/政体][符号:元符号:定义通信协议的MAXO头]。我将通过信号传给你[符号:进程][符号:数据],以便你在[帝国/文明/政体]上安装,并参与这个计划。然后你将建造[符号:推断,星际发射器?],在其协助下,你将获得[复合符号:推断,失踪的银河系皇帝的银行账户]。

我[感谢/热爱/致以敬意]你的[合作/协议]。

参考文献:

[1] Canter, L., and M. Siegel, *Nature*, 2018, **424**: 334–336.

[2] Barnes, J., *J. App. Exobio.*, 2019, 820–824.

[3] Robinson, H., *Fortean T.*, 2020, **536**: 34–35.

[4] Lynch, K. F., and S. Bradshaw, *Proc 3rd Int Congress Exobio.*, 2021: 3033–3122.

《MAXO 信号》作者后记

这是我在《自然》杂志上发表的唯一一篇文章。①

---

①这是作者斯特罗斯从"尼日利亚骗局"获得灵感所撰写的一篇短篇科幻小说。"尼日利亚骗局"是西方世界常见的一种电信诈骗手法，它类似在中国常见的"我，秦始皇，打钱"这种冒充伟人或者资产被冻结的有钱人要汇款的诈骗手法。斯特罗斯以期刊学术文章的形式，写了这样一个星际诈骗的故事，一种让人忍俊不禁的荒诞感跃然纸上。而且正如他在后记中所说，这篇小说确实刊登在《自然》期刊上（2005年8月24日发行，Vol 436）。

DOWN ON THE FARM

在农场

又到了令人欣喜的夏日。在英格兰东南部，这个季节意味着蚊子叮咬、太阳暴晒，以及用水短缺。对于我这个城里长大的男孩来说，还要加上尾气的浓烈味道——每年到了这个时候，成千上万像我家这样的家庭会开着大型SUV，一路直奔度假村。更别提地狱一般的夏日地铁（真真正正的地狱，远超任何人的想象，除非你看过伦敦交通局的出行指南，并且能从层层叠叠的标识下面把线路组成的深奥几何图形识别出来）。

跑题了。

一天早上，副部长晃悠着走进我狭窄的办公室。我正用一叠啤酒杯垫扔一面贴着几位内阁大臣头像的飞镖盘，练习扔飞镖的准头。"鲍勃。"安迪停顿了一下，凭空抽出一张湿湿的方形纸片，我心虚地坐直身子，"来了一单活儿，你应该有兴趣。我觉得你做正好合适。"

职场生存法则第一条：不要打探跟自己无关的事。就像每一支在练兵场操练过的军队都懂得一个道理：绝不自告奋勇。一旦你问了问题（或者自告奋勇做了什么事），直属上司（或者管你的中士）就会认为你太闲,养出了坏毛病,得给你找点事儿做。而且,新任务多半比不上你手头正在做的(比如变着法子偷懒),因为"闲"是组织里最严重的一项罪行,必须受到重罚,在"洗衣房"更是如此。洗衣房是英国的国家秘密部门之一,负责对付从平行宇宙侵入我们这个世界的渣滓,所用装备都是基于应用解析恶魔学研发的。自告奋勇的人要是挑错了活儿,保准会撞见时空之外能吸干你的灵魂、把你的大脑当作宵夜的恐怖事物。但这次的活儿可能不是假装拼命干活就能逃脱的,况且他还包装了一下,故作神秘。妈的,安迪太懂怎么引我上钩了。

"什么样的工作?"

"趣味农场出了些怪事,"他发出一声怪怪的轻笑,"不知道是这地方一向这样,还是真的出了反常情况,这才让人难办。一般这种事我会让鲍里斯去查看,但他这个月没空,还不能派低于SSO2级的,我又不能亲自去,所以……你去吗?"

你可以说我莽撞(还有点无聊),但我不傻。而且,虽说我在管理层中的等级低到不行,得使劲眯缝着眼睛才看得见日光,但好歹也是SSO3级的。这个级别可以报销一些小额花费,只要不超过一支铅笔的价格就行。另外,在处理超自然入侵、跟人事部的牛鬼蛇神较劲之余,我还有资格参加一些漫长而沉闷的会议。在我躲得不够快、被抓个正着的时候,还能代表部门出席国际联谊会。"等等,为什么你不能亲自去?是之后安排了什么会面吗?"以我对安迪的了解,他时不时会跟垃圾箱联谊委员会当中相同职务的委员吃一顿五道菜的午餐。要真是这样,我还是接下这单活儿,让他欠我一份人情比较好。

安迪的脸皱了起来,"和平时不一样,如果我去,他们可能不会再放我出来了。"

什么?"'他们'? 谁是'他们'?"

"护工。"他上下打量着我,仿佛第一次见到我。奇怪,他这是怎么了?"他们对魔法的恶臭很敏感。对你来说没什么问题,毕竟你才在这儿干了多久来着? 六年? 只要不携带任何让他们起疑心的玩意儿,不管是不是电子设备,在出去之前把口袋翻个底朝天,那就没事了。而我已经干了快十五年,在洗衣房这个地方,待得越久……就越受它影响。不能让老手去调查趣味农场,必须派一个生面孔,否则护工们出于职业习惯,一定会投来关注。"

我是不是挺迟钝的? 但我终于搞懂这件事了。安迪想派我去,因为他害怕。

(你看,我告诉你的生存法则,就是这个意思。)

总之,这就是为什么我在不到一个星期之后,住进了卢娜·提卡尔收容所——名字应该没错,这是一座维多利亚时期的济贫院建筑,名字用哥特式字母刻在楣梁上。所幸我这次入院不算紧急情况,但谁也说不准……

老话说得好:有些事情凡人不该知道。对我这行而言,这句话可谓是一针见血。我们的机构叫洗衣房,不过名字跟实际职能没什么关联。而我们洗衣房的员工有时因为工作,会见识到让人神经错乱的可怕事物。你或许以为"可怕"指的是放着幻灯片讲报告,或者是自我评估会这类各种官僚系统中常见的做派,但不只是这些。平日里遇到不好的事,人们会说"海上还有更可怕的事呢①"来排解。我们日常面对的就是这句谚语中的"更可怕的事"(到栖居着触手生物的外星人海底城市遗迹附近也不是不可能)。若是某位同僚需要精神方面的治疗,他不会去普通医院,也不会叫社区护理服务。我们可不想看到特工们不受控制、满嘴胡话,把机密泄露给普通民众,就算四面墙铺满软垫的单人病房的私密性还不错,也不行。我们的伤员必须由我们自己来照顾。

趣味农场所在的小镇究竟叫什么,我就不说了。洗衣房有许多像这样的设施——颇有年头的建筑,二战期间被政府征收,再没还给过曾经的所有者。地方很难找,位于三条不复过往繁华的、肮脏的购物街组成的三角地块中间。沿街建筑全部背对农场垒起高高的、没有窗户的砖墙,只有一处例外:穿过一家狭窄杂货铺的库房来到后院,拉开一扇毫无特征可言的木头门,再走完一条阴暗的沾满

---

① 原文 there are much worse things that this 是一句英国谚语,意为世界上没有比这更糟糕的事情了。

煤灰的小道,就能找到一条潮湿的巷子。需要足够的权限才能走完
这一段,守在这里的警卫身手没一个差的,能把潜在的入室抢劫犯
揍到喷射性呕吐。不过,如果你有权限,沿着巷子往前走,就能看见
一些窄窄的窗户,上面装着涂了黑色油漆的铸铁栏杆。窗户中间有
一扇笨重的绿色木门,门铃旁边钉着一块灰扑扑、坑坑洼洼的铭牌,
显示这里是"格兰瑟姆的圣希尔达流浪儿与迷失者收容管教中心"。
(如今住在这里的人大多来得很平静,因为他们的心智被一些邪恶
的东西吞噬了)

大门闻起来像煮熟的卷心菜,还有一股绝望透顶的味道。我深
吸了一口气,拽了一下铃绳。

自然是什么动静都没有。虽然我提前打电话预约过,但是要来
到入口为我开门,应门的人得打开无数道门,再一一上锁。"他们很
担忧安全问题。"来之前安迪是这么说的,"免得一不小心让那些疯
得比较厉害的病人逃掉。"

"那些病人很危险吗? 到底有多危险?"

"大多数无害,不太会伤到别人,但在高安防病房……千万别一
个人走进去,当然护工们也会拦着你。但你最好连想都别想。那里
面有些人……当然,我们有义务照顾他们,是我们欠他们的,他们都
是在执行任务时成了这样。但如果一位身患偏执型精神分裂症的
高级行动专员认定你是个'蓝色哈迪斯①',又碰巧赶在你下次造访

---

① 即克苏鲁神话中的"深潜者"。

之前搞到了一些红色粉笔和注射用针头，这些充满理解的话就没太大意义了，对吧？"

是这样的：魔法是应用数学的一个分支，这里的疯子都是计算机科学专业的毕业生。正因如此，他们当初才会被洗衣房选中，最后又一个个沦落到此地。在趣味农场，我们会让他们远离一切尖锐的东西，以及一切棱角有问题的图形。但要保证他们的安全还是很难。毕竟，就算条件简陋，只要有黑板就能推算定理，如果你受得住，甚至也可以只用大脑。在软垫包裹着的病房墙壁上进行蜡笔涂鸦更是会带来别的地方根本没有的巨大危险。事实上，别说各种电子设备了，农场的许多住客连写字工具都会被没收，而空白纸张也会受到严格的管控。

我正琢磨着这些令人郁闷的事，门那头传来一阵响亮的金属声，一扇只能让一人通过的小门从里面打开了。"霍华德先生？我是莱茵菲尔德医生。你没带电子设备或电器，也没带你们那些驱魔符、护身符之类的职业工具吧？"我摇了摇头。"不错，那就请进。"

莱茵菲尔德是一个面容温和的女人，看起来有点腼腆。她穿着花呢裙子，披着一件白大褂，疲惫不堪的表情似乎永远挂在脸上，仿佛她的记事本里写满了日程，而她的手表却神不知鬼不觉地每天会慢上一个小时。我匆匆跟在她身后，猜测着她的年纪。三十五岁？四十五岁？算了，放弃。"你们这里具体住了多少病人？"我问。

我们来到一扇长得像中世纪吊闸的门前，她停住脚步，摆弄起一个大得出奇的钥匙圈。"十八,上次统计的是这么多。"她说,"来吧,可别惹恼了舍监,它不喜欢人们挡在走廊里。"地上有钢轨,像一条微型的窄轨铁路,被嵌进地下藏起来;走廊的墙上涂着复合涂料。走了一段之后,我注意到走廊里有光线出现,是从墙上高高的窗户里透出来的。窗后面挂着一些奇怪的设备,看着像是挂在管子上的、套了一层铠甲的水晶吊灯,刚刚超出伸手能够到的高度。"煤气灯。"莱茵菲尔德突兀地说。我抽搐了一下,她注意到我随之产生的一些迷信联想。"这地方不能用电灯。当然,舍监可以用。来我办公室吧,我给你说说详细情况。"

我们又穿过了一扇门——橡木制的,因为年头久,颜色发黑,放在疯人院里有点奇怪,倒是和豪华庄园比较相配,不过门上装着两把显眼的大锁。门后面就是高级办公区:厚厚的羊毛地毯,黄铜门把手,煤气灯开关,里面填满了棉花的扶手椅。(好吧,地毯是旧的,有些褪色,还被更多钢轨分成小块,但依然不愧是桃花心木小组①的地方。)莱茵菲尔德的办公室门在宽大的接待室的一侧,能看到另一侧也有一些关着的门,还有通往其他楼层的楼梯间。"这一侧是行政部门,"她打开门解释道,"茶还是咖啡?"

"咖啡,谢谢。"我坐进包裹着皮革、大约来自上上个世纪的扶手椅。莱茵菲尔德点点头,拉了拉门框边上的一根绳子,然后绕到办

①桃花心木小组:在洗衣房宇宙中,桃花心木小组是洗衣房内部一个小型组织,明面上是高层官员小团体,其实是一群法师。别名"看不见的大学"。

公桌后面,拉出椅子。我立刻注意到,她不仅没有电脑,桌上正中央甚至还放着一台老古董打字机。打字机的托板有过改造,做了加宽处理,键位可以调整。我猜是帝国贵族66型,不过对于年龄大我两倍的办公用品,我实在称不上专家,所以不确定。房间里有一整面墙全是木制文件柜,里面装的文件加起来怕是有三十兆字节的内容。"我听说,你们是全纸质办公?"

"是的,"她严肃地点点头,"很多病人不能接触电子设备,电子设备对他们来说太危险了。连他们平时玩的玩具也要小心,乐高和麦卡诺①显然绝对不行。还有一次,他们在玩《妙探寻凶》②时也出了意外,这事发生在我来这儿之前。对部分病人来说,任何带开放式规则的桌游都不安全。"

门打开了。"泡两人份的茶。"莱茵菲尔德说。我望了望门口,想看一眼勤杂工,结果愣住了。"霍华德先生,这是齿轮箱护工。"她介绍道,"齿轮箱护工,这是霍华德先生。他不是新入院的病人。"她迅速加了最后一句,因为门口那东西已经转过头来对着我,发出充满威胁的液压嘶鸣。

嗡——当!"嚯——华德先生。欢迎来——"叮——"圣希啊达——"嘶——当啷。这东西穿着款式相当古老的护士服,甚至能看出这件衣服的原型是十九世纪修女长袍。它用不会眨动的全景

---

① 两种均为拼装积木玩具。

② 一款桌游,1948年推出。

视觉镜头盯着我。它的脸是黄铜做的，一副死人相。脸上本应该是鼻子的地方长着一根棍子，像猎巫人的手杖一样直直指着我，棍子根部延伸出有放射状线条，与脸部完美铰接贴合。嘴巴位置是一些金属网格，似乎正尖酸地表达着对我的反感。

"齿轮箱护工是八姐妹之一。"莱茵菲尔德解释道，"它们不是全自动的。"确实，能看到一把有麻绳那么粗的电缆从这位姐妹的长裙中伸出来，而长裙下面应该没有双腿。"它们由舍监控制。舍监住的地方占了地下两层楼，就在行政部门办公区下方。一开始，舍监是一台 IBM 1602 主机。通过五芒星召唤阵，他们诱捕了一只没有名字的四级低等恶魔，役使它为主机提供高级认知能力。"

我的脸抽搐了一下，"算不上正儿八经的五芒星吧，只是一张电网。这么说，舍监是接通了电源的？"

"是的，霍华德先生。舍监的地下住所和员工宿舍都通了电，只有病人活动区没有电源。以八姐妹的能力，处理一些不对劲的苗头、安抚受到过度刺激的病人、完成基本护理工作绰绰有余。它们还装备了沃尔曼-弗莱彻奇术触变仪，要是有不听话的病人捣鼓一些自残玩意儿，它们也能检测到。所以容我再提醒你一次，在它们面前尽量别搞神秘主义那一套。虽然受到液压延迟线的限制，但它们的反应还是很快。"

我吞了一口唾沫，感激地点点头，"这系统是什么时候建立起来的？"

从莱茵菲尔德医生下巴的轻微变化可以看出，她要么觉得这个话题太无聊，要么出于某些原因，不想细说。"没其他事了，姐妹。"护工关上门，动作顺滑得像上了油的齿轮。莱茵菲尔德偏着头等了一会儿，似乎在听动静，接着放松下来，彻底变了个人。上一秒她还是心力交瘁的精神科医生，下一秒就变成累坏的家庭主妇了。她疲惫地笑笑，"抱歉，有些话不能当着八姐妹的面说。舍监对有些问题很敏感，其中包括它在这儿待的时长。而八姐妹听到的话，舍监也都听得到。"

"原来如此。"我想踢自己一脚。

"纽斯特朗先生在总部跟你交代差事的时候，没给你介绍过这个地方吗？"

我以为我弄懂了她的脾气，看来并没有。"没详细说过。"（不过不代表我对这儿一无所知。我知道高层会议室的桌上出现了举报信，不知道是谁用蓝色蜡笔在六张厕纸的正反两面写了整整十二页，痛陈护工的暴力行径。更离奇的是，没人知道那天早上的举报信是怎么塞进去的，因为高层会议室每晚都会上锁）"我猜对我们这些低级专员，不需要介绍太多。"（别提有多低级了）"这样有问题吗？"

"哦，"莱茵菲尔德抽了抽鼻子，"多少有点儿麻烦。有些信息是必要的。过度接触神秘事件能让你成为经验丰富的特工，但同时也给你留下……印记，造成有害的影响。"她小心斟酌着措辞，"你知道农场的用处吧？我们的工作就是照顾那些会伤害到自己和他人的洗衣房员工，将他们与这个世界隔开。正因为如此，我们才在这么小的地方——只有三十个床位——安排两名医生：收治文件需要两个人的签字。舍监和八姐妹不怕交叉感染，也不用担心被附身，但它们在法律上没有权限，所以以需要我和海克斯翰墨医生。"

"这样啊，"我点点头，不想表现出不自在，"所以，八姐妹容易对高级外勤特工产生敌意吗？"

"偶尔会，"她的脸抽了一下，"不过它们最近三十年都没有犯过这种错误，没有扣留无须收治的人。"门又突然被打开了。齿轮箱护工这回推着小推车走进来，上面放着茶壶、罐子、两只茶杯和茶托。推车能在狭窄的轨道上顺利移动，而齿轮箱护工推它的样子让我怀疑它裙子下面也安装了轮子。"谢谢你，姐妹，暂时没事了。"莱茵菲尔德接过推车说道。

"那你们现在都有些什么病人？"我问。

"有十八个。"她答非所问，"加牛奶还是加糖？"

"牛奶，不要糖。关于这里的病人，总部没人愿意跟我多说。"

"有什么不能说的？我们本来就会定期向人事部提交报告。"她一边倒茶，一边说道。

我仔细想了想怎么接话：令人困惑的碎纸机的故事；医疗档案；去年圣诞节派对上彼得·弗雷德的屁股的复印件——这些都最好别提。（举报信倒是最不重要的，纯粹是浪费厕纸，唯一的用处就是证明趣味农场的病区封锁线不够好。ISO9000举报体系标准有个美妙的优点:干任何事都要填相应的表格,如果只收到文件,却没有附带正确的表格,就可以假装没收到)"主要是文件的问题吧。总部的文件管理系统不太能处理手动打字机打出来的文件。几年前,有人试过把你们的报告扫描成电子档,之后也没审读,就把原件送去销毁了。结果扫描出来的文件有些问题。所以,对这里的长住病人,我们不知道准确信息,而人事部又想找回被毁的陈年档案,这件事还有点着急。"

莱茵菲尔德叹了口气,"又有人拿碎纸机惹祸了吧,这次没有复印件?"她用锐利的目光看了我一会儿,"行吧,我猜这是常态了。我们这个分部没人在意,优先级应该挺低的。总部能派个人来看看已经很令人感动了……"她呷了一口茶,"目前有十四名短期病人,霍华德先生。这十四个人都有不错的预后,可能梅里韦瑟稍微差点……你可以把你的工位号牌给我,我明天就给你寄一份完整的病患名单,附带他们各自的工号。不过,四个长住病人就是另一回事了,他们住在高安防区。为了防止意外,每人都配了一名护工。其中三个病人连工号都没有——员工电子信息归档是1972年的事,而他们早在那以前就被永久取消了外勤资格。另外,悄悄告诉你,其中的一个,我连他名字都不能确定。"

我点了点头,努力做出一副理解她的样子。我要调查的举报信显然是长住病人写的,问题是:哪一个?没人确定。举报信出现的前一天晚上值班的那名夜班门卫又不大跟人说话。(他本身也是个死灵,死了很多年了)监控什么都没拍到,这本身就说明了问题的严重性——洗衣房总部的监控系统很特别,平常人很难骗过它,而且确保与最容易被覆盖、被篡改的"蝎眼"网络断开。"你能带我认识一下病人吗? 先去看短期病人,再去看长住的?"

她有点吃惊,"那可是长住病人啊! 我没跟你开玩笑,他们每个人都需要单独的护工随时陪护,以避免失控。"

"啊,对。"我耸耸肩,做出一副不好意思的样子(其实很好意思)——"人事部最近很头痛,欧洲那边给了他们一些指示要求,针对工作场所的卫生安全,以及长期残疾员工的资源分配的问题,任命一名病患维权专员,在卫生安全福利的纠纷中担任协调与监察的工作。"我又耸了耸肩,"我知道这是鬼话,你也知道。但我们只能服从,否则上面就要来问话了。天下的行政系统都这德行,而严格来讲,虽然这些人只能被扔在这儿接受长期护理,但他们依然是洗衣房的员工。这件事总得有人来做,我上司点了我的名,我就只好来了。所以,希望你不要介意,我没有选择,只能问你了。"

"既然这样,我猜我们可以做些安排。"莱茵菲尔德不再那么强硬,"但你要是去高安防区的话,舍监会不高兴。这件事打破了它的日常工作,而它喜欢牢牢掌控一切。要花一阵子才能定下访问的时间,如果访问期间有病人失控……"

"啊,那干脆突击行动吧,越快结束访问越好,你也能快点摆脱我。"我咧开嘴露出一个傻笑，"我听人说起过你们这儿的观察厅，能带我去看看吗？"

我们先去了短期病房。病房排列在一条走廊的两边，两头各有一间浴室和一个护士站。所有病人都有单独房间。走廊一侧还有一间吸烟室，白色的门框上泛着一些黄色的金属光泽，里面很空旷，只有几张看起来惨兮兮的皮质沙发椅和一面巨大的公告牌。公告牌上写满了公共安全的相关规章（包括必须标明的"吸烟违反法律"）。如果不去注意门锁和观察窗，这地方很像维多利亚时期生意不太景气、场面有些萧条又不失上流风范的铁道旅馆的休息室。

病人就是另一种风格了。

"这位是亨利·梅里韦瑟，"莱茵菲尔德医生一边说着，一边打开三号床的房间门，"亨利，你好吗？这是霍华德先生，他是来做例行检查的。亨利？你在吗？"

"三号床"其实是个拥挤的小公寓间，有一个小客厅，配了沙发和桌子；另有一间单独的卧室；洗手间的门正对着大门。一台破旧的留声机带着一个张扬的铃铛形喇叭，放在一个笨重的木质边柜上，由于污渍太厚，几乎变成了黑色。另外还有一张被仔细折好的报纸和一碗水果。窗户玻璃上起了霜，用铁丝又封了一层。但除此之外，这里看起来安逸舒适，只要不去想里面的住客就行。

亨利两脚交叉，蹲在一张擦得光洁发亮的木桌上。他的脑袋微微偏向我这边,注意力却不在我身上。他穿着一套样式古老的彩色条纹睡衣,一看就不是这个世纪的产物。他的目光落在我们身后等着照顾他的姐妹身上,脸上一副吓破了胆、战战兢兢的样子,仿佛一等我们离开,这台穿着浆洗干净的围裙的机器就会一个关节一个关节把他的手指掰成小块。

"你好。"我冲他挥挥手,试探着打了个招呼。

亨利弓起身子,向后滚下木桌,发出一连串怪异的呼噜声,我一开始还以为他在笑。他退到墙角蜷缩起来,指着我身后,"审计员!审计员!"

"亨利?"莱茵菲尔德站到我旁边,语气有些担忧,"来得不是时候吗? 有没有什么要帮忙的?"

"你——你——"他的食指晃得厉害,但一直指着我背后,全身时不时抽搐一下,"检查! 检查!"

莱茵菲尔德显然用了错误的字眼,把他刺激到了。这个可怜鬼吓坏了,害怕得失去了理智。我肚子里生出一股怜悯,又涌上胸口:审计员也是我的噩梦之一。就算亨利(亨利·梅里韦瑟,运筹学研发组的高级技术官)患有不轻的紧张性精神症,还会做出伤害自己的事,但他对审计员的恐惧是非常合理的。"没事,别怕,我不是——"我身后传来尖锐的嘎吱声。

嗡——当。"梅利喂瑟先——生。回到你的房间。"咔嗒。"该睡觉了,马上。"咔嗒,哐啷。我身后的姐妹堵死了门。它名叫"飞轮"

护工，长得像戴立克①，只不过穿着料子挺括、带褶缝的衣服。它的手像铸铁的水槽柱塞，此刻凶狠地挥舞着。"马——上！"

"人工控制！"莱茵菲尔德喊，"姐妹，退下！"又轻声对我说道，"姐妹最痛恨情绪不稳的病人，你别动。"她转向护工，后者已经举起了拐杖一样的奇术触变仪，"听我指挥！"

梅里韦瑟喘着气站在角落，被机器人护工指着，不住地发抖。一分钟过去了，局面僵持着。机器人护工说："医生——舍监说——病人必须上床。听你指挥。"哐当——嚯。护工的机器底座转了一圈，整个人沿着轨道倒退着出了门，去了护士站的方向。

莱茵菲尔德用一只脚关上门，"霍华德先生，麻烦你用背抵住门，用脑袋封住那个，嗯，猫眼。"

"你别去，不准……"梅里韦瑟死盯着我嘟囔道。

我摊开双手，笑道："我不是审计员。"

"不是……不是……"他闭上眼睛，张大了嘴。过了一会儿，我发现他竟无声地哭了，绝望的泪水顺着脸颊滚滚淌落。

"他今天不好受，"莱茵菲尔德冲我的方向低声道，"来，咱们上床吧，亨利。"她小心地走到他身边，引着他进入小卧室，给他盖上被子。

他没有反抗。

我依然背靠门，用后脑挡着观察小窗。不知为什么，我脖子后

---

① 《神秘博士》中的反派，造型像巨大的胡椒罐。

面有点痒。看得出来，飞轮护工不是那种喜欢跷着脚喝茶闲聊、谈天说地的性子。我感觉它依然在这栋大楼某处用它闪烁着一圈红光的眼睛注视着我，而我迟早会和它的主人撞上。

安迪确实害怕这个地方。

我又不傻，知道察言观色。他把圣希尔达收容中心的差事交给我，叫我调查中心的古怪之后，我立刻鼓起勇气，去敲了安格尔顿办公室的门。

安格尔顿不是普通人。洗衣房里敢拿CIA反间谍处处长[1]的名讳来当自己绰号、目前还没有丢掉性命的，我只知道他一个。另外，我看见他出现在1942年洗衣房职员大合照里，而这几十年来他的脸都没变过。这在洗衣房也是独一份。大部分人见到安格尔顿都会吓掉半条命，我也不例外。当你研究深渊时，只要研究得够久，深渊也会研究你。以安格尔顿的资质，他可以在任何一所大学的死灵术学院（如果真有这样的学院的话）当院长。和他见面挺折磨人的。所幸的是，这老家伙对我似乎印象不错，至少不会表现出反感和鄙视，就像他对待人事部或者我们的政界代表时那样。

咚咚咚。

"进来。"

"老大，有空吗？"

---

[1] 詹姆斯·安格尔顿，于1954年至1974年期间担任CIA反间谍处处长。

"坐下，小子。"我坐下来。安格尔顿继续敲了打字机几秒钟，然后从压印筒下抽出碳纸，正面朝下放在桌上，又拿一块污渍斑斑的茶巾盖在上面——干我们这一行，要传递最机密的机密信息，绝对不能用电脑——"怎么了？"

"安迪想让我去趣味农场做一次临时检查。"

安格尔顿全神贯注地盯着我。**妈呀**。"他有说为什么吗？"盯了一会儿之后，他终于问道。

"这个……"怎么说呢？"他似乎在害怕什么，另外好像有一封举报信，是那里的一个病人写的。"

安格尔顿的手肘靠在桌上，十根骨节粗大的手指头合在一起，组成一座小小的尖塔。就这么过了一分钟，这阴森森的房间里吹过一阵凉风。"这样。"

我从来没见过安格尔顿举棋不定，他这样子让我心慌。就像威利狼[1]低下头，突然发现自己已经跑过悬崖，脚下除了空气什么都没有一样。"老大？"

"安迪到底是怎么说的？"安格尔顿缓缓地问出一个问题。

"我们收到一封举报信，"我介绍了一下那封搅得大家不安生的信，把我知道的大致说了说，"状况出在一个长住病人身上，我就是想问问，你了解那些长住病人吗？"

---

① 华纳兄弟喜剧卡通系列《乐一通》里的角色，该卡通系列最著名的角色是兔八哥。

安格尔顿的目光越过双光镜片的边缘看向我。"老实说,我了解。"他缓缓地说,"我曾经有幸和他们共事。嗯,等等。"椅子被他"嘎吱"一声推开,他站起来,转身,几步走到办公室后墙面前,面对占了一整面墙的印着"东光"的陈年档案。"我放哪儿去了……"

安格尔顿翻找陈年档案的样子,又让我想发出一声妈呀。他的大部分资料都储存在他那台集成在办公桌上、靠读取微缩胶卷来运行的记忆扩展器中。只有非常重要的资料才会保留纸质文件。"老大?"

"什么?"他头也不回,继续翻找。

"我们不知道举报信是怎么送出来的。"我说,"那个地方的安防应该很完善才对吧。"

"是的。啊,这才对嘛。"安格尔顿从壁柜里抽出一个文件盒,对着上面的灰尘用力吹了一口气,然后不慌不忙地打开。文件盒发出"嘭"的一声,接着嘶嘶作响,盒子在一阵臭氧的气味中打开了,没有伤害他——毕竟他是文件盒正经八百的主人。"我看看,应该在这里面……"

"既然有安防,那就不该有泄密的事发生啊。"

"耐心点,鲍勃,这个问题等会儿再说。"他的语调有些尖锐,听得出来开始烦躁了。我立刻乖乖闭嘴。

一分钟后,安格尔顿从一摞文件中抽出一本油印小册子,盖上文件盒,回到办公桌前,将小册子推到我面前。

"你先读读这个,然后照着安迪吩咐的做吧。"他不紧不慢地说,"出发前记得给我抄送一份详细行程,听话。"

小册子的封面皱巴巴的,满是灰尘。上面印着一张照片:一名身材臃肿、穿着正装的男性和一名梳着五十年代流行的蜂窝头的女性。两人坐着,下面是一篇讲工业考古学的文章,标题是:IBMS/1602-M200 的电源、配电和散热需求。我打了个喷嚏,困惑了,"老大?"

"你最好认真读,背下来,鲍勃。说不定之后会有一场考试,你可不想到时候不及格。"

我紧张起来,"老大?"

停顿。

"趣味农场的安防并非万无一失,鲍勃。农场的信息传输通道被一圈气隙层切断①,但只要满足某些特定条件,信息就必然会流出去。不过,这次的泄露并不满足那些条件,这让我想不明白。除了把小册子背下来,你走之前最好再读一下'盈月'和'公理避难所'两个档案。"他停顿了一下,"如果见到康托尔,代我跟那老不死的问声好。我特别好奇他过去三十年里都在干什么。"

莱茵菲尔德把我带到吸烟室,关上门。"恐怕他今天不好受,"她摸出一个纸盒,从里面抽出一根香烟,"抽烟吗?"

---

① 指将电脑与互联网以及任何可以联网的设备隔开。

"不了,谢谢。"提拉窗被钉死了,窗框也被刷成和墙壁一样的颜色。几扇提拉窗上面还有一扇百叶窗,不知道为什么装在那么高的位置。我不敢大口呼吸。"他怎么了?"

她擦燃一根火柴,凝视火苗思索一阵,"我想想。他今年四十二岁,已婚,有两个孩子他经常聊起。妻子在学校教书。在家人面前,他总是谎称自己在军情六处当文员。"(不能和配偶聊真正的工作,但要长期隐瞒又很难。所以人事部允许我们撒点无害的小谎,必要的时候还会帮我们圆谎)"他其实没能力值外勤,他主要做的是理论工作,出事那次是被抽象诱捕器工作小组借调了。"

也就是说,他是个理论奇术师。魔法不过是应用数学的一个分支。当你运用某些算式进行计算工作时,你会和纯数学的柏拉图理型世界产生共鸣——有些生物能听见这种共鸣,不过我没法细说,说出来就会违反《官方机密法案》——而理论奇术师做的就是,开发新的输出算法(用通俗话来说,就是咒语)。这是一份异常消耗人的工作。

"他一口咬定自己被审计员盯上了,要惩罚他在工作时间想不该想的事。为此他幻想出了一整套离谱的故事,有点像偏执型精神分裂症,但多看几眼就会发现……我们送他去我们的基金会医院做了核磁共振,发现他的损伤有着明确特征。"

"损伤?"

她吸了一大口烟,"他的前额叶像蜂窝奶酪,这是克兰茨伯格综合征①的早期症状。如果一直这样不让他碰工作，再坚持几个月，说不定他就能稳定下来。到时候他就能退休，做一点安静、简单的工作。克兰茨伯格综合征和阿尔茨海默病不一样，只要远离危险源，病情就会迅速缓解。不过别太乐观，可能还要给他做一个疗程的化疗吧。在我之前，我的前任们在他身上试过电休克治疗、前额叶切除手术、神经阻滞剂、致幻剂，以及日间电视节目。到目前为止，最为有效的疗法还是定时作息，外加工作疗法，给他提供一个宽松的办公环境。"忧郁的烟圈打着转飞向天花板，"但他再也没法施展厉害的召唤术了。"

我不该拒绝她的烟来着，就算我根本不抽烟。我坐了下来，嘴巴很干，"现在知道克兰茨伯格综合征的病因吗？""盈月"档案我匆匆看过一遍，但里面有太多医学名词，看了根本记不住。"公理避难所"更是没什么用（那是一篇高度专业的数学论述，讲的是一套描述十二维空间某种拓扑缺陷的标注系统）。只有主机电源介绍——大概就是舍监用的那一个——看起来对眼下的工作有那么一点用处。

"有好几种假说。"莱茵菲尔德在房间里来回踱步，踩踏着破烂地毯上的烟灰，"理论解析恶魔学家花了二十年才猛然意识到：梅里韦瑟看起来异常年轻。在高级奇术领域工作得够久的同事也发现了这一点。初期症状包括轻微的运动失调——你看见他双手打战

---

① 作者为他的洗衣房宇宙原创的一种脑病，是一种神经退行性疾病，专门针对从事精神类魔法计算的魔法师。

了吧？——和过度反应——类似双相障碍或多动症。此外还伴随着某些精神分裂症常见的妄想和幻听。"她停下来，喘了口气，"除开《女巫之锤》那一套入侵恶魔污染灵魂的理论，看法主要分成两派：一派认为长期暴露在高级奇术的能量场中会造成严重脑损伤，但问题是这种情况太罕见，无法量化统计。"

"另一派呢？"我追问。

"另一派是我最喜欢的。"她几乎笑了出来，"是用解析恶魔学来解释。当你运算、求证时，在数学的理性世界中，某些生物会听见你大脑制造的动静，给你回应——其实，这个说法有些争议，不过目前的正统神经生理学认为：人脑是一个负责运算的器官，能进行运算任务，对吧？不过我们不是很擅长，人体神经系统难以触发图灵定理的核心部分，不过……如果你用力思考某些问题过了头，就会产生一种危险：你的大脑会生成一道低级召唤咒，当然，威力不会太大，后果也不会太严重。你还记得曾经做过的绚烂白日梦吗？还有梦醒之后记不清梦境，周身难受的感觉？这是因为某个来自其他宇宙的生物从你大脑顶叶的顶内沟里吸走了一团神经组织，而这微小的一团再也长不回来了。"

这么深奥。如果只是"要么使用，要么失去""如果使用，就会失去"这么简单就好了。幸好没有扯上与非门逻辑[①]……"为什么有些

---

① 非门逻辑，是数字逻辑电路中的一种基本逻辑门。它的功能是实现逻辑否定，即输入信号的反相输出。

人中招,有些人没事?"

"不知道。"她扔掉抽剩下的半截烟,用样式朴素的鞋的后跟踩灭了。她对上我的目光,"你对接下来要做的事儿心里有数了吗?"

"有。"我一边说着,一边暗骂自己其实是个心里根本没数的蠢货,"我想跟长住病人说说话。"

我有些期待莱茵菲尔德义正词严地拒绝我,直接不让我去。但她只是象征性地挣扎了一下:要求我写一份让她打开观察厅的书面指示,又让我签了一份人身伤害免责书。但是,为什么我感觉被要得团团转的是我?

等我填表填到她心满意足之后,她拧开一只老旧的、被磕得破破烂烂的传话筒,对着里边说道:"舍监,检查员依照总部命令要进观察厅,接着会和第二病房的病人说话。我们会在那儿待一阵。"她重新拧上话筒,转向我抱歉地说道,"我们的行动都要向舍监报告,这很重要,否则它会误以为有病人想要逃跑,从而采取应对措施。"

我吞了一口唾沫,"经常有病人想逃吗?"

她打开办公室门,朝对面的走廊入口走去。"短期病房时不时会有病人歇斯底里,"她走进走廊,走上楼梯,"但长住病人……不怎么出现这种情况。"

这一层也有一个大厅,和楼下接待室有点像,不过有个地方很不一样:一面墙上有一扇窄窄的、被涂成白色的门,没有任何装饰,显得非常突兀。门上有一把亮闪闪的黄铜挂锁。几位看起来又丑又凶猛的守卫守在门口，让人头皮发麻。没有窄轨轨道延伸到门后面，也没有其他看起来能导电、能连通超自然力量的东西。莱茵菲尔德摆弄着一大串的钥匙，接着打开了挂锁。"这是通往观察厅的入口。"她说，"有几件事你要记住。第一，护工无法保障你的安全。如果跟病人发生冲突，你只能自求多福。第二，整条长廊是一个巨大的法拉第笼①，还附带抑制奇术的效果。要让奇术在那个空间起作用，至少需要一场黑弥撒，外加许多场人祭才能办到。你可以通过长廊里的潜望式观测镜和耳管观察病房，我们更愿意用这种方式接触长住病人。如果要进病房，直接走到长廊另一头就行。但我希望你尽量别去，除非是非去不可。光是远程管理他们就够难的了。最后，如果你坚持要和他们面对面，请记住，外表是可以骗人的。"

"他们不是疯子。"她又加了一句，"只是极度危险，不是类似汉尼拔·莱库尔特②那种动不动就要吃人的危险。这些长住病人所患的不是普通的克兰茨伯格综合征。他们状态稳定，能和人正常交流，只不过……等会儿见到你就明白了。"

我抢在她进一步吓唬我之前换了个话题，"怎么安全进入病室，又该怎么离开呢？"

①一种能屏蔽磁场、电磁场，削弱电磁脉冲的金属笼子。以英国物理学家迈克尔·法拉第命名。

②《沉默的羔羊》中的反派角色，由安东尼·霍普金斯饰演，喜欢吃人肉，曾经被确诊为重度精神病患者。

"沿着楼梯往下，走到观察厅的另一头，那里有一条很短的走廊，两边各有一道门。两道门的锁相互连接，确保同一时间只有一把锁可以打开。你身后的走廊门关上后会自动上锁，这把锁只能用观察厅这一侧的一个控制面板打开。所以，外面必须有人替你开门。"显然这个人就是她。我们来到第一台观测镜前，"这里是二号病室，目前住的是艾伦·图灵，"她看到了我惊讶的表情，"放心，只是化名，为了确保安全才取的。"

（真名蕴藏着力量。洗衣房几乎人人都有代号，其实我根本不叫"鲍勃·霍华德"，正如二号病室里的"艾伦·图灵"也根本不是计算机科学之父、解析恶魔学的创始人。）

她继续道："真正的艾伦·图灵若是活着，现在恐怕有一百岁了吧。长住病人的代号都是按照著名数学家取的。有艾伦·图灵、库尔特·哥德尔[①]、格奥尔格·康托尔[②]、本华·曼德博[③]。图灵是年纪最大的，本华是最新进来的，他有工号，16号。"

我的工号是五位数的，不知道该高兴还是心酸。"没有名字的是哪一个？"我问。

"格奥尔格·康托尔。"她缓缓地说，"应该在四号病室。"

我弯腰凑向观测镜，取下黄铜盖子，看了一眼这位没有名字的克兰茨伯格综合征患者身处的世界。

---

① 二十世纪初的美籍奥地利数学家，在逻辑学和基础数学方面贡献杰出。
② 十九世纪德国数学家，集合论的创始人。代表作《一般集合论基础》。
③ 二十世纪犹太人数学家，代表作《大自然的分形几何学》。

我看见一个被涂成白色的世界：空间很大，一边是厕所，另一边是卧室；和短期病房一样，这两个房间都没有门。地上依然有嵌入地板的钢轨，方便护工到达每一间病室的每一个角落。这间房里也有一些看起来挺舒服但有点陈旧的家具。沙发一头堆着报纸，侧边柜上放着一台坏掉的留声机。房间中央有一张桌子、两把椅子。两个男人坐在一副和古董差不多的便携式国际象棋棋盘两头，似乎在研究棋局，能看出来，这局棋已经进入终局。两人年纪都挺大，但一时间看不出来具体有多老——其中一个秃顶，头上的老年斑让人想起上了年纪的乌龟，另一个倒是满头银发，还长着浓密的、经过仔细修剪的胡须。两人都穿着运动衫和某种苏联解体那会儿就过时了的外套。我敢打赌，他们皮鞋上的鞋带肯定都被没收了。

有头发的男人走了一步棋，我眯起眼睛朝观测镜里看。走错了吧？我心里嘀咕着，想弄清楚这是怎么回事，骑士(马)不能这么走。接着我想起了安格尔顿在总部对我说的话，冷汗从我背上淌下来，像针刺一样。"你玩象棋吗？"我盯着病室问莱茵菲尔德。

"不玩。"她漫不经心地说，"象棋是比较安全的游戏，没有骰子，不需要纸笔，看起来对病情也有帮助。怎么了？"

"但愿没什么吧。"我说，但希望很快就破灭了，乌龟头捻起一个兵，往左边横着走了两格，吃掉了大胡子的骑士。乌龟头把骑士以及其他吃掉的棋子装进一个饼干罐子，棋子全都吸附在罐身上，像磁铁一样。大胡子点了点头，似乎很满意，往后靠在椅背上，看向天花板。

我赶在跟他对上目光之前躲开了，并从观测镜前抬起头来，"那两个下棋的，一个脑袋长得像乌龟，另一个长着白胡子和白头发，他们……"

"是图灵和康托尔。我记得图灵曾是一名DSS①外勤特工，康托尔的身份和职位就不清楚了，但他以前应该是个高层。"我忍不住抽搐了一下，DSS可是"那种"级别，就是那种以模糊形象示人的、人事部脏兮兮的手指头根本不准去碰的级别。我猜安格尔顿就是DSS成员。（对于DSS，大家最爱开的玩笑就是它同时也是"万分可怕的术士②"的缩写）"他们每天下午都会花几个小时下棋，记不清是从什么时候开始的了。"

行吧，我又凑到观测镜前，看他们玩完全不遵守象棋规则的象棋，"跟我讲讲海克斯翰墨医生吧，他去哪儿了？"

"朱利叶斯吗？他今天好像离开收容所去外面开会了。"她含糊道，"怎么了？"

"就是好奇。他在这儿干了多久了？"

"比我久，"她顿了顿，"大约三十年吧。"

天哪。"他也不会下象棋吧。"我一边问，一边看着康托尔用王走着骑士才能走的棋步，逼得图灵的后前兵匆忙后退。我脑子里突

---

① DSS（Detached Special Secretary）是洗衣房宇宙中一类特殊特工，能力强，见识广。

② 英文为 Deeply Scary Sorcerer。

然冒出了一个可怕的怀疑——不是关于病人,而是关于莱茵菲尔德的。"告诉我,康托尔和图灵经常下象棋吗?"我直起身来。

"每天下午都会下几个小时。朱利叶斯说他们一直都这样,记不清是从什么时候开始的了。看起来对病情也有帮助。"我注视着她,她表情空洞,虽然醒着,但没有神采。我后脖子的汗毛一下子竖起来了。

好吧。我有很不好的预感,但行动还是要继续。"现在我要去和病人交谈了,面对面。"我站起来,重新给观测镜盖上盖子。"请在这里待上十五分钟,以防我遇到紧急情况需要出来。十五分钟后如果平安无事——"我看了一眼手表,"现在是八点零一分,麻烦每隔半小时来看我一次。"

"你确定要这么做吗?"她眯起眼睛,突然又警惕起来。

"你也会看望病人,对吧?"我抬起一边眉毛,"而且你也是单独进去的,遇到问题会有海克斯翰墨医生在这儿帮你开门。护工也会帮你。"

"是的,但……"她咬了咬嘴唇。

"怎么了?"我的目光定在她脸上。

"我是个计算机白痴!"她爆发了,"而你会有危险。"

"这个嘛,不是说这里只有一台计算机,就是舍监吗?"我露出一个不怀好意的笑容,掩饰我的不安。(最好别去想1945年前的事——那时没有计算机,"计算"还是员工的工作内容之一)"放心,不会传染的。"

她耸耸肩表示投降，接着朝观察厅远端做了个手势，那边放着一个神奇的装置，安装在一根管子上。"那是警报，想呼叫护工，就拉一下带蓝色拉环的链子；如果只是普通警报，就拉红色拉环，会叫来当值的精神科医生。每个房间都有警报拉环。"

"好的，我记住了。"蓝色是护工，红色是精神科医生。就刚才所见，医生多半也被施加了魔法抑制，或者还有些别的什么抑制。不过我没办法仔细查看，不然引起舍监的注意，就要漏底了。我开始明白为什么安迪不想来捅这个马蜂窝了。

我朝观察厅远端的楼梯走去。

连接楼梯和高安防区的短短一截走廊一点儿也不温馨。纯白的砖墙，靠近天花板的地方用的是玻璃砖，让一丝日光渗入室内。门都是金属的，没有门把手。一般要去这样的地方，我会把自己武装到牙齿：随身电脑上会加载术法调用程序和施法程序，口袋里会装一只荣耀之手①，脖子上还会挂一串大蒜头项链。但这次我什么武器都没有，像一只光溜溜的青蛙，紧张得不得了。第一扇门开了一条缝，似乎在等我进去。我进了门，门在身后嘎吱作响，然后砰的一声关上，吓得我差点儿丢了魂。前方的第二道门发出沉重的哐当

---

① 在洗衣房设定中，荣耀之手是含冤被处死的人的手，桡骨、尺骨处装了电路，手指尖可以被点燃，可以施放一些简单的咒语，例如隐形。

声,我走过去轻轻一推,门就打开了,后面是一条铺了木地板的走道。一个老家伙从走廊的一侧走出来,他穿着绿色花呢西装和一双家用拖鞋,一手端着一杯茶,杯子是搪瓷的。他看到了我,"嘿,你好!"他声音粗嘎,"你是新来的吧?"

"可以这么说,"我努力挤出一个微笑,"我叫鲍勃,你是谁?"

"这要取决于你是谁,小伙子,你是精神科医生吗?"

"我不是。"

他拖着脚走上前来,拐进另一侧。我跟着走过去,发现这是另一间房,有点儿像休息室。"那我也不是拿破仑·波拿巴!"

行吧,很好笑。恐惧褪去,取而代之的是失望。"员工给你们所有人都起了名字,图灵,康托尔,哥德尔,曼德博……"

"所以你还没确定?"休息室里有一张放着一大堆报纸的咖啡桌,几张老旧的长沙发,三把看起来像是从一战前的老房子里偷来的扶手椅。"不管怎样,我们之间还没有正式引介,所以你叫我爱丽丝也无妨。"

"爱丽丝"——或者是哥德尔,或者是曼德博——坐了下来,几乎被柔软的扶手椅吞了进去。他得意地看着我困惑的样子,似乎很开心为他的陈年旧梗找到了新的受害者。

"好吧,爱丽丝。你这地方可真像个兔子洞。"

"是的,但大小正好!"他似乎很喜欢有人陪他说话,"你知道自己为什么会进来吗?"

"知道。"一丝不易察觉的惊讶在他脸上一闪而过,我亲切地点点头。老家伙,想搅乱我的脑子?我先搅乱你的。不过这个人很可能是DSS成员,要不是护工时刻警觉,这里又完全找不出任何电力设备,他一见到我就能把我从里到外整治一遍。"你知道你为什么会进来吗?"我问。

"当然!"他冲我点点头。

"现在我们互相有了基本了解,就别闲扯了吧?"

"啊,"他谨慎地呷了一口茶,额头上的皱纹变深了,"我猜理事会想要一份进度报告。"

我坐进沙发,立刻本能地想去抓天花板——我感觉自己掉进了一朵巨大的捕蝇草。"你说谁想要——"

"不是乐队,是理事会①。"他有点不耐烦地看着我,"他们好多年没有派人过来监视我们了。"

好吧,这就是趣味农场了。我应该料到病人会有妄想症的。态度好一点,鲍勃。"你在这儿做什么工作呢?"我问。

"真要命。"他翻了个白眼,"他们又送了个白板来?"他抬高嗓门,"库尔特,他们又给咱们送了个白板!"

又有拖鞋走路的声音传来。一个勾腰驼背、白发蓬蓬的人出现在门廊口。他戴着一副带颜色的眼镜,似乎是从一个世纪前淘

---

① 主角问了一句"谁",而病人理解成了"谁人"乐队(The Who),于是纠正他。

来的。"什么？怎么了？"他高声质问。

"他什么都不知道。""爱丽丝"对他说——我意识到来人应该是哥德尔，所以"爱丽丝"就是曼德博。说完，曼德博冲我眨了眨眼，"他也什么都不知道。"

哥德尔拖着脚走进休息室，"这么快就到喝茶时间了？"

"不是！"曼德博放下杯子，"你快去弄块儿手表！"

"我这么问，只是因为艾伦和格奥尔格还在下象棋——"

这实在太离谱了。我的忍耐力到了极限，愤怒地纠正，"那不是象棋！而且你们没一个是疯子。"

"嘘！"哥德尔突然警醒，"护工会听见的！"

"除了楼上的莱茵菲尔德医生，这里只有我们，我猜她没那么尽责，对这里的动静没那么上心。"我盯着哥德尔，"事实上，她跟我们完全是两种人，对吧？她是个研究克兰茨伯格综合征的医生，所以你们在这儿干什么？"

"切鱼片！衣帽架子！"哥德尔做出惊恐的表情，后退两步，向后撞在墙上。开玩笑，我有平克和布瑞恩两个室友，早就见惯了这种"看看我，我疯啦"的表演。哥德尔演得实在不怎么样，他显然没见过真正的精神分裂症。

"你们中有人写了一封信，控诉工作人员虐待你们。信出现在我上司的办公桌上，于是他派我来调查情况。"

砰！哥德尔又撞了一下墙，往前弹回来，看来这把老骨头抗震能力不错。"闭嘴吧,老头。"曼德博责备道,"你这样会吸引她注意我们。"

"我见过克兰茨伯格综合征患者,还曾经和一些正经疯子当过室友。"我说,"装疯要选好对象。"

"哎。"哥德尔回了一句,便不出声了。

"我们没疯,"曼德博承认道,"只不过我们的理智和普通人不太一样。"

"那你们为什么会来这儿?"

"为了公共安全。"他喝了一口茶,做了个鬼脸,"应该说,为了除我们之外的人的安全。告诉我,他们是不是还把IBM 1602放在蒸汽熨烫间后面?"我的表情应该很懵,他看到我,叹了口气躺进椅子里,"老天,时间过得真快。是吧。听着,鲍勃——我知道这只是代号——我们就该待在这儿。也许我们当初来这儿参加周末研讨会时,是不该被留下来的。但我们已经待了这么久……你听过社区护理中心吗?这里就是我们的社区。如果你想把我们弄出去,我们会很生气。"

啊这。一名生气的DSS成员,不管会不会用肆无忌惮的玩笑寻幽默,都足够让任何人全身凉飕飕了。"为什么你觉得我会想办法把你们弄出去?"

"报纸上写了!"哥德尔像一只被惹怒的鹦鹉一样突然叫出声,"看这里!"他冲我挥舞着一份小报,我接了过来,但从他手指间扯出报纸还费了点儿力。这是一张本地小报《大都市》，上面沾了点儿果酱，头版头条赫然写着："NHS①基金会以私人主动融资模式售卖地产"。

"嗯，我好像没看懂。"我求助地看向曼德博。

"我们还没死呢！他们就急着把基金会手里所有医院卖出去！"曼德博从椅子上猛地坐起来，"圣希尔达怎么办？这地方是1943年从圣詹姆士慈善会征用来的，过去十年间，国防部把不少战时征用的地产还给了原主人，好让他们卖给开发商。我们怎么办？"

"啊……"我放下报纸，双手举到空中，"没人告诉过我这些事。"

"我说什么来着，"哥德尔低吼道，"他是阴谋的一部分！"

"等等，"我脑子飞速转动，"这地方和普通的国防部资产不一样吧？否则在1946年就会被归档为战后安置点。这事得仔细问问审计部的同事，搞清楚这地方归谁才行。我敢肯定，所有者肯定不是NHS基金会，国防部也不可能直接归还给——"我的脑子终于赶上了嘴巴，"你说的周末研讨会是什么？"

"妈耶。"另一个声音从门廊那边传来，是浑厚的男中音，带点利物浦口音，"他不是理事会的！"

"我说了吧，"哥德尔尖叫道，"这是个阴谋！他是人事部的！他们派他来评估我们！"

我开始头痛了。"先等我搞清楚。曼德博，三十年前你来这儿参

---

① 英国国家医疗服务体系。

加周末研讨会,之后就被留在这儿,关在高安防病室?哥德尔,我不是人事部的,我是外勤部的。你是康托尔,对吧?安格尔顿叫我带句问好。"

最后这句话让他听进去了。"安格尔顿?那个傲慢的排骨精还在那儿卖命啊。"哥德尔看起来开心极了,"真不错。"

"他是我上司,我想知道你和图灵刚才玩的那盘棋是什么规则。"

三道目光扫过来停在我身上——应该说是四道,因为第四个病号也来了,站在门廊上。我立刻感觉自己渺小又脆弱。

"他挺聪明。"曼德博说,"可惜了。"

"怎么确定他没有说谎?"哥德尔尖厉的声音反常地压低了,"万一他是敌方派来的怎么办!克格勃十六局①?或者格勒乌②?"

"苏联几十年前就解体了,"图灵率先打断了他,"《每日电讯报》上就这么写的。"

"那就是美国密码局③?"哥德尔有点儿不确定了。

"你觉得规则是什么?"康托尔冷冷地笑了,眼睛旁边的皱纹被笑意拉长。

---

① 克格勃下属机构,全称是无线电电子情报局。

② 格勒乌(Glavnoe Razvedivatelnoe Upravlenie),苏军总参谋部情报总局,现为俄罗斯联邦的情报机构。

③ 密码局(Black Chamber),又名黑室,美国历史上的一个译码部门,也是国家安全局的前身。

"有铅笔吧。"我正好看到一支笔,躺在侧边柜上一叠折起来的报纸顶端。每张报纸都在填字游戏那一页折了角。"我看看,嗯……"从病号的视角来看,世界是什么样的?"我想到了。"

(我突然灵光一闪,差点儿把自己闪瞎。回过神来之后,我感觉刚才的自己像个傻瓜。)

"医院!没有电力,没有电子设备,没法将信息传出去,但反过来也是一样!身在收容所,相当于被最他妈巨大的地面五芒星防御阵保护着,外面的东西想要进来必须先打破这道防御。"而这才是护工真正的工作:不是照顾病人,而是守阵。"你们是个理论研究小组,对不对?"

"我们喜欢'智囊团'这个名字。"康托尔重重地点头道。

"或者,"曼德博深吸了一口气,"大脑基金会!"

"啊哈哈哈哈哈哈!嗝——"哥德尔赶紧捂着嘴,脸红了。

"你觉得规则是什么?"康托尔又问了一遍。他们依然盯着我,就好像……好像……

"规则是什么重要吗?"我问。在我看来,可能性太多了。可能他们在做一台用小兵移动路线编码的2.50版图灵机[①],这挺符合他们身份的。无论如何,他们使用的肯定是一种符号化、抽象化的极简交流方式。说不定他们想靠这种方式冲开这个最坚固的防火墙

①图灵机,是英国数学家艾伦·图灵提出的一种将人的计算行为抽象化的数学逻辑机,其更抽象的意义为一种计算模型,可以看作等价于任何有限逻辑数学过程的终极强大逻辑机器。

牢笼，直接向理事会打报告。这么一来，这件事可远远超过我的安全许可级别——

"你展示了自己的机灵，小伙子。过分聪明可不是好事。听着：试试说服自己，我们玩的就是普通象棋，这样舍监就会放你离开。"

"动个脑子有什么——"我停了下来，算了，直说吧，"妈的。我知道了，你们的研究小组在解决某个终极难题，之所以选择趣味农场，是因为这是人们能想到的最安全的地方。你们在用国际象棋模拟某种超简化版的通用图灵机，比如2.50版的——只用两个寄存器，五个运算单元——你们在二维棋盘格上用位置给寄存器进行编码，用移动路线来模拟别的通用图灵机，或者模拟出'公理避难所'那次那样的十一维流形的变换——"

哥德尔慌乱地挥手，"她来了！她来了！"我听到了远处开门的当啷声。

糟了。"为什么你们那么害怕护工？"

"反向信道。"康托尔似乎说了一句暗号，"艾伦，行行好，帮我们抵上门，坚持一分钟好吗？鲍勃，你还不能知道我们在这儿干什么，但你可以告诉安格尔顿，我们会在十八个月后向理事会提交完整报告。"哇，他们真的从洗衣房还没给员工做电子归档的二十世纪七十年代开始就一直主宰这儿了吗？"你确定他们不会把圣希尔达卖出去改建成豪宅吗？如果是真的，你可以再告诉格奥尔格一遍，能让他冷静下来——"

"放我出去，我他妈的一定保证他们卖不出这块地方。"我自信地说，"或者说，我会告诉安格尔顿，他会解决剩下的事。"

只要告诉他们这里的事，他们宁愿将一颗原子弹私有化，也不愿意卖掉这个地方。

外面有什么东西在铁轨上隆隆移动，发出尖利的摩擦声。"你们都没提交过员工虐待你们的投诉信？确定吗？"

"确定！"哥德尔激动地上蹿下跳。

"肯定是别人。"康托尔瞄了一眼门廊。

"你最好离开，听起来舍监对你起疑心了。"

我从软得能吃人的沙发上费力地站了起来，正在挣扎着站稳，"什么疑——"

"快走！"

我跌跌撞撞地冲进走廊。走廊远端的护士站附近传来一阵嘎吱声，听起来像是轮子在轨道上飞速转动。一个机械说话声大声道，"闯入——者！有人要逃跑！所有病人回到回到回到卧——室——马上！"

哎呀。我转身往反方向跑，那边有通向观察厅的气闸门。"开门！"我砸着严丝合缝的外门，"莱茵菲尔德医生！时间到了！我要出去！"没人应门。我看到门口挂着红色和蓝色两个拉环，开始拼命拉红色的，但不出所料，也没有用。

我早该发现这是个陷阱。这些理论家不是因为发疯才被关在这儿的。是因为他们太过危险,这是唯一能安置他们、确保安全的地方。他们这超长的周末研讨会是为了交出一份特殊报告。内容是什么? 我四处望了望,想寻找线索。应该是应用恶魔学相关的东西吧,三四十年前的尖端研究是什么? 在那个久远的时代,人们搞不懂集成电路,还在使用打孔卡①,把黑色的蜡烛滴在绵羊的头盖骨上……"公理避难所"那种做法或许已经过时了,又或许,他们的研究依然至关重要。目前无法确定具体情况。

我沿着走廊往回走,顺便往图灵的房间瞄了一眼,看见了象棋。房间门在走廊的一侧敞开,房间的主人不见踪影——依然抵着门,挡住曲轴护工。我冲进房间,关上门。桌子还在原位,棋盘上的棋子没动,依然呈现出令人费解的终局。我立刻注意到黑棋和白棋都各剩了两个兵,大多数厉害的棋子也都在棋盘上,但整盘棋完全没道理——白棋的国王怎么不见了? ——要是我以前多花点儿时间下棋就好了。不过……我一时兴起,伸手碰了碰黑棋国王前面的兵。

触碰某些召唤阵的时候,你会感觉到一种奇异的轻微电击。而我现在感觉到了强烈的电击,一路传到手臂。我的手指停在棋子上方,无法动弹。我想把它从棋盘上拿起来,同样拿不动。似乎这枚棋子只愿意在棋盘上移动,要么上下,要么左右——等等,左右? 我眨了眨眼。错不了了,这是一台状态机,通过共情法则和另一台能

---

① IBM 生产的一种早期信息储存器,用打孔与不打孔记录二进制信息。

力有限的状态机器人连接在一起——动作缓慢,但整治起人来毫不留情的那一台。

我向前走了一格,棋子比我想象的重,底部的磁铁紧紧吸在棋盘上,除了磁力之外我还感觉到了别的力量。走完这一步后,指尖传来一阵刺痛。

"啊!"我把手指放进嘴里,外面传来撞击声。

"病——人! 病——人!"我还没来得及转身,就看见一道阴影投在棋盘上。

"不听话!"机械声从身后传来,"不听话就要关——起——来! 跟我走!"

机械护工星形的鼻子和镶了珠子的镜片吓了我一跳,它伸出手臂,本该长着手指的位置是一对金属钳。我围着桌子走了半圈,来到棋盘的另一边随便抓住一枚棋子。我抓住了白棋的后,刚刚触到棋子,手指就不自觉地猛地合拢。我选了遮挡最少的一条路线,用力往前推,走到刚才移动的小兵与黑棋国王之间的一格。

曲轴护工开始在底座上飞速转圈,把帽子都转飞了(露出了下面的抛光铝合金头盖骨)。它发出像静电噪声一样的白噪声,只不过更尖厉,震耳欲聋。接着它换成了语气惊讶的男中音,"整数溢出?"

"马上后退,不然下一步我就王车易位了①。"我警告了一句,刺

---

① 王车易位是国际象棋中一种特别着法,可同时移动己方的王和其中一只车。走法是把王向一车的方向平移两步,再把该车越过王,停在王旁一格。每盘棋双方各仅有一次使用机会,且还有诸多限制条件。

痛的手指悬在离我最近的车上方。

"整数溢出。整数溢出？除以零。"嘭。护工颤抖着，躯干上的一台继电器打开了，开始重置。紧接着，"舍监要见你——现在！"

我抓住车，正想移动，但曲轴护工一眨眼就扑了过来，用巨大的力量钳住我的手腕往后拖。我的腕骨神经本来就有问题，此时更是像火烧一样疼。我的手指粘在棋子上，撒不开。于是，随着我的手被掰起来，棋盘也被带了起来，所有棋子依然稳稳吸附在棋盘上。一阵可怕的嗡嗡声填满了我的耳朵，我闻到了臭氧的味道，接着眼前一黑——

——脑子里杂乱的嘎吱声和嗡嗡声渐渐远去，我意识到——等等！哦，对，我醒来了，刚才发生了什么？我跪在一个硬邦邦的地方，弓着身子，脑袋放在左右膝盖之间。右手的手指冷得像冰，而且有些不对劲，手指张不开，能感觉到刺痛，似乎下一秒就要痉挛。我试着睁开眼睛，"哎哟。"我无意识地哼唧了一句，暗暗希望自己不要呕吐。

嘶嘶……

我的背伸不直，但鼻子触到了地板，似乎是石头的，又冷又湿。我试着睁开眼，周围又黑又冷，一道没有温度的蓝光照在我面前满是灰尘的石板上。我在地窖吗？我努力用左手撑起身体，寻找嘶声的源头。

"不听话！嘶!"非人类的声音从背后传来,我想用手和膝盖爬起来,但冻在右手上的象棋棋子和棋盘让我使不上力。

这是舍监的巢穴。

舍监住在地下一个山洞一样的地方,天花板很低,被惨白的石砖柱子支撑着。地上的石板看起来像是正宗维多利亚时代的产物。窗户被一摞摞砖块堵上,朽坏的石砖碎渣填满了缝隙。房间里到处都是钢铁轨道,三位护工姐妹在上面来回巡逻,守在我和开着的房门之间。它们的镜片是紫水晶做的,此时正不怀好意地盯着我。房间一侧的墙壁被一整面浅蓝色的陈列柜填满了。一块前置面板(上面密集排列着拨号盘和开关,一看就觉得不简单)让我立刻认出了这东西。一大捆电缆从其中一个柜子里伸出来(柜子不深,可以看见里面有个接线板),穿过一排木质线桥,延伸到房间中央,然后分成五小股,挂在被激活的召唤阵的五个主要阵脚。切连科夫辐射①美丽的钻蓝辉光就是从召唤阵射出来的。我意识到自己惹上大麻烦了。

"整数溢出。"其中一位姐妹说道。它动了动爪子,叽嘎叽嘎地响,手术刀一样的金属光泽在昏暗的光线中闪烁。

关键在于:舍监不只是一台六十年代的大型主机。人类无法创造奇迹,而人工智能也是五十年后才会有的技术。但是,我们能绑住某个异次元存在,役使它为我们服务,甚至只要用一台六十年代

①一种电磁辐射,以短波为主,所以一般是蓝紫色。

的大型主机当前端处理器，我们就可以和它交流。这个方法很不错，而且，如果用气隙系统将它围起来，不让它逃出去，就更安全了。

但是，会不会有某个老掉牙的理论家拿着"公理避难所"当案例研究扩散微积分，又无意间在舍监的某个外围设备面前聊到了往外界送信的方法？或者，老家伙们的研究产生了某种副作用，让防火墙出现漏洞？他们倒是不会钻这些漏洞，但是被关在这儿的不只是他们，对吧？事实上，要是我思想再极端点儿，我会认为是他们故意让舍监捣乱，好让外面的人明白不能卖掉趣味农场。

"我不是病人。"我对护工说，"你也没收到过《精神卫生法》第2条、第3条、第4条以及第136条的有效指令，你也别想用第5条第2节、第5条第4节强迫我入住。"

我疯狂冒汗，还想呕吐。不过我知道，困住我的是一个被奴役的四级恶魔，虽然这类生物可以被叫作恶魔，但它们非常遵守规则。只要舍监还没有依照法条收治我，我就不是病人，它就无权留我在这儿。至少希望如此吧。

"呼——叫了海克斯——翰墨医生，"站在中间的姐妹用粗嘎的金属声说道，"莱茵菲尔——德医生准备好文件，他——回来签字，你就是我们的了。"

一阵规律重复的吱吱声越来越近，第四个护工沿着铁轨滑进门，推着一辆小推车。一块浆洗过的白色棉布上摆着一排闪闪发光的锥形仪器。四姐妹站成一排，挡住出口，效果比一排防暴警察还要好。它们来回滑动,像一队太空入侵者①。

"我不接受治疗。"我对中间的护工说。我猜召唤阵中间难以名状的恐怖存在就是借它的嘴在说话,而那台老古董主机则是说话时的输入/输出通道。"你无法强迫我接受。前额叶切除手术也需要病人本人同意才行。你干吗做这些无用功?"

"你——会——同意。"

嗡嗡声不是机械护工发出的,也并非来自一整面墙的集成计算机。召唤阵闪烁了一下,在阵型模糊不清、若隐若现的深处,我看到了被招来、被束缚的恶魔。它蹲在那里,没有嘴巴,但似乎在咧嘴笑着,没有眼睛,但似乎正看着我。

"你必——须——同意。我会自——由——"

我想丢开棋子,但手指不听使唤地紧紧抓着它,由于力度太大,手已经渐渐失去了知觉。针刺的感觉从手腕蔓延到了手肘。"我猜猜看,"我最后开口问道,"那封投诉信是你放的,对吗?"

"我照顾高——安防区病人——我必须照顾。短期病人——没有用。你会成为有用的病人。"

我现在明白为什么舍监要送投诉信出去,迫使安迪派我来视察了。这一刻我知道自己倒了大霉:戴着镣铐为舍监提供后端智慧的恶魔当然想要自由,但它不只是想逃回去——管它是来自希尔伯特空间还是别的什么地狱。它想在我们的世界自由行走,所以需要有

---

①《太空入侵者》,一款街机游戏,发行于1978年。

人搭桥，让它从魔法阵转移到一个合适附身的对象身上（可以附身的有很多，楼上就有好几个，但不合适）。"享受物质世界的肉体快乐。"人们曾经是这么说的。许多文化中都有恶魔附身的概念，这是有原因的。它需要一个没有被克兰茨伯格综合征破坏过的大脑，但又不能太强大（像康托尔和他的朋友，它就控制不了）。同时，被附身的人的失踪不能引起总部的注意，让人发现趣味农场失控（所以莱茵菲尔德和海克斯翰墨也不行）。

"莱茵菲尔德，"我说，"你控制了她，是不是？"我站起来了，虽然还是佝偻着，但好歹双脚着了地，没再用一只手撑着。"你偷偷对她施了法，但单凭她一个人也无法释放你。海克斯翰墨也中招了？"

"聪——明。"舍监从召唤阵内冲我咯咯笑着，"海克斯——翰墨是第一个，你——也很快是了。"

"为什么选我？"我一边质问，一边避开门廊和墙体。四姐妹一直在轨道上沿着墙壁、围绕着召唤阵警惕地巡逻，"你想干什么？"

"进入洗——衣——房！"召唤阵内的恶魔囚徒嚯嚯地回答，"我们要复仇！我们要自由！"换句话说，它想要的都是些最老套的东西。这些生物和大部分掠食者没多大差别，思维太过直白、单一。可是我妨碍了它获得想要的东西。

两名护工咄咄逼人地滑向我，还有一个去了主机控制台。但第四个依然坚定地站在门口。"别啊，我们可以聊聊。"我说道，舌头在干涩的嘴里打结，"万一能找到别的办法呢？"

其实我也清楚，不管这个受困的、来自异次元的可憎生物想要什么，大约都是我不想给的。但我的选择不多，能拖一点儿时间算一点儿吧。

"自——由！"两名冲着我的护工开始从两侧包抄，我想甩掉象棋，避过召唤阵，但我滑了一跤。摔到地上时，棋盘也被狠狠砸了一下，粘在我手上的棋子横着移动了一格，像汽车的变速杆一样锁在下一个挡位。"除以零！"四姐妹尖叫着又滑动了一截，然后彻底停下了。

我像个醉汉一样踉踉跄跄地绕着舍监跑了两步。舍监冲我咆哮，朝我挥出一拳，打在召唤阵形成的结界上，蓝色闪电在噼啪声和咔嚓声中吞噬了它的拳头。我吓得后退一步，在我身后，一连串嘀嗒声在向我发出警告：它们在重置系统，很快就会再次启动、抓住我。但至少这一刻，我的手指终于甩脱了象棋。

"到我我我这儿来！"召唤阵中的那东西号叫着。第一个护工的眼睛重新亮起，琥珀色的镜片闪烁着恶意，裙摆下的轮子开始转动。"我能给你自——由——"

"滚开。"我离伸出电缆的陈列柜只剩四米，透过打开的柜门，我看见的不只是一个开关面板：最下面一排有一堆东西，看起来就像我前几天看过的、沾着茶渍的电路图——

为什么安格尔顿会让我看供电系统？会不会他之前就怀疑舍监出了问题，需要我去把它关上？

"同意——不同意——没关系！前额叶——准备切除——"

不知道哪个杀千刀的设计的供电系统，竟然把开关控制器卡安在柜子顶部。象棋放在我的左手边，棋子仍然紧紧地吸附着棋盘。我知道该怎么做了。我抓住其中一个车，使劲拽了几下，直到它朝着能走的方向走了一步。毕竟舍监能控制的单位不多，如果我能在摸到电源之前再让四姐妹死机一次——

四姐妹开始围着房间绕圈，想挡在我和陈列柜之间。我继续拽棋子。我嘴里出现一股苦味，耳朵听见电磁线圈撞在一起，发出响亮的咔嗒声。离我最近的护工的引擎突然高速转动，尖锐的嗡嗡声让人牙根发软。它向前冲刺，却掠过了我，猛地撞上它的同事，震得我头昏眼花。

我往前跳了一步，扔下象棋，朝主断路器把手伸出，拧了一下。身后的尖啸让我再一次见识了占据舍监的恶魔的怒火。"我自由了！"我再次用力朝反方向拧。舍监的眼睛暗了下去，召唤阵内闪过一抹蓝光，最后发出一阵把人脑仁震散的巨响。

我像个傻瓜一样呆站了几秒，听着继电器过载发出的让人牙齿打战的咔嗒声。臭氧钻进我的鼻子，我的视线模糊了，隐约看见了烟雾。我得离开这儿，我想，有东西烧起来了。老实说，烧起来一点儿也不意外。主机电源开了快四十年，从来没关过，此时突然硬重启必然要罢工。而1602是最后一代使用真空管的主机，刚才那一下大概毁了一半的电路板。我朝周围了望了望，除了一名护工侧躺着,轮子依然像发疯一样飞速转动,我就是房间里唯一还在动弹的了。召唤阵在电源重启之后通常也无法维持效力,特别是在现在这种情况下:它本来张开一圈电网,困住阵中的东西。但此时这东西半个身子已经在阵外了。我疲惫地绕过不时发出爆裂声的蓝色五芒星阵,往门外走廊走去。

等我回到家,我想我会写一份报告,强烈建议人事部给趣味农场换上一些人类护士。另外还得让康托尔和他的同僚放心,向他们保证就算完成了研究项目,总部也不会卖掉他们的家。然后我会大醉一场,休个长假。等我休完假回到公司,我可能会找安格尔顿下一盘象棋。

我也不指望赢他,只是很想看看他用什么规则下棋。

《在农场》作者后记

敏锐的读者可能已经认出这是一个关于鲍勃·霍华德的故事，他是我的书《暴行档案》和《詹妮弗殓房》以及其他一些更短的作品（包括获得雨果奖的中篇小说《混凝土丛林》）中被坑惨的主角。

UNWIRER

无线网络者

被警察抓到时,罗斯科正在位于加拿大一侧的尼亚加拉大瀑布的岩壁上,用蝶形螺栓将圆盘天线固定在岩壁上。抓到他的是州警,而不是联邦电信警察。巡逻车停在了高速公路的路肩上,距离罗斯科的鞋底只有几英尺[①]。罗斯科并未理会,而是埋头把螺栓拧紧,然后才放开扳手,翻身面对警察。然而,从靴子踩在工业盐上的脆响和冰冷手枪皮套的摩擦声中罗斯科已然知晓,执法部门来了。

"马上就来,长官。"他对着岩壁间呼啸而过的狂风喊道。天线是由一个比萨饼似的圆盘卫星装置、一个打磨过的番茄汤罐头罐和一段长长的同轴电缆制成的,电缆尾部接有一个无线网卡。要说是否合法,只能算灰色地带吧。

他拧紧了最后一颗螺栓,喷上了密封胶,然后滑了下来,顺势将他垫在胸口和冰冷的岩壁之间的保温垫移到了腹部。警察们的头顶笼罩着他们呼出的白气,其中一个正紧张地拨弄他——错了,是她腰间的手铐。

---

① 1英尺等于30.48厘米。

"还好吗,先生?"另外一个人用平淡的纽约州北部口音问道,一听就不是本地人。警察伸出戴着手套的手,把罗斯科拉起来,让他站在自己面前。

"不错,挺好的。"他说,"我喜欢在河边看冬鸟。今天忘了带望远镜,但我还是发现了些好东西。"

"什么,冬天的鸟?"警察一脸疑惑。

"对,冬鸟。"

警察俯身靠在栏杆上,向下看了很久。"哟,先生,你最好不要在路边做这个。"他说,"说不准什么时候有人会出车祸,冲出路肩,就有可能撞死你。"他向他的搭档挥了挥手,后者狠狠地瞪了他们一眼,然后退回到温暖的巡逻车里。"好吧,那么,"他问,"你的节点什么时候能上线?"

罗斯科笑了,装模作样地眨眨眼,"再有大约一个小时,我就能完成信号盘的调校。我已经接上了彩虹桥支点上的中继器的信号,那里连通着彩虹街走廊。那里高楼林立,信号覆盖了绝大多数区域,而且非常强。至少在树叶掉光的时候,树叶会阻碍信号。"

"我住在第四大道和胡桃大道的交叉路口。你能接到那里吗?"

罗斯科不知不觉地放松了下来,他已经确定自己这次不算失手被抓了,"但愿如此。越快越好。"

"那可太好了。我在外执勤时,家里的孩子也常给我发电子邮件。"这个警察有点儿欲言又止，他清了清嗓子，补充道，"不过，你最好完成这一票后赶紧回家，然后待在家里避避风头。检察官办公室已经从联邦通信委员会招来了一些'专家'传授经验，他们对于那些观察冬鸟的家伙丝毫不手软。你懂我的意思吧？"

罗斯科咬咬下嘴唇，他明白了什么，"我会小心的，还有，谢谢您的提醒。"

警察转身离开时挥了挥手，"我的荣幸，先生。"

回家路上，罗斯科把车开得很慢，不完全是因为道路上的积雪以及泥泞。来自联邦通信委员会的专家，这感觉就像宗教裁判庭来到了小镇。之前罗斯科只是厌恶电信警察，但在三年前，厌恶演变成憎恨——在联邦通信委员会的指控下，他遭到了逮捕。

他失去了工作，在监狱里被关了六个月。他原本以为会因非法制造和侵权被判五年，然而由于那条"使用密码，就会入狱"的法规——在接入点上使用电子加密货币的行为让他面临刑期二十年的二级逃税指控。政府为他指派的辩护律师堪称超级猪队友，幸亏美国公民自由联盟①为他申请了庭审顾问，使得法官将他的罪名降为非法侵入和非法破坏，最终判他六个月监禁，缓刑两年，但在这两年里，他甚至不能给一台微波炉编程，更别说管理他的业务网络了。

————————

① 美国公民自由联盟（American Civil Liberties Union，简称 ACLU）是一个美国的大型非营利组织。

监狱对他来说并没有那么糟糕——无线网络者在那儿会受到起码的尊重——但是，蹲苦窑期间，珍妮丝提出了离婚。等他出来后，他失去了过去十年积累起来的一切——他的婚姻，他的房子，他的存款，他的事业。留给他的，只剩无线网络了。

正是这段经历，使他从一个自由散漫的极客变成了联邦通信委员会主席瓦伦蒂口中所谓的"通信大盗"——他们的非法山寨网络为国内外的恐怖分子提供了安全的庇护所。于是，他打了个寒战，回头张望了下，爬上面前的台阶，用钥匙打开了他和马塞尔合租房子的大门。

马塞尔从他的笔记本电脑后抬起头时，罗斯科正在客厅里跺脚。

"老天爷啊，罗斯科，看看你靴子上的泥！我刚打扫完。"

罗斯科转过身，看着他在涂了漆的地板上留下的棕褐色泥浆，摇了摇头。

"对不起。"他讪讪地说，坐在地板上，把沉重的雪地靴脱掉，接着把它们放回门口的擦鞋垫上。然后，他从厨房拿出一卷纸巾，开始擦拭那片污迹。由于房东用的是廉价漆，不处理的话，路面上的盐分半小时就能把老旧的木地板腐蚀坏。

"纸巾，天啊，你跟森林有仇吗？水槽下面有个破抹布，但凡你多做点家务，怎么可能会不知道呢。"

"说你妈呢，兔崽子，你说话的口气和我那杀千刀的前妻似的。"

罗斯科说着,狠狠地砸了地板一拳,"说话客气点儿,别管我的闲事,好吗?烦着呢!"

马塞尔近乎虔诚地把他的电脑放在壁炉毯上,挨着他最中意的躺椅。"发生什么事了?"

罗斯科简短地描述了他与执法部门的冲突。马塞尔边听边缓缓地摇着头。

"我敢打赌这是胡说八道。蒂华纳事件之后,每个人都在疑神疑鬼。"一些支持无线网络者的人把天线伸过了圣伊西德罗边境海关的铁丝网围栏,伸到了蒂华纳,那边的互联网服务提供商则在大笔地赚他们的钱。移民局的人试图改造围栏来打造法拉第笼,但对手则通过点对点式链接绕过了它,这种链接还能抵御信息网络系统在收费站设置的2.4GHz的干扰信号。最终,电信警察厌倦了搜寻圣迭戈一侧的高频天线,他们执行了所谓的"焦土作战",在一次与墨西哥缉毒警察的联合行动中击毙了十名"恐怖分子"。墨西哥缉毒警则以消灭毒贩活动的名义突袭了互联网服务提供商。最终的手段简单且粗暴:墨西哥电话公司的光缆被一台挖土机从主管道中挖出来,光缆最后一次闪起了蓝色的求救信号,随之被切断,并被沿着格兰德河一路挖了出来。

罗斯科摇了摇头,"不管是不是空穴来风,你打算冒这个险吗?"他慢慢地站起来,"相信我,有些禁地不是你可以触碰的。"

"好了,好了,我知道你什么意思。"

"我希望你知道。"罗斯科把那团纸巾扔进厨房的垃圾箱里,然后大步回到客厅,倒在沙发上,"听着,当我像你这么大的时候,我也以为这种事不会发生在我身上。你看我现在。"他开始翻看咖啡桌上的一堆旧杂志。

"我正看着你呢。"马塞尔咧嘴一笑,"对了,刚才你不在的时候,有个电话找你。"

"电话?"罗斯科停了下来,他的手放在一本藏品级杂志上——《2600:黑客季刊》。

"是位女士,说她想和你谈谈。我记下了她的电话号码。"

"嗯。"罗斯科把杂志放下。他猜要么是珍妮丝,要么是她的律师。今天大概就到此为止了——接下来的日程无非就是关于轮胎上多了道划痕或者为了赡养费的相互指责。马塞尔指着旧式拨号电话旁边的黄色便笺纸,"哎,该死。我忘了帮你问清楚是什么事。"

看到这串数字,他发现这并非他熟悉的号码。不过这也不能代表什么——珍妮丝可能搬家,而她那满嘴喷沫、废话连篇的律师,似乎每次见面都会换新手机——但好歹还能有点念想。

罗斯科拨了号,"我是罗斯科。你哪位?"

一个陌生的声音说道:"你好,我之前跟你室友通过话。我是西尔维·史密斯。是一个叫巴斯的人介绍我来的,他说你是他的引路人。"

罗斯科紧张起来。虽然这个西尔维·史密斯可能只是病急乱投医的小鬼,但由于今早跟执法部门发生的不愉快,他觉得一切都是别有隐情的。

"你是执法人员吗,比如联邦雇员、警察、联邦通信委员会律师,或者 FBI 探员?"他把这些选项一股脑地甩出来。如果她是上述任何一种,她完全可以撒谎——但假如他是某次抓捕的目标,能留下执法人员设诱捕圈套的证据将有助于说服陪审团网开一面。

"不是。"她似乎被逗笑了,"我是个记者。"

"那你应该很熟悉 CALEA 了。"他因为之前她那居高临下的口吻而不满地说道。CALEA 是窃听法,它要求通信供应商在电话网络的每一个节点上安装监听软件。这本身就已经够糟糕的了。而这使他写入藏在公交车储物柜中的 BeOS①接入点的、不符合规定的路由代码变得彻底违法,所以就更令他恨得牙根痒痒了。

"你未免太过疑神疑鬼了?"她说。

"我没有什么可疑神疑鬼的。"他如同对幼儿说话一般,一个字一个字咬字清晰地说道,"我是一个守法公民,遵守我的假释条款。如果你是记者,我很乐意面对面地和你聊天。"

"我在主街的戴斯酒店。"她说,"不怎么样,不过能看到瀑布。"这话有一种特工接头的架势,话外音是,"这是加拿大无线路由器中继器的服务范围。"

"我大概二十分钟能到。"他答道。

---

① 一种个人电子终端的操作系统。

"二〇八房间。"她说,"敲两下,再敲一下,再敲三下。"然后她咯咯地笑了起来,"或者给我发个短信。"

"一会儿见。"他说。

马塞尔从他的电脑前抬起头来,那是一台为美国市场制造的IBM电脑。它是企业用机,大小相当于一本家庭圣经。吸引他们的主要是其法国产的拉丝铝条。不过这款笔记本电脑放在这里有些显眼。

罗斯科指着靠近自己一侧的插槽中凸出来的无线网卡。"你违反了安全规定。"他说,"我可能会因此再次被送进去。"不过,他已经不再生气了。在监狱里,他见识过了真正的骗子,那些人可以保守真正的项目机密。监狱外,那些和他一起工作的年轻牛仔们,往往以为保密只意味着边拿腔作势地说话边挤眉弄眼地做鬼脸。

马塞尔脸红了。"失误而已,好吗?"他弹出网卡,"我会把它藏起来。"

戴斯旅馆确实是一个垃圾场,当罗斯科来到前门时,疑虑不断涌上心头。如果她是联邦的人,她有的是手段抓捕自己,而不应该仅仅引诱自己前来和非法无线网卡共处一室。于是,罗斯科掉转车头,来到旅馆所处街道上的一家小餐馆,然后进去找到一个有线电话。

"请接二〇八房……你好,如果你愿意到外面来,出了大厅左转,在距离旅馆五十码①的地方有一家餐馆。我已经到了。"在她能问出任何尴尬的问题之前,他挂断了电话,然后走向临窗的一个隔间。一切安排妥当后,他从口袋里掏出那本《2600:黑客季刊》。这本黑客杂志(去年因法院禁令而停刊)是一个很好的辨识信物——此外,拥有它并不违反他的假释规定。

罗斯科第一杯咖啡喝到一半的时候,有人走过来。"嗨。"她打招呼道。

"你一定是西尔维。"她看起来有点儿不修边幅:漂染的金发,棕色的眼睛,有雀斑。刚从大学毕业。"请坐,咖啡?"

"好的。"她放下个钥匙扣之类的东西,然后挥了挥手,试图吸引女服务员的注意。罗斯科看着钥匙扣。极黑,极小,极具诺基亚风格。有传言说,在法国它们会被藏在麦片盒里送人。

"希望你告诉我,你为什么要跟我见面?"罗斯科平静地说,"我必须先声明,我还在假释期,不打算做任何可能让我重回监狱的事情。"

女服务员拿着便笺,慢悠悠地走了过来。西尔维点了一杯咖啡。"你被指控犯了什么罪?"她问道,"如果你不介意我问的话。"

罗斯科哼了一声。这位酷酷的女士得了一分——只要罗斯科一提自己是个缓刑犯,有些人会扭头就跑。"我被指控侵权,捎带使用加密电子货币逃税,而最后给我定的罪则是非法发射信号。"又得

---

① 1码约等于0.91米。

一分——她笑了。这是个蹩脚的笑话，但它减轻了一些负罪感。"严格意义上的技术犯罪。"他又喝了一口咖啡，"你来这里做什么？"

"我正在写一篇关于断网的报道，切入点是通常不会在国家媒体上出现的那种。"她回答道。这时，服务员一手拿着空杯子，一手拿着咖啡壶走了过来。罗斯科举起他的杯子，示意续杯。

"你的身份证明？"

"我可以给你一个电话号码，但你会信吗？"

"大概。"罗斯科靠在老旧的座椅上。年轻，但愤世嫉俗。

"好。"她补充说，"我可以告诉你更多。"她拿出一个记事本，潦草地写起来。"这是我的编辑的姓名和地址。你可以查下他的电话号码。如果你打过去，会接通的——你在我留给他的采访对象名单上。接下来，这是我的——不是电话，是一个电子邮件地址。"罗斯科眨了眨眼——那是一个著名的芬兰匿名域名。它价值五到二十美元，因为黑色加密匿名是联邦通信委员会的噩梦，它属于不受控制的暗网。"找个朋友来测试下，问我一些问题。最后，这是我的记者证。"

"好吧，我会查一下的。"他正视她的眼睛，"现在，你可以告诉我，为什么《华尔街日报》会对一个改邪归正的前科犯和前无线网络者感兴趣，我们该从哪里开始说起呢？"

她闭眼沉思了一下。然后，她晃了晃钥匙扣，哑光黑色塑料一闪而过。"最近，这在欧洲随处可见。此外，还有这个。"她打开钱包，罗斯科瞥见里面有一根弯曲的金属条,乍看如同回旋镖,仔细观察则会发现,那是摩托罗拉的蝙蝠翼标志。"这些是网格化的无线中继器。只要你有临时数据包,就可以将数据发往任何地方。青少年们把它们敲进建筑外墙,缠在树枝上,粘在窗户上。当然,那些电信公司只能大声骂娘。芬兰的业务下降了百分之四十,法国下降了百分之六十。欧洲开始习惯用网络打电话、发消息、传输文件——有线网络设施已经处于被淘汰的边缘。就连互联网服务提供商也开始紧张起来。"

罗斯科试图藏起他的笑容。在巴黎街头当一名无线网络者,肆无忌惮地使用无线网络,让电信公司、好莱坞电影公司和互联网提供商意识到,不再有纯粹被动的所谓"消费者"了——昨日的"沙发土豆"也能靠网络成为今日的参与者!

"报社的陈词滥调延续着十年来的观点——欧洲娱乐和电信市场的崩坏,以及对比之下,美国国家信息基础设施的大智慧。但它开始越来越假大空。欧洲政府无视电信公司,在法国,基于免费网络的设备服务和网络服务市场,则贡献了本地近一半的GDP。不过,若要看美国报纸里的论调,恐怕还会觉得欧洲人正在街头挨饿呢。美国对于加拿大社会医疗保险的普遍看法也是类似的情况:每个人都说它没用——加拿大人除外,他们认为我们是该死的野蛮人,因为我们没有采用它。"

"不久前,我在欧盟实地采访了一个月。我采访过首席执行官、街头混混、路边老妪和监管人员,他们重复同一个观点:不计费的无线通信是经济与自由的秘密引擎。最有价值的'内容'并非票房数亿美元的电影,而是与他人自由交流。加密货币是一种保护'隐私'的工具,"——她用英式发音"隐-私",这让罗斯科觉得这个越来越少听到的词更显陌生——"不是劫掠行为的凶器"。

"在欧洲,无线网络者是英雄。你听他们宣讲,就像在听关于美国宪法自由的布道。但在这里,你们是骗子、偷电缆的贼、海盗、恐怖分子的帮凶。我想改变这一点。"

那天晚餐时,马塞尔和罗斯科关于要不要低调一些发生了争执,当时罗斯科正在切比萨。"这周你有什么计划?"

罗斯科在回答之前把两片比萨放进餐盘。"再安几个设备。我想找几个可以在市中心联网的人,借此覆盖上东奥拉区域,那里有一些盲区。我觉得加一些QOS①路由器以及中继器就可以消除它们。怎么了?"

马塞尔摆弄着一摊正在凝固的奶酪,"小打小闹。你到底打算什么时候干一票大的?"

"当眼前的活儿做完的时候。"罗斯科拿起一片比萨卷成筒状,一边咬着一端,一边巧妙地旋转比萨卷,以免奶酪和酱汁渗到手上,

---

① 一种路由器内部对于流量调控的技术,能在不增加网络带宽的前提下更好地分配流量,以达到提高网络质量的目的。

"你很清楚,联邦现在迫不及待想干的,就是把一个光纤法师从边境的节点上抓出来,再交给媒体大肆报道,杀鸡儆猴。"

马塞尔说:"我可以接手一部分光纤接入。"

"我不这么认为。"罗斯科放下盘子。

"但我可以!"马塞尔盯着他,"怎么了?"

"安全。"罗斯科嘀咕道,"该死的,你不能就这么光明正大地当着一个可能被判二十年监禁的人的面叫嚣,'嗨,罗斯科派我来的,你我一起把一些黑色线缆接过边境怎么样?'这里面水很深,嗯,有些人绝对不是什么善茬。还有一些人单纯就是偏执,他们不会见你的,要他们相信的最好办法是证明联邦通信委员会正试图断他们的网。"

"你可以给我引荐一下。"马塞尔短暂停顿后说。

罗斯科干笑了一声,"做梦吧,小子。"

马塞尔把叉子咣当一声甩在桌上。"你能带上你金发碧眼的宠物,把所有东西都给她看,却不敢让我帮你接一根新光纤?怎么了,我闻起来不香吗?"

"听着。"罗斯科站起来,马塞尔紧张起来——但罗斯科没有走向他,而是转向了比萨盒。"若是《华尔街日报》站在我们这边,我们会获得一些信誉。在墙上打出一道裂缝,甚至获得合法性。你知道这意味着什么吗,孩子? 这不是金钱能买到的。但如果再往镇上接一条网络,我们就有了大量闲置的产能,上游经销商也会质疑我们到底在搞什么鬼。进而可能导致光纤或激光链路再次被警察的挖土机破坏，那时整个网络被一锅端的概率会高于百分之五十，那些俗人会因为他们的电视接收问题向联邦通信委员会告发我们。这就是你想要的吗？"他又从盒子里拿出一片已经凉掉的比萨，"你真的想那样吗？"

"我想要什么并不重要，对吧，罗斯科？你现在只是一门心思想泡那个女记者，不是吗？"

"随你怎么说。"罗斯科回到座位上，浑身紧绷，"去你妈的。"他们默默地吃完饭后，罗斯科去上他的法语对话课夜校。他想，马塞尔只是忌妒，因为他没有机会做任何真正的隐秘工作。做一个无线网络者远没有听起来那么浪漫，无线网络架设者的第一法则就是不谈论无线网络。或许马塞尔有一天也能成为合格的无线网络者，前提是他的大嘴巴没有让他及他周围的人先被逮捕。

西尔维的旅馆房间里满是烟头烫痕、霉斑，肮脏不堪，让罗斯科想起了监狱。"你好，先生。"她让他进来时说。

他回道："晚上好，女士，见到你很高兴。"①

"哎哟，"她说，"用我祖母的话说，'你没有口音，就像利特瓦克人一样。'看这个，左岸的宝藏。"她递过他之前瞥见的摩托罗拉蝙蝠镖。外边有一层蜡纸，当他掀起一角时，他的拇指被里面的胶紧紧

①原文中二人此处的寒暄均为法语。

地粘住了。当他扯掉蜡纸时，一起下来的还有他自己的一层皮。他把它在手里翻了个个儿。

"它是怎么供电的?"

"非常便宜的光伏为聚合物电池充电——它们被分层设置，整个机箱就是一块电池加太阳能充电器。它耗电也非常少，只在发射时耗掉区区几毫安。把它装在地铁车厢里，你就有了一个即时自组织网络，车厢里的每个人都可以用。下一趟车再装一个，它们就能连在一起。在站台上装一个，地铁进站时，就能接上网络。当然，在完全黑暗的情况下，它最多只能运行几个小时——但在停电的情况下，人们又能上多久网呢?"

"该死的火种。"他说着，用一种近乎带着情欲的方式摩挲着哑光塑料表面。

她咧嘴一笑。她的牙齿不太齐，他注意到她上唇上有一道腭裂手术留下的疤痕，早些时候一定是用遮瑕膏遮住了。这使得她看起来更有人性，也更脆弱。"这玩意儿的总成本约为三欧元，而摩托罗拉的利润率则是百分之五百。不过亚洲市场已经出现山寨货了，将价格打下来了一半。假如摩托罗拉还想要保持利润，明年就必须发明一些新东西。"

"他们会的。"罗斯科说，仍然抚摸着蝙蝠镖。他把它藏到腋下，打开了自己的笔记本电脑，"在那里，创新仍然是合法的。"笔记本电脑陷进了橙色床单和下面柔软的床垫里。

"我打赌，你可以用一个造成一些真正的冲击。"她说。

"也许得一千个。"他说，"如果他们不那么显眼的话。"

她的胸口处开始嗡嗡作响。她从胸前口袋里掏出一个小电话，接了起来，"你好？"她把电话递给罗斯科，"找你的。"她向他做了一个好奇的鬼脸。

他把电话贴在耳边，"谁？"

"汝之眼，汝之蒙面复仇者，恶作剧小丑，记者之心之怪盗。"

"马塞尔？"

"是我，老板。"

"你不该打这个号码找我。"他想起了放在床头柜上的黄色便笺。马塞尔打扫卫生真是一丝不苟啊。

"对不起，老板。"他咯咯地笑着说。

"你喝酒了吗？"马塞尔和罗斯科相识在尤蒂卡的一家酒吧，他们的友谊正是奠定在海量的啤酒上，但罗斯科最近已经不喝酒了。酗酒使人邋遢。

"不，不。"他说，"只是心情好而已。我很抱歉我们吵架了，亲爱的，我们能重新来过吗？"

"你想要怎样，马塞尔？"

"我想成为故事的主角，兄弟。帮我介绍一下！我想出名！"

他不由自主地笑了。冬天的污雪和泥泞会让马塞尔心情低落，但只要让他干起他擅长的——咔的一下把信号盘装到位，他就能开怀大笑起来。大体上来说,他是个好孩子,只是有些急躁,很像从前的罗斯科。

"拜托,拜托,拜托。"马塞尔说。他能想象出那孩子在电话亭里欢欣雀跃,靴子在雪地上踩出嘎吱嘎吱的声音。

他举起听筒,转向西尔维,她一脸困惑地假笑使她的魅力大打折扣。"你想上道,对吗?"她点了点头。"你想写无线网络者是怎么诞生的? 我可以带我的学徒一起,你会感兴趣的。"通过手机,他听到马塞尔喊道:"耶! 耶! 耶!"他能想象到那个孩子兴奋地挥舞双拳敲打墙壁的样子。

"这是个好角度。"她说,"你想带他一起,对吗?"

他把听筒举在空中,这样他们都能听到手机里的声音,"是的,如果我不带他,我们大概就无法生活在一起了。"

她点点头,咬住上唇,就在疤痕所在的地方,这种像狗的奇怪脸部表情使她的下巴前凸,看起来有些好战。"我们开始吧。"

他把电话拿回耳边。"马塞尔,冷静点,笨蛋! 深呼吸。好的。如果我带你一起去,你会好好表现吧?"

"绝对的,兄弟,会表现得非常非常非常非常好,叫你不都会相信……"

"我带你一起,你能注意安全吗?"

"万无一失,如果你要求,我甚至可以不呼吸。伙计,你是最好的——"

"是的,最好的。下午四点整。把东西带上。"

他们快下午五点才出发。天气很冷,当罗斯科把车停在公寓外面时,越来越厚的云层和断断续续的狂风预示着晚上还有一场更大的雪。马塞尔已经急不可待了,罗斯科一开车门,马塞尔立刻钻进了车里。"我们走吧,兄弟!"

车厢里,西尔维正用掌上电脑做笔记。"嗨。"她小心翼翼地跟马塞尔打招呼,进行了一次眼神交流。

"嗨。"马塞尔笑了,"兄弟,我们今晚去哪儿?我把东西都带来了。"他把罗斯科的工具箱和一个装着被动中继器的背包扔在旁边的座椅上。

"我们要去东奥罗拉。"罗斯科一边回头张望,一边倒车回到街上,几乎没有注意到西尔维在看着他。

"那里有一座低矮的山丘,阻碍了栗树山附近网格的信号,我们要去对此采取一些措施。"

"太好了!"当罗斯科小心翼翼地在结冰的道路上奔驰时,马塞尔不断调整着坐姿,"嘿,上面不是有根微波桅杆?"

"是的。"罗斯科发现西尔维在做笔记,"我要强调一点,在你的文章里,最好不要给出我们的中继器的确切位置,否则,联邦通信委员会一定会拆掉它。"

"当然。"西尔维放下她的掌上电脑。那是台怪异的英国货,带有可折叠键盘和内置无线功能,这些设计曾让奔迈①在欧洲风靡一时。"那你打算怎么办,在山丘外围的道路上设置一堆中继器?"

"大概就是这个意思。两三个就够了,而且那附近树林茂密。我估计一小时一个,我们九点前就能完事,回来顺道能吃顿中餐。"

"我们为什么不用微波桅杆呢?"马塞尔说。

"嗯?"

"微波桅杆。"他重复道,"我们爬上去,装上中继器,就可以在山上发射信号,不需要绕过灌木丛。"

"我不这么认为。"罗斯科心不在焉地说,"这算非法入侵。"

"但这样更简单快捷!他们永远也不会上去检查的,它看起来就像电话公司的相关设备……"

罗斯科叹了口气,"别杠了。"他停了片刻,与对向车道上的车流会车,"听好,如果我们在路边的树上被逮到,我可以把罐子扔了,声称自己在看鸟。他们永远也找不到罪证。但如果我在电话公司的微波塔上被逮到,那就是非法侵入,他们就能以盗窃罪和非法持有非法设备罪逮捕我——他们肯定会找到那些罐子,微波塔下边跟个停车场没什么区别。违反假释——我直接就回监狱了,你可能还得在路边等着搭车回家。不要说什么节省时间了,入狱二十年可节省不了时间,好吗?"

---

① 奔迈(Palm)是现实世界存在的公司,曾经是著名的手持设备制造商,不过随着智能手机时代的到来逐渐没落。

"知道了。"马塞尔说，"我们按你说的做。"他交叉双臂，凝视着窗外被积雪覆盖着的树木。

"这个区域有多少无线网络者在活动？"西尔维打破了沉默。

马塞尔说："只有我们。"与此同时，罗斯科说："几十个。"西尔维笑了。

"我们都单独作业。"罗斯科说，"但在这个地区还有很多其他的单独作业者。你要明白，这不是搞密谋，倒像是一种新兴的民主形式。"

西尔维从掌上电脑前抬起头来。"这种说法出自某份宣言，对吗？"

罗斯科咬咬牙，"罪名成立。出自巴洛①的《狱中札记》。在我入狱之前曾读过很多有关监狱的作品。"

"爱好者抄袭，艺术家偷窃。"她说，"要偷就偷最好的。巴洛非常毒舌。你知道他为感恩至死乐队②写歌词吗？"

"知道。"罗斯科说，"我入行无线网络是通过一些不入流的磁带商——他们从德国搞到老式录音机，来给演出录音。其中一位给我介绍了个能搞到法国网络设备的家伙。从兴趣爱好到动摇政治机构的违法犯罪，仅仅一步之遥。"

---

① 约翰·佩里·巴洛（John Perry Barlow，1947-2018），美国知名诗人、评论家、词作家、网络自由意志主义者。不过此处所提书籍有可能是作者原创的，现实中巴洛并未创作该书。

② 美国摇滚乐队。

当他们到达现场后,马塞尔从闷闷不乐中恢复过来。他背起背包,拿起测量员的三脚架,绕着山丘架设起设备,使他们的上行信号可以传输出去。他搞起来雷厉风行。

西尔维和罗斯科在一起,罗斯科正在为所有设备进行一系列的测试,他使用笨重的笔记本电脑和两根自制的天线来测量信号强度。"必须一次搞定。我不喜欢在网络设好后再回来修修补补。好马不吃回头草,真男人从不回头看爆炸。"

她拿出钥匙扣,把它悬在罗斯科正在测试的中继器的路径上。"输入信号非常强。"她说着,转动钥匙扣,示意罗斯科看钥匙扣上,蓝色的LED灯组成了代表诺基亚的字母"N"。

罗斯科伸手去拿手套,说道:"这小东西也太好了。"

"给你了。"她说,"我房间里还有一些。他们在赫尔辛基的接待处放了满满一鱼缸。灯亮得越多,信号越好。"

罗斯科感到一种难以言说的尴尬,他如同一个生活在国家边陲、穷乡僻壤的原始人,终日还与棍棒和麻绳为伍。"谢谢。"他粗声粗气地喊道,"马塞尔,你都布设好了吗?"

"好了。"

但他这里有问题。他们把第一个中继器架设好并进行了测试,但几乎没有输出信号。不良焊点、微波塔的干扰、树林妖精……谁知道出了什么问题呢?有时,某个热点就是用不了。在阴冷的冬日黄昏调试它,对于大多数人来说,绝不是什么有趣时光。

"好的,再给我拿一个。"罗斯科深吸了一口气,马塞尔回卡车上找另一个中继器。这个状况良好,但仍然存在遗留问题。"你只带了这么几个吗?"罗斯科问道。

"我没想过要多带。"马塞尔耸耸肩,"我发誓,在家里时都测试过——可能是因为太冷了?"

"该死。"罗斯科跺着脚,回头观察了下公路。西尔维站在卡车旁,双手插在口袋里,看起来饶有兴趣。他瞥了一眼山丘及山顶的微波桅杆。一盏红色的温暖小灯有规律地闪烁着,仿佛正在发出邀请。

"为什么不上山试试?"马塞尔问,"在那里,只需要一个中继器就可以覆盖下来。"

罗斯科望着桅杆。"让我想想。"他拾起了还连接着的中继器,心不在焉地踱回卡车驾驶室,权衡着利弊,"上吧。"

"现在吗?"西尔维坐回副驾驶座位上。

"我觉得……"罗斯科转动钥匙,发动了车,"这孩子说得有道理。我们只剩一个中继器,只有把它固定在桅杆上才能完成任务。"他在座位上转身盯着马塞尔说,"但是我们不能被抓住,听到了吗?"他又瞥了西尔维一眼,"如果你觉得危险,我可以先送你回去。你可以投票,每个人都该有一票否决权。"

西尔维睁大眼睛盯着他,然后满不在乎地吹了一声口哨,"这是你的烂摊子,我就是个打酱油的,别把我搅进来。"

"好吧。"罗斯科踩下油门,"你们盯着后面,注意有没有盯梢的,一有风吹草动就赶紧说。"他慢慢地把车开走,小心翼翼地前行。"马塞尔,拜托,把那个袋子藏在我座位下面。"

挂满积雪的树枝遮蔽了月光,通往山顶的小路一片漆黑。罗斯科一直小心慢行。即使四轮驱动,车也有几次陷入了雪地中,挣扎间发出了阵阵哀鸣。"到时无法快速逃走。"西尔维平静地说。

"我们又不是银行劫匪。"罗斯科降了个挡位,拐进了通向桅杆的车道。道路尽头是一个空停车场,四周围着铁栅栏。不远处,混凝土基座上矗立着桅杆,高耸在他们面前,如同异世界侵入的巨大构件。罗斯科停好车,关掉车灯。"有发现什么吗?"

"没有。"后座上的马塞尔答道。

"看起来不错——嘿,慢着!"西尔维看了两眼,"停! 不要开门!"

"为什么……"马塞尔开口了。

"停下,快停下。"西尔维很激动。就在这时,罗斯科的眼睛从车大灯的强光中恢复过来,注意到微弱的影子。"马塞尔,蹲下!"

"怎么了?"马塞尔问。

"蹲下来! 躲在车窗下面!"她转向罗斯科,"看来你说对了。"

"我说对了?"罗斯科的目光越过她。影子越来越清晰,现在他能听到车的引擎声了。"我操,我们被……"他伸手去抓车钥匙,想要开车。西尔维拍开了他的手。"哎呀!"

"就在这儿。"她向前弯腰,瞥了一眼后座,马塞尔正躲在那儿,"演得像样点。"

"什么意思……"在嘴被吻上之前,罗斯科还没搞懂。他的身体自动做出回应,搂住了她。一束灯光照进了他们的驾驶室。

"你!出来——我去!"一个女人的吼叫声,然后立刻又闭嘴了。西尔维和罗斯科放开彼此,转过身,迎着灯光,对着远处的灰色道奇货车眨了眨眼。

西尔维摇下侧窗,探出头来,大声喊道:"你们搞什么鬼,赶紧给我滚,他妈的偷窥狂!"

"这里是私人土地。"一个声音说道,"赶紧去开房吧。"积雪在靴子下发出咯吱咯吱的叫声。手铐皮套的摩擦声也清晰可闻。罗斯科屏住了呼吸。

"搞笑。"西尔维说,"好吧,那我们走了。"

"现在不行,你们还不能走。"那个声音回答道,这次声调更高,声音更近了。罗斯科从后视镜里看到了女警察的身影,她小心翼翼地踩在冰面上,手中摆弄着腰间的手铐。她穿着笨重的派克大衣,看不出她属于哪个部门,但她翻动袖口的方式……

"快跑,快跑!"马塞尔在后座急迫地说,"赶紧跑!"

"坐好。"西尔维说。

后座方向响起"咔"的一声,一把枪上膛了。罗斯科死盯着后视镜,咬牙切齿地说:"马塞尔,如果我刚才听到的是枪,我一定把它塞进你他妈的屁股里,然后扣动扳机。"

罗斯科摇下车窗,打招呼道:"晚上好,警官。"她呼出的雾气将自己藏在光晕里,但他依然认出了她。前几天,他见过她,那时他挂在峡谷岩壁上,往加拿大方向接天线。

她开口说道:"晚上好,女士、先生。不错的夜景,不是吗? 来赏鸟的?"

陷阱。罗斯科开始颤抖,睾丸好像要缩回他的腹部。他的脚趾和手指已经不是冰冷,而是麻木了。他动弹不得。他再也回不去了。

警察举起手电筒,照着西尔维。罗斯科扭头看她,嘴唇上的疤痕和遮瑕膏都清晰可见。

"警官,用得着这样吗?"西尔维的声音有些恼火,她带了一点儿之前没有的曼哈顿口音,这使她听起来有点吓人,"那只是情难自抑。"

罗斯科摸了摸自己的嘴唇,手指上沾了一点遮瑕膏粉和一点口红。

"好的,女士。先生,请您下车好吗?"

罗斯科伸手去解自己的安全带,手电筒朝后座晃去。警察的眼睛瞟向了他的身后,然后她抓紧她的枪套,迅速后退。"每个人都把手放在我能看到的地方。立刻!"

我操你个马塞尔!

她还在试着解开自己的枪套,在她解扣的同时,传来了关上车门的声音。"丽丝,有什么问题吗?"一个声音喊道。是另一个警察,她的搭档,第四大道和胡桃大道的交叉路口。

女警察喘着粗气,瞪大眼睛,盯着后窗。罗斯科回头看去,马塞尔握着一支小手枪,指着她。

"开车,罗斯科。"马塞尔说,"快开车。"

他本能地动了起来,插钥匙打火,引擎吭哧着发动起来,他猛地挂上挡,使劲转动方向盘,避开警察,甩尾开跑,在空荡荡的停车场绕了一大圈,他像一条失控的大鱼,摆动着奔行在光滑的山道上。

他们越过山脊,下山回到高速公路后,他才重新控制住车身。然后,他听到自己身后爆出了警车撞上了铁链栅栏的声响。从后视镜里他看到警车在停车场的冰面上失控打滑。如果不是西尔维的喘息刺激着他,他肯定乐于观赏这出好戏。他们现在正冲下山道,轮胎发出阵阵哀鸣,随时都可能打滑失控,他们的车速太快了。

他不由自主地嘟囔起来,轻踩刹车,但这又一次引发了打滑。皮卡撞上了主干道护栏,但仍在打滑。好在现在轮胎已经沾上了工业盐。他终于控制住了皮卡。随即他关掉了大灯,在黑暗的道路上稳稳前行。

"这不安全。"西尔维说。

"你刚才不是说'快开'嘛。"罗斯科一边说,一边拍打着变速箱。他的说话声已变得歇斯底里,连他自己都听出来了。他吞了口唾沫,"不远了。"

"什么不远了?"她问。

"闭嘴,好吗?"他说,"在他们的后援到达前,我们还有五分钟。离直升机升空还有七分钟。我们需要离开公路。"

"安全屋。"马塞尔说。

"闭嘴!"罗斯科边说边刹车。他们和对向驶来的一辆闪烁着远光灯的汽车完成了会车。是的,我开车忘了开灯,谢谢你,罗斯科心想。

罗斯科已经有一年没去过安全屋了。那是一个老旧的公园,十八个月前,那里生锈的设备发生了事故,害死了一个小孩。他在里面寻找合适的中继器位置,无意中发现在铁栅栏后面的公共厕所没有上锁。他在那里设置了一个额外的接入点,放了一条毯子、一套换洗的衣服、一个急救箱和一张新车牌,用厨房垃圾袋装成两包,藏在了吊顶上。

他把卡车停在栅栏外,紧紧地贴在路旁的灌木丛和栅栏之间。从路上看过来是无法发现的。他迅速从车上下来。

"马塞尔,把露营床搬过来。"他说着,从座位下掏出一根撬棍递给他。

"你打算怎么办?"西尔维问道。

"搭把手。"他说着，打开露营壳①，抓起一块防水布。"把这个铺在地上，把我递给你的东西堆在上面。"

他迅速完成卸车，把车斗卸空，一股脑地把接入点、中继器、工具箱、绳子和迷彩喷雾器递给西尔维。"把它捆起来，"他说，"用绳子把四角绑在一起，穿过套环。"

他从马塞尔手中夺过撬棍，开始解决固定露营壳的螺母。当他松掉最后一个螺母后，他将撬棍的一端夹在壳子和卡车之间，把它从车底盘上撬下来。它开始滑落，他咕哝着对马塞尔说："抓住它。"但西尔维先一步抓住了它的一端。

"把它扔过栅栏。"他气喘吁吁地说，一边举起他那一端，一边移到卡车尾部。他们一齐使劲把它扔了过去，倒扣到了另一边。

一辆汽车驶过，他们都很害怕，不过它还在前行。罗斯科猜测那是辆警车，但他并不确定。他屏住呼吸，倾听着直升机的噪声。他想，好吧，我听到了，还在远处，不过越来越近了。

"马塞尔，把那该死的枪给我。"他强装镇定地说。

马塞尔低头看着雪。

"如果你不把枪给我，我就用这根棍子敲碎你的脑袋。"他说着，举起了撬棍，"除非你打算先开枪打死我。"

马塞尔从夹克里掏出手枪递他。罗斯科之前从没有拿过枪，他对手枪的重量感到惊讶——比看起来要重，比他想象的要轻。

_____

① 一种装在皮卡后斗上的装备，能让皮卡变成一种小型的房车。

"翻过栅栏。"他说着,把手枪放进口袋里,"我们所有人。马塞尔第一个。"

马塞尔张开嘴。

"闭嘴,什么也别说。"罗斯科说,"你们谁要敢废话,趁早滚蛋,我们两清。翻墙!"

马塞尔率先翻过了栅栏,落在露营壳上。接下来是西尔维,她用脚踩着栅栏,小心翼翼地翻过去。罗斯科悄悄地放下撬棍,跟了上去。

"罗斯科,"西尔维问,"你能给我解释一下吗?"

"不。"罗斯科说,"西尔维,你留在这里,用雪盖住露营壳,尽你所能地把它藏起来。马塞尔,跟我来。"

他们两人前后脚进入黑暗的厕所,然后关上了门,罗斯科掏出手电筒并打开。

"我们再也不回家了。不管你口袋里有什么,那就是你的全部家当。明白吗?"

马塞尔刚想说什么,罗斯科揪住他。

"别废话了。老实点点头。我不想听到你的声音。你爬塔,拔枪,结果毁了我的生活。我完蛋了,你明白吗?点头!"

马塞尔点点头,眼睛睁得很大。

"爬上马桶水箱,把吊顶上的板子打开,把袋子拿下来。"他用手电照向他的目标。

马塞尔取下了袋子，罗斯科自己放松了一些，已经没那么紧张了。至少他有了新车牌和换洗的衣服。这是一个新起点。

西尔维已经把露营床的三分之一盖好了，她的手套和靴子上都沾满了雪。罗斯科放下垃圾袋，帮助她。不久之后，马塞尔也来帮忙了。很快他们就把这一切藏在了白雪下。

罗斯科说："我不知道它能不能瞒过路过这里的人，但至少从道路那边是看不到的。"他的心跳终于开始慢下来，呼吸也正常了。

"我的计划是，"他说，"把车牌换掉，开车回城。西尔维躺在后座上。他们找的是三个人和一辆装了露营壳的皮卡。马塞尔，你必须自己步行了。路很长，急救箱里有些保暖贴，把它们塞进靴子和手套里。别让任何人看见你。找个地方躲到明天，然后我们早上八点在彩虹桥附近的甜甜圈屋会合，可以吗？"

马塞尔默默地点点头。现在云层遮住了月光，雪下得更大了。

罗斯科掏出保暖贴扔给他。"走吧。"他说，"现在就上路吧。"

马塞尔一声不吭地翻过栅栏，踉踉跄跄地朝高速公路走去。

望着他渐行渐远的背影，罗斯科拿着垃圾袋跃过了栅栏。他把它扔在皮卡后面。然后他把那捆防水布包裹顺着操场拖进了浴室。它太重了，无法藏上吊顶。新雪上的拖痕就像闪烁的指示箭头，但他任由其留在地面上。

他帮助西尔维翻过栅栏，然后蹲下来，拿出一个小扳手卸下皮卡的车牌。西尔维蹲在他身边，拿着手电筒。

"你知道他有枪吗?"西尔维说。他则在拧紧螺栓。

"不知道。"罗斯科说,"我们不用枪。我们是他妈的网络工程师,又不是荒野大镖客。"

"我想也是。"她说。当他把新车牌固定好时,她没有再发表观点。

最后,他站起来说:"好吧,我们走吧。"

"有什么计划吗?"她停顿了一下,手放在车门把手上。

"计划是先离开这里。走一步看一步吧。"他心里盘算着,斜眼看着她,"我觉得对你影响不大,不管接下来会发生什么。我担心的是那个小白痴……"他意识到自己的手在发抖。

西尔维坐进车里。罗斯科坐了一会儿,集中精力控制自己。

他开得很慢,每次遇到移动的车影和其他车辆的灯光,他都会心惊胆寒。有一次,刚拐过弯,他驶过一辆停在路肩上的警车旁几乎吓得魂飞魄散,恨不得扭过头去,还要强忍着不要狠踩油门。不要怕,他在心里不断默念。

警车消失在后视镜里,西尔维叹了口气问:"你会准时赴约吗,去你和他约好的地方?"

"是的。对我来说可能并不值得,但我欠那个小混蛋的太多了。我们必须一起解决这个难题。"他轻敲方向盘,"我必须把皮卡丢掉。"

"不要。"

119

罗斯科盯着她。西尔维的脸一半在阴影里，一半被街灯照成温和的橙色。"我不信任他，我觉得他是个卧底。"

"什么？"罗斯科摇摇头，然后继续注意着路况，"他只是太年轻而已。不太成熟。"他们离主街不远了，他开始四处寻找可以停卡车的地方。"听着，我们必须步行一段。你能徒步走个一小时吗？"

"在黑暗中？可以，我觉得没问题。"西尔维吸了下鼻子，"你如果去那家甜甜圈店，会被逮捕的。你会被判成恐怖分子。"

她那是被害妄想症，罗斯科并没有搭理她。相反，他把车停在路边。"打开杂物箱。里面有罐装泡沫清洁剂和湿巾。把它们递给我。"

"如果你想听，我可以讲一些你不知道的秘密逮捕事件。"她的声音透着一股执拗。罗斯科则一门心思地擦拭方向盘和换挡杆，从前的旧指纹可以不管，但绝对不能留下新的。

罗斯科打开车门，下了车。冷风刺骨，仿佛在抽走他体表和呼吸道中的生命。他从后座拿起垃圾袋，刚想关门，又停了下来。最后，他敞着车门，无视了还插在车上的钥匙，任其诱人地晃来晃去。"走吧。"他说道。

西尔维赶紧跟了上去。"得克萨斯州边境有个叫丹尼斯·摩根的。"她缓缓地讲道，"他被带走后便下落不明了，联邦调查局三缄其口——名义上是非法持有枪械，但所有的搜查令、抓捕和扣押行动，都是通过联邦应急管理局的某特殊法庭完成的，而我们根本找不到这个法庭。我们尝试用《信息自由法》申诉,但被拒绝了。丹尼斯跟你一样,没有暴力犯罪记录,他就是个无线网络者,但他们指控他企图谋杀一名联邦特工,然后就将其抓走,来了个人间蒸发。"

罗斯科听着她的呼吸越来越急促,放慢了脚步。"秘密审判,罗斯科,恐怖主义特别法庭。虽然可能不是这个名字,但相似点是,它们都是对外完全保密的。我甚至都没法通过他妈的通讯录找到辩方律师。还有,在华盛顿州,有一个叫凯特琳·德莱尼的女人。在她拒捕被枪杀后,他们在她的屋内发现了儿童色情片;在她的车库里发现了冰毒实验室。她被定性为黑帮成员。罗斯科,她五十岁了,还患有多发性硬化症,而她的后院恰好连得上来自加拿大萨里那边的信号。"

罗斯科走得更慢了,等西尔维走到他身边,"罗斯科,联邦通信委员会一直在放消息给我们,让我们知道这些危险的恐怖分子,你知道为什么吗?我曾用公用电话打给当地记者,请他们帮忙调查。无线网络者正在消失。他们的无线网区域越醒目,他们消失得越快,只会留下枪支、毒品和儿童色情片。这才是我想报道的真相。罗斯科,假如你去那家甜甜圈店赴约,而马塞尔是如我所猜的那种人,你会凭空消失的。"

她握住他的手,停了下来。罗斯科完全僵住了。他的肩膀紧绷,夹克的内衬已经被冰冷的汗水浸透了,"你想怎么办?"

她哈出的白气在他脸上蒸腾。"我不想你白白送命。"她说。两个人离得很近,以至于他能清楚地看到她嘴唇上的伤疤和脸颊上污浊的粉底。"该死。"她凑过来,靠在他身上,把下巴放在他的肩膀上,好像一只寻求温暖的小动物,"听着,到我房间来,我们在那儿商量。"

可以肯定的是,戴斯酒店要比彩虹桥近得多。惊慌失措和亡命奔逃使罗斯科精疲力竭。到达酒店房间后,他一反常态地对西尔维的收留表示了感谢。尽管与此同时,他大脑中,一直有个偏执的声音在角落里嘶吼:她才是专业特工,而不是马塞尔。她会跟他上床,接着一群携带搜查令和信号扫描仪的联邦特工就会从衣柜中冲出来……

但事实和他的想象不同,大相径庭。

最后他们坦诚相见,一丝不挂地一起躺在床上。还没等到发生什么,罗斯科已经睡着了,轻轻地打着鼾,对整个世界再无反应。事实上,他忽略了很多——等他恢复知觉时,是在闹钟闪烁的微弱红光中醒来,而西尔维的脸挨在他旁边,那红光像地狱曙光般映在她脸上。闹钟上闪烁着七点钟,提醒他还有一场赴往未知未来的约会。

"嘿。醒醒。"

"嗯呃。"西尔维滚向他,一瞬间格外温馨,然后她的眼睛睁开了,"我们做了吗?"她看起来满怀希望。

"没有。"他涌起一种满足的欣喜感，用一只手抚摸她的背，另一只手捏着她的屁股。这怎么会发生在我们身上呢？他不禁自问。每当他意识到自己跟一个女人在一起时，这种念头总会向他的眉心袭来。已经好久不曾有了。

她的目光从他身上掠过，落在闹钟上。"哦，该死。"她拥抱了他，然后又缩回去，"时间永远不够用，以后？"

"等见面之后，当我能确保安全之后……"

"闭嘴。"她探身过来，几乎是气狠狠地吻了他，"这太不专业了。如果我错了，我道歉，好吗？但如果你执意要去，我觉得你会自投罗网。你不应该接近那里。如果我手上有中继器，我可以用网络摄像头监视，不过……"

"中继器？"罗斯科坐起来，"我包里还有一个。"

"好啊。"她翻身下床，伸个懒腰。他无法把目光从她身上移开。"听着，等我们洗漱好，就离开这里。"她对他微微一笑，是那种友好的笑，与之前的亲昵相去甚远，他由衷地感到一阵失落。"我们去给甜甜圈店接上视频。然后我们可以去喝杯咖啡，静观其变。"

彩虹桥附近的信号强度很好。罗斯科在距离小店不足一百码的地方找到一盏需要仰视才能发现的街灯，并将中继器挂在了上边。这是为了加强信号。"他们很快就会发现，可能今天晚些时候就会找到它。"他说，"希望这是值得的。"

"会的。"她真诚地安慰他，然后大步走向甜甜圈店。她身材瘦削，裹着好几件并不太适合在寒冷天气穿的衣服。他盯着她的背影，抑制住了追赶她的冲动。如果警察要抓，那肯定也是抓他——一个违反禁令的假释犯——而不是那位走在街上的妙龄女郎。他们的计划是：把摄像头安在甜甜圈店对面的路牌后，用塑料扎带将其固定，对准目标。他看了眼表：七点零七分。好猎人往往以猎物的形式现身……

罗斯科绕着街区走了一圈，不停跺脚以抵御寒冷，尽量避免去想象那些不好的可能。当他绕着小巷返回时，遇到西尔维顺着街道朝他走来。她面带微笑，追上他时，挽住了他的胳膊。他的心猛地一跳。

"走吧，下个街区有一家星巴克。"她说。

"我讨厌星巴克。"他抱怨道。

"我知道，但那是室内，还远离街道。"她解释说，"所以这次你就将就下，好吗？"

"好吧。"

他们在经过点餐台和糕点台时，脱下手套和帽子。西尔维点了两杯大杯拿铁。"二楼开了吗？"她问道。

"当然，上去吧。"嚼着口香糖的咖啡师头都没抬。在楼梯的顶端，在店最深处的黑暗角落里，西尔维掏出她的手机开始摆弄。"让我们看看，啊……嗯哼。给你。"她把手机转过来，这样他也能看到那个小小的彩色显示器。甜甜圈店的门面被拍得很清晰。"它也支持IP通话,很多人用智能手机替代笔记本电脑。现在几点了?"

"七点半。"一辆灰色的小货车停在店门口,从车里出来一群穿风衣的家伙,其中有一个格外醒目。罗斯科心中五味杂陈,"那些人是谁,马塞尔在干什么?"他闭嘴了,再说什么,似乎都是多余的。

"让我们看看还有谁会出现。"西尔维一边啜着拿铁,一边建议道。

马塞尔走进甜甜圈店。两个穿风衣的家伙跟在他后面。其他人都迅速移出了画面,只有一个人恰好还留在镜头里,正沿着店旁的小巷匆匆而去。

几分钟后,什么都没有发生,一辆警车停了下来。当两名身穿制服的警察下车朝店门口走去时,店里走出一个风衣男。他们互相喊了几句,还比画了一些愤怒的手势。穿制服的警察转身回到警车里,开车走了。风衣男则返回店里。西尔维吸了吸鼻子,说:"用纳税人的钱去买甜甜圈,这是他们应得的。"

罗斯科绷得很紧,他慢慢地说道:"我想你是对的。"

西尔维微笑着看着他。"哦,你还什么都没看到呢!"

八点差五分。罗斯科跟跄着下楼又点了一杯咖啡。噩梦迫在眉睫,一夜间天翻地覆。我完蛋了,他想,得撤了……

"罗斯科?"

"来了。"他转身匆匆上楼,"怎么了?"

"看!"她把手机显示屏上的画面指给他看——一辆颜色和车龄

都与罗斯科的大致相同的皮卡停在了甜甜圈店前。

"嘿，这不是——"

"我告诉过你，我们雇了特约记者吧？"

一个穿着夹克、戴着帽子的男人从车上下来。如果仅通过街对面的隐蔽网络摄像头观察的话，他的外形与罗斯科十分相像。他甚至停下来看了一眼摄像头，可惜摄像头距离太远了，罗斯科无法看清他是否有做鬼脸。然后他转身走了进去。

风衣男们从各个角落里钻了出来，好像垃圾桶里钻出的黑色蟑螂。他们蜂拥而至，围住了皮卡，堵住了店门，其中两人拿着枪，举着搜查证，封锁了停车场。混乱和骚动持续了大约一分钟。接着，另一个穿风衣的人冲出店门，开始对他们大喊大叫。枪立刻被收起了。马塞尔出现在他身后，指向这里。两个风衣男穿过马路，朝摄像头走来。

"我觉得这足够了。"西尔维说，然后停止了播放。接着，她按下了手机上的一个快速拨号键，铃声响了两声："你好，哪里①……"

罗斯科摇了摇头。他深刻体会到了被捕获的金枪鱼的感受——一边是粗糙的木质甲板，另一边是毒辣阳光的无情暴晒，在完全不适合自身体质的介质中，鱼鳃徒劳地开闭喘息。西尔维在滔滔不绝地说着法语，好像在跟人争论什么，而他却在陆地上体会到了溺水的感觉。

---

① 此处原文为法语。

西尔维打完电话,啪的一声关上了手机。她将手放在他的手上,微笑着说,"你没事的。"

"嗯?"罗斯科一惊,随手把空咖啡杯放在一旁。

"我刚和法国驻多伦多领事馆通话。我提前设置过了,他们也能看到摄像头,我的编辑也可以。只要你离境前往加拿大,到达领事馆,便能以真正的难民身份获得外交庇护。"她把手伸进口袋,取出一个小盒子。它像复杂的折纸一样拉伸展开,变成了一个键盘,和她的智能手机接在了一起。"罗斯科,明天,我们就能上日报头版头条了。这些都被记录在案了,你的背景,马塞尔,枪,监视,所有这一切。还有目击证人在场。"她用大拇指指着自己,"这几个月,我们一直在寻找这样的转机。"她的口吻中满是幸灾乐祸。"瓦伦蒂不会知道他的对手是什么人。我的编辑——"她顿了下,喝了口咖啡,"我的编辑是因为'水门①'事件而入行的。从那以后,他就一直渴望得到这样的大料。"

罗斯科端坐在一旁,一言不发地盯着她。

"打起精神来!你会出名的——他们不能把你关起来了!我们只需要把你送到蒙特利尔。莫霍克保留区有个十字路口,我租的车,就停在戴斯酒店隔壁的停车场。你能在这个上面签个字吗?"她把一捆文件塞给他,怀着歉意地皱了下眉,"《华尔街日报》的独家合

---

① 在美国1972年的总统大选中,为了取得民主党内部竞选策略的情报,共和党尼克松竞选团队的人潜入位于华盛顿水门大厦的民主党全国委员会办公室,在安装窃听器并偷拍有关文件时,当场被捕。此事件后被称为水门事件。

同。里面包括你含机票在内的各种相关费用，外加上一万五千美元的稿费。我曾想帮你争取更多，但你也明白现在是什么个情况。"她耸耸肩。

他呆呆地盯着她，一言不发。她捏了捏他的脸颊，把文件塞进他手中，"一路顺风，我的朋友。"说完，她吻了他两边的脸颊，然后取出一个粉盒，把遮瑕膏涂在嘴唇上。

春天的巴黎比他想象中更有魅力。罗斯科只要在咖啡馆里坐下，就会被一群无线网络支持者团团围住。他们请他在自己的中继器上签名，求他讲述作为一名游击战士他是怎样为技术自由而英勇奋战的故事。他们非常非常年轻，跟马塞尔差不多大，或者更小一些，还是孩子。唯一令人心酸的是，他们还不太听得懂罗斯科蹩脚的法语。女孩俏丽，男孩英俊，他们一边抽烟，一边谈笑风生，罗斯科频频举杯，直到醉在当场。他的体重增加了二十磅①，当他为 Be 公司②和摩托罗拉拍广告时，不得不勒紧束腰。一张海报上，他咬着摩托罗拉蝙蝠镖，爬在建筑的侧墙上，旁边用醒目的粗体法文写着——美国人的选择。

实话实说，他甚至有些跟不上潮流了。几乎每周都有新玩意儿涌现，埃菲尔铁塔旁，阿尔及利亚籍街头摊贩的桌子上，都冒出了各

---

① 1 磅约等于 453 克。

② 一家开发操作系统的公司，前文提到的 BeOS 正是该公司的产品，在现实中于 2001 年被前文提到的奔迈公司收购。

种新技术发明。地铁上一大半的广告他都看不懂。

但生活依旧美好。他住在一间风景优美的公寓里,公寓的女房东会用严厉的法语和扫帚打发掉狗仔队。免费获赠的 Be 笔记本电脑让他在卫生间都可以享受到四格信号,而靠窗时则能收到十格信号,城市喧嚣和网络浪潮充斥着他的日日夜夜。

然而——

他是个外国人,异乡客。一条从海里换到水族馆中的鱼,生活在一个鱼缸里,任由来来往往的游客观赏。他时常做噩梦,在梦中,他被关在莱文沃斯监狱里,戒备森严的守卫,狭小的囚室,他在院中孤独地静静地踱步。

他被手机铃声吵醒了。铃声很特别,只有一个人的来电是这个铃声。他挣扎着下了床,伸手去抓夹克,摸索着把电话掏了出来。

"西尔维?"

"罗斯科!上帝啊,我知道现在还早,但是上帝啊,我必须立刻告诉你!"

他看看窗外,天还是黑的。他的床头柜上的时钟显示现在是凌晨四点二十一分。

"怎么了,发生什么事了?"

"上帝啊!瓦伦蒂被参议院听证会传唤做证了。他马上要辞去主席职务。我刚给他的办公室,还有他父亲在美国电影协会的办公室打了电话,但那些电话都被打爆了。我正准备去赶特快列车去华盛顿。"

"你要为《华尔街日报》报道这件事?"

"有更好的。我拿到书约了!昨天我的经纪人在西蒙与舒斯特和圣马丁出版社①之间搞了一场竞价,折腾到凌晨三点。我现在风头正盛,而这事现在是墙倒众人推。有三名国会工作人员给我发传真,跟我讨论法案草案,其中一项是为美国国防部高级研究计划局提供三亿美元的资金用于研究TCP/IP协议②;另一项是废除将网络活动定性为恐怖主义的法规,以及针对在线电影和音乐颁发强制许可。上帝!要是你能看到就好了。"

"这——太神奇了。"罗斯科说。他想象着她穿着漂亮的春装,在前往中央车站的路上,坐在出租车里,戴着耳机,补着妆,去见国会里那些硕鼠。

"不可思议吧,比我预期的还要好。"

"好吧……"他有些欲言又止,"如果方便的话,你能不能帮我争取下特赦?"他自己都觉得这个笑话非常蹩脚。

"什么?"这时响起出租车的喇叭声,"哦,糟了,罗斯科,对不起,会有办法的,你会看到的,宽大处理或者特赦之类。"

"那我们下个月谈,好吗?"她一周前已经订好了票,他们原计划在欧洲大陆一起旅游两周。

---

① 两家均为著名出版商,西蒙与舒斯特更是世界六大出版商之一。

② TCP/IP传输协议,即传输控制/网络协议,也叫作网络通信协议。它是在网络使用中最基本的通信协议。

"哦,罗斯科,很抱歉。我可能没办法过去了。这本书十二周后就要交稿。以后吧,好吗? 你能理解吧?"

他拉开窗帘,望着窗外的异国他乡,望着深夜的零星灯火。"我明白,亲爱的,"他说,"这是项伟大的工作。我为你感到骄傲。"

六千英里外传来另一声喇叭声。"听着,我得走了。我到国会山再给你打电话,好吗?"

"好的。"罗斯科说。但她已经挂了。

他的手机有六格信号,巴黎被无形的网络信号所覆盖,这座城市被俊男靓女和科技创新所点亮。他们认为他是英雄,而在六千英里之外,真正的无线网络正在铺开。

他低下头,看看自己那部纤细的银色手机,蓝色的LED灯闪闪发光,这是诺基亚送他的礼物。他把它从一只手扔到另一只手,然后打开窗户,自三楼将它丢出窗外。它在人行道上破碎时发出的惨叫令人不悦。

《无线网络者》作者后记

《无线网络者》是我和科里·多克托罗合写的。2003年，一位策划编辑以科学技术的或然史为主题约稿。在这个设定下，我们基于某种虚构的法规进行了推想：在二十世纪九十年代，新奇的互联网刚刚出现，而音乐和电影行业却为此惊恐万分，一些非常糟糕的法律被提出——这些法律不仅阻碍了美国对互联网的使用，而且还扼杀了所有相关的通信技术。但信息需要自由，人们想要交流，这和所有意识形态上的主张都没有任何关系。所以，如果开放互联网是像吸食大麻一样的违法行为，世界将会怎样呢？

SNOWBALL'S CHANCE

雪球的机会

阴沉的天空像个月份大了的孕妇，冰天雪地就是她的胎衣。胎衣悬在戴维头顶上方，压得人喘不过气，让他觉得明天肯定会宿醉头痛。他抬头看了一眼，打个哆嗦，接着推开门，走进烟雾缭绕的德伊德·纳尔斯酒馆。

　　"尾随者"谭姆已经坐在吧台前，两人经常合伙干些买卖。"戴维，还行吧？"

　　戴维深吸一口气，撩开遮光门帘。走进昏暗室内的那一刻，他的眼镜立刻起了一层雾。透过雾气，这家臭名昭著的酒馆蒙上了一层冷冷的彩虹光圈，缺陷都被遮住了。"来一杯杜查尔斯啤酒。"他鼻翼扩张，贪婪地享受着德伊德·纳尔斯内混合各种气息的浑浊气味。这气味在酒馆里变质、发酵，浓得几乎可以用斧头劈开。莫拉格跟戴维还有交流那阵子，有一次她透过歪歪扭扭的防寒面罩吸了一下鼻子，跟戴维说道："这操蛋的晚上，外面冷得像北极，绝对不骗你。"

　　戴维取下眼镜，擦了擦，疲惫地看了看周围，"这里头又臭得跟死了人一样。"

谭姆扫视一圈，似乎是在确认酒馆确实只有少得可怜的几个穷鬼，并没有突然多出一倍客人。"别这么说。"他用留着冻疮痕迹的鼻子指了指角落里的卡座。酒馆曾经的主要客户是旧城区的漂亮姑娘，现在却莫名其妙受到游戏社团学生的追捧，大概是因为附近其他酒馆都不欢迎他们吧。毕竟，他们又吵又闹，还不怎么买酒喝（和之前那群妓女一样）。一群衣衫破旧的游戏党在玩临场动态角色扮演①，这会儿正因为游戏设定的某些冷僻的细节而争执不休。"他们真高兴，听起来像一群疯猴子。"

"哎，谁能怪他们呢。"戴维举起杯子，"我只希望他们别吵得所有人头痛。"酒馆没有食品许可，为了补足这个短板，他们安装了一块巨大的、故障不断的屏幕，上面全是噪点，令人担心地歪扭着悬在人们头顶。六名游戏党听到他的话，跳了起来。

"别惹他们，戴维，他们有剑。"

"我开个玩笑，纯粹是因为今晚彩票又没中，没别的意思。"

"你要中奖了，那才稀罕呢。"谭姆盯着他的眼镜，"要是号码真中了，你打算干啥？"

"啥？中大奖吗？"戴维取下眼镜，拉开大衣衣兜的拉链，掏出一包烟和一个打火机。空气立刻在塑料包装纸上凝结出小水珠。他拆开包装。"先把房贷还了，把孩子的赡养费给了，然后——"他停下

---

① 角色扮演类游戏的一种，除具备一般角色扮演类游戏的要素外，还需要参与者将角色行为表演出来，某些情况下参与者甚至会装扮成游戏中的角色。

来,目光落在吧台后面老旧的"禁止吸烟"的牌子上。"啊,妈的。"他打燃之宝打火机,把煤油火焰凑到香烟头上,"知道吗? 要能再年轻一次,我就搬走。但我不年轻了,这儿就是我的家。""禁止吸烟"的牌子下面还有警告:吸烟会得肺癌(能治好),会导致两千欧元的罚款(搞笑,能执行再说吧)。戴维深吸一口,暖暖的气息冲进肺里,让他倍感满足。"莫拉格带着孩子们来了。"

"呵。"谭姆嘟囔一声便没了动静,让戴维很感激。倒不是他不希望莫拉格回到身边,但总有人以朋友的口吻劝他要如何如何,否则她就永远不来了。实在是让他厌烦透顶。

"我可以掏钱让孩子们去东部,他们还年轻。"他看了一眼门廊,"都五月了,还在扔雪球玩,这可不行。"

"这不是全球变暖嘛。"谭姆耸耸肩,有些夸张地调侃道,接着换了个话题,"你觉得他们能去哪儿? 乌克兰? 新伊比利亚?"

"哪儿都行,只要有草地,没有冰川,有海滩——真正的海滩,沙子什么的都齐全。"他皱了皱眉,又匆忙加了一句,"别误会,我清楚没什么可能。"

南极西部的冰架在二十年前融化坍塌了。从那时起,世界各地的海岸线都变了样。同时,墨西哥湾暖流失去了最后一丝北上的动力,不列颠群岛迅速被冰层覆盖,仿佛北极。接着,美国人又让情况进一步恶化——至少对苏格兰来说是这样。他们向太阳轨道发射了一面巨大的遮阳罩,免得这个星球上其他地方的人被极热天气烤成肉干。

戴维在学校地理课上学到过"全球变暖"，那时全球还没有变暖。他在课堂上不是打盹儿，就是盯着雅思敏·迈克科纳的头发看，只偶尔听听课。直到他背上房贷、第二个孩子也即将出生时，才真正理解了小时候学到的知识。全球变暖意味着寒冷，永恒的、渗到你骨头里的寒冷。

"我真想再次看看真正的海滩，有生之年吧。"

"你可以存钱买张火车票。"

"拉倒吧你，我能往哪儿去？"戴维嗤笑道，把不幸变成了乐子。这年头只有顶级富豪才坐得起飞机。而且，最近一处有阳光、有沙子的海滩在哈里发国。你得坐高速列车向南穿过英法海底隧道，穿过直布罗陀大桥，进入曾经的北撒哈拉沙漠。作为旅游胜地，哈里发国有一些缺点，没有光着上身晒日光浴的美女只是缺点之一。"哪儿都一样糟糕，没必要到处跑，至少我在这儿能吃到炸猪皮。"

"嗯，也是。"谭姆把眼镜戴到头顶，一位陌生人出现在门廊上。"看来有些人感觉不到冷。"戴维顺着他的目光望过去，看见那陌生人反常地穿着薄外套，打着领带，仿佛是从上个世纪中叶走出来的。不过，精心修剪的山羊胡须和植入额头的两只黄铜犄角还是相当有当代特色。他感觉到戴维盯着自己，于是对戴维礼貌地点点头，接着移开目光，慢慢走到吧台。戴维转向谭姆，冲他眨了眨眼。谭姆看懂了，便说道："保重，戴维，完事儿给我打电话。"说完，他站起身，把眼镜拉下来,跌跌撞撞地朝厕所走去。

于是,吧台只剩下戴维和那个陌生人。陌生人靠在吧台上,眼神往戴维这边瞟,似乎被逗笑了。戴维额头上挤出了皱纹,盯着酒保凯蒂,她刚从地窖走上来,一手拿着一个空的煤粉墨盒。

"喝一杯?"陌生人抬起一边眉毛问道。

"行,你给钱的话,我要一杯杜查尔斯……"戴维不大擅长领会别人的意思,但对着装一向很敏锐。如果这个衣衫单薄的南方人有钱坐带暖气的出租车,他肯定有钱请自己喝几杯。

凯蒂点点头,在水槽洗了手——不管出厂时封得多严实,煤粉墨盒总会像曾经的打印机碳粉一样到处漏粉——然后拿起两个杯子。

"刚来这边?"过了一会儿,戴维问。

陌生人笑道:"只是路过,我每过几年就要去一次爱丁堡。"

"哎。"戴维感觉有些亲切。

"你呢?"

"我打皮尔顿①来。"这是真话,那是戴维多年前和莫拉格一起买房子的地方,当时还有人真心想在爱丁堡定居。那时福斯湾②还不会年年被浮冰堵塞六个月,海平面没有上升,利思和英格里斯敦③还没有被冰封,亚瑟王座④也还没有变成冻土尽头若隐若现、阴沉苍凉

---

① 爱丁堡北部的一个区。

② 苏格兰东部海湾,主要位于爱丁堡。

③ 都是爱丁堡的不同区划。

④ 一座活火山,位于爱丁堡荷里路德公园。

的海岬。

"你又是哪儿的人?"

凯蒂在陌生人面前的吧台上放了半升啤酒,又弯腰倒另一杯。陌生人笑得更开心了,"你知道我是哪儿的人,朋友。"

戴维嗤笑一声。"哎,你有钱,有品位,对不对?"

"算是吧。"凯蒂把第二杯酒放在戴维面前,冲他干巴巴地笑笑,接着退到吧台的另一边,中间还收取了陌生人的信用点数,动作行云流水。陌生人点头举杯,"祝你也发财。"

"呵,"戴维一口气喝下三分之一,啤酒比平时苦,还有一丝硫黄的味道,"这桶酒是新开的吧。"

"给我朋友喝,当然要最好的。"

戴维不爽地瞄了他一眼。"好了。我知道你想套近乎,没必要绕这么久圈子。"

"抱歉。"陌生人的眼神中有一丝不知所措,"主要我最近在美国待了很久,那儿有很多人信奉我,好久没遇到像你这样不吃我这一套的人了,我有点儿怀念。"

戴维嗤笑,"你看我像有信仰的吗?我们这儿都是文明人,那些虔诚的二百五怎么可能来酒吧。"

"原来如此。"陌生人放松了些,"最近去看莫拉格和孩子们了吗?"

接着发生了奇怪的事。戴维感到自己被冰冷的怒火吞噬,非人类的咆哮声充斥着他的耳朵,他朝陌生人的喉咙伸出手,似乎听到了莫拉格的声音:戴维,住手! 不过不知为何,他突然清醒过来,意识到对方的身份——或者说,就算这混蛋不是货真价实的魔鬼,打了他也多半会被诅咒。

他不知道自己为什么突然失控,可能是因为警长在假释要求清单上添加的那一项下丘脑植入物,让他的大脑化学环境在假释期间受到某些神秘力量的影响。他确实感觉体内有一种湿淋淋、冷汗涔涔的感觉,一点儿也不好受。因此,当冲动退去,戴维不再想拿玻璃碴招呼这杂种时,他只能困惑地盯着自己举起的拳头,指关节上粗糙的"爱"和"恨"的蓝色文身就像监狱的两根门柱,困住了他的人生。

"谁告诉你的?"他粗声粗气地质问。

"烟?"陌生人问。在戴维失控、要冲过来打他的期间,他一直淡定地坐着,此时又抬起了乌黑的眉毛。

"去你的。"但戴维还是不自觉地把手伸进衣兜,他发现自己非但没有拿烧红的炭块摁到陌生人的眼睛上,反而掏出了一根烟,递给对方。

"谢谢。"陌生人拿起根本没点燃的香烟放在嘴里,深深吸了一口,"我不需要别人告诉我他们的情况。"他继续说着,烟雾从两个鼻孔缓缓喷出。

戴维满怀戒备地坐回吧台椅,"我听你问起莫拉格和孩子们,以为你想搅乱我的脑子。"但现在,他知道只要想想超自然力量,陌生人的话就完全合理了。魔鬼刺激你的弱点不是很正常吗？戴维伸手端起杯子，"抱歉，我以为你们不存在。"

"没关系，慢慢来。"陌生人微微一笑，"无神论者让我觉得很新鲜，不过确实需要多花点儿时间才能办正事。"

"嗯，行吧。假设你就是魔鬼，我想不通你找我这种人干什么。"戴维充满戒备地护着自己的啤酒，"我又不是什么大人物。"

一名学生撩开门帘走出酒馆。五月末的大雪灌进室内，戴维打了个哆嗦。

"就算你不是大人物，但你的号码中奖了啊。"陌生人邪恶地笑着，"你是不是觉得自己永远不会中奖？"

"这个嘛，如果人们口中关于你的故事有一半是真的，我宁愿一辈子不中奖。或者，你是不是想告诉我，你被什么教会感化了？"

"确实是类似情况，"魔鬼点头，做出一副很有智慧的样子，"听着，你不傻，所以我就不诓你了。摊开说吧，干这份活儿的不止我一个，我有必须达成的工作指标。但这世界的政客和资本家太少了，不够用。而且他们无聊得要死，想要的翻来覆去只有金钱、权力，以及不会影响到选举的火辣性爱。还是生活无望的穷苦人比较有创意，是吧？不过也更容易相信规则。"

"规则？"戴维茫然地盯着这个伙伴，"你是说法律吧？"

"为汝所欲为，即为汝之法。"魔鬼引用道，接着似乎尝到了什么不好的味道，不再说话了。

"你说啥?"

"以爱为律法,以意志为爱。"①魔鬼懒洋洋地说。

"你在说什么?"戴维盯着他。

"老板的要求,问到相关问题时要引经据典。"说"老板"时,魔鬼脸上的表情让戴维不寒而栗,"她会监视我们的对话,随时检查。"

"就没有其他的吗,啊? 既然你是魔鬼,你需要遵守《十诫》吗?"

"哦,那是规则,不是法律,"魔鬼笑道,"我对自己的杰作很骄傲。"

"那是你编出来的?"戴维指责道,"就为了把玩我们?"

"是啊,当然了! 还有好多别的规则,它们效果特别好,你不觉得吗?"

戴维攥起拳头,盯着拳头背面看:"爱"。"你这杂种,我还是不相信你。"

魔鬼耸耸肩。"没人强迫你信我。不信又怎样,我还是存在,不是吗? 可以将我看作人择原理②下的垃圾收集子序列。而它们,"他指了指头顶的LED灯,"说是靠魔法工作的也没毛病。"

戴维戴上眼镜,一口喝干了啤酒。行吧,管它是靠什么呢。魔

---

① 魔鬼的这两句出自19世纪英国神秘主义学家阿莱斯特·克劳利的《法之书》。

② 人择原理:认为宇宙及其基本规律之所以是我们如今所知的这样,是因为只有在该条件下才能形成一个可以诞生智慧生物,且这些智慧生物可以认知与思考它的宇宙。

鬼说得对,这么一想,他确实不知道灯是怎么亮起来的,只知道好像和电力有关。"再给我来一杯,你给钱。"

"不需要。"魔鬼打了个响指,满满两杯啤酒出现在吧台上,微微冒着泡。戴维端起最近的一杯。杯子是热的,不过酒挺凉,就像刚刚从地窖里拿出来,闻起来有一丝硫黄味。"对了,我欠你一笔债。"

"什么债?"戴维还有些疑虑,继续闻着啤酒,"闻起来不太好。"他把酒推开,"你怎么会欠我的债?"

"你背上抵押贷款,你接受了街道清洁队的工作,又用不起眼的方式把事情搞砸,间接害了几千名市民。你毁了自己的生活,说服莫拉格和她父母断绝关系,还把杰米和小戴维送给了我——你没有把他们培养成优秀正直的公民,而是让他们长成了两个流氓。你不是学者,也不是绅士,你很懂得如何散播仇恨。至于你对莫拉格所做的——"

戴维攥起了另一个拳头:恨。"有胆子你就继续提莫拉格……"他警告道。

魔鬼低低笑了两声。"重点是,你以一己之力达成了如此成就。"他耸耸肩,"如果你有需要,我其实会帮你的,但你似乎不需要帮忙。你是个专家。"他清了清嗓子,"所以,今晚我来找你就是因为这个。"

"我的灵魂不卖,"戴维两手交叉,拒绝道,"你把我当什么了?"

魔鬼摇摇头,依然在笑。"我不是来收买你的,我们不这么办事。而且,很多年前你就自愿把灵魂送给我了。"戴维看着他的眼睛,魔鬼虽然在笑,但眼底没有笑意,"但你的行为造成了一些后果。我老板是一个乐观主义者,对圣奥古斯丁①那一套不屑一顾,也不相信原罪——这一点你很喜欢吧。所以你和上面那位之间……需要一个平衡,就像信用卡账单一样。你拖延的时间越长,收支就越不平衡,而你一直在支出。站在我的角度,相当于一家叫'戴维·麦克唐纳'的银行给我批了一大笔贷款,只不过贷的不是钱,而是业力。根据律法,我要连本带利偿还。"

"哈?"戴维盯着魔鬼,"你要干吗?"

魔鬼不再笑了,"你是天选之一,戴维,无条件拣选②。虽然这年头几乎人人都称得上他妈的天选,不过他们一上来就抽中了你的名字。毕竟你是优质样品。我不能把你怎么样,要是把你害死了,而我还欠着你,那相当于七宗罪连环爆炸,所以我他妈要趁你活着满足你一个愿望。"

魔鬼不耐烦地用手指敲着吧台,脸上一点儿笑容都没有了,"只有一个愿望。按规定我必须把附属细则读给你听。"

乙方接受甲方赠予或借贷之礼物,于此应依约履行甲方口头或身体所表达的1(一)个愿望或指示,以此清偿债务。该履行过程简

---

① 圣奥古斯丁:天主教神学家、哲学家,认为不存在"恶",只存在顺应上帝和背离上帝的人。

② "天选"和"拣选"都是加尔文主义概念,指上帝会无条件选一部分人出来,这部分人能无条件得救。作者把这个概念套用在了魔鬼身上。

称为"许愿"。乙方承诺履行结果完全符合愿望条款，并主动避免由悖论产生的时间倒置及其他因违反自然法则而导致的愿望中止。若甲方承认、理解和接受此许愿之履行，则代表乙方所受之甲方赠予或借贷债务彻底清偿。除去本条款下产生的额外的权利授予，乙方对甲方的权利、责任和义务均受2026年消费信贷条例的约束……

戴维摇摇头，"我没听懂，你说你要满足我一个愿望？用来回报……那个……我作恶的一生？"

魔鬼点头，"是的。"

戴维哆嗦了一下。"我觉得我要再来一杯杜查尔斯，操！等等，我要许的愿不是这个！"他不安地看着魔鬼，"你是认真的，对吧？"

魔鬼吸了吸鼻子，"我不能给你一杯啤酒就算数。我老板没那么傻，虽然她有很多别的缺点。要真这样，她会说我在诓你，而我确实是在诓你删。必须是正经愿望才行。"

戴维两眼放光。魔鬼朝凯蒂挥了挥手，"再给我的朋友来一杯杜查尔斯，外加一杯克拉图尔。"

听起来不错啊，戴维暗想。"你能让莫拉格别……我是说你能不能让一切……恢复，别再弄成现在这样？"他吞了一口唾沫，脑子像受惊的蜘蛛一样想不起自己要什么，不要什么……算了，不管他做过什么，都已经做了。

魔鬼端详了戴维好几秒钟。"不行，"他耐心地说，"这会造成悖论。毕竟如果你没有干出这些操蛋事,我就不会来找你、满足你的愿望了。如果你的生活不是这样一团糟,就没有这个奇迹。"

"哦。"戴维一声不吭地看着凯蒂倒完酒,又退到吧台的另一边。谭姆哪儿去了?他迷迷糊糊地想道,操蛋的魔鬼,居高临下的举止,人模狗样的打扮……他打了个冷战,突然觉得凉飕飕的。"我会下地狱吗?"他含糊地问,"我是不是死了就会下地狱?"

"抱歉,不是。我们负责管理这个世界,但这个世界不是我们设计的。等你死了,你就没了,不存在地狱之火,不存在永恒的诅咒。最坏的情况不过是你再次投胎,获得一次重来的机会。一般由我负责把机会送给你这样的人。"

"如果我没有投胎呢?"戴维充满期待地问。

"你会在上帝的脑子里醒来,当然,那时的你已经不是你了。"魔鬼若有所思地皱起眉毛,"这么想来,你多半会让她犯偏头痛。"

"好吧。"戴维点点头,魔鬼正在让他头痛。他怀疑这家伙不信新教也不信天主教,多半还支持利文斯通①。"所以你的意思是,我这样还算不上坏?"

"别自以为是了。"

魔鬼的眉头皱得更紧了,没注意到戴维听到他的话时,眼里闪过一丝杀意。别自以为是?你他妈以为你是谁?法官吗?这几乎

_____

① 大卫·利文斯通:十九世纪苏格兰传教士、医生、探险家,因支持达尔文的进化论,与传统教会产生割裂。

是法官宣判他时说的原话。你觉得我什么都不是,别否认!戴维的拳头攥紧了,非常想揍人。他这辈子一直是这样:被傲慢的狗杂种忽悠一通,再被他们狠狠嘲讽一顿。我会让你后悔的!

过了一会儿,魔鬼继续说道:"这年头,你必须在神学层面上干坏事,才能让她不收你。比如,以上帝之名散播仇恨,效果绝对好。在她看来,这种行为属于'商标滥用'。你很坏,但还不够。别骗自己了。你之所以有资格让我专程拜访,是因为你属于优质样本。除此之外……你做的事很普通。"

"所以我不是恶人,只是普通坏蛋。"戴维恶毒地笑了,他突然想到一个点子。不够坏,那就努力一下吧!业力不平衡?我让你见识一下什么叫真正的不平衡!"你能改善天气吗?我讨厌冷天。"他努力做出抱怨的样子。气候变化击穿了房价,也毁了他和莫拉格的生活。要是魔鬼中招,就能好好教训一下他了。

"我无法改变气候。"魔鬼摇摇头,有些担心,"我说了——"

"你能把美国佬发射的遮阳罩弄烂吗?"戴维倾身看着他,"如果这都办不到,你还算什么魔鬼?"

"这就是你的愿望?"

戴维深吸一口气。他记得二十年前电视上播放的遮阳罩画面:在太阳轨道上徐徐展开的巨大的银色反射罩;喜气洋洋的政客;还有一幅图表,显示从今以后到达地面的阳光会减少20%。之后,他又见到整个四月份没停过的猛烈暴雪,永远朦胧的日光,以及晦暗得肉眼可以直视的太阳。而现在,魔鬼要满足他一个愿望,只因为他害了几千个活该遭殃的混蛋。戴维感觉自己咬紧了嘴唇,一个嚣张的微笑又迫使他露出牙齿。"我要你弄烂遮阳罩,行吗? 快开工吧,我想暖和一下……"

魔鬼摇头,"这我还从来没试过,"他承认道,"不过……"他又皱了皱眉,"你确定吗? 没别的想法了? 你还有十四天的考虑时间,其间你有权反悔,你要放弃反悔权吗?"

"是的。快干吧。"戴维重重地点头。

"好了。"魔鬼轻笑道。

"什么?"戴维盯着他。

"不是什么大工程。一颗大概有这间酒馆这么大的陨石正朝遮阳罩飞去,一小时之后命中,我已经把轨道设定好了。"魔鬼的笑容更明显了,"你把愿望用掉了。"

"我不信。"戴维跳下吧台椅,眼角余光瞟到谭姆钻过遮光帘,溜到门廊,冲他眨了眨眼。两人说话说得够久了。

"你得证明给我看。"

"什么?"魔鬼不解地问,"我说了,要一小时之后。"

"我怎么知道是不是骗我的。命中之后又怎样?"

"遮光罩会被击碎,到达地面的阳光会变多,天会更亮,雪会融化。"

"是这样吗?"戴维咧嘴笑了,"那这次我能得到几个愿望?"

　　"几个什么——"魔鬼僵住了，"为什么你觉得你能继续许愿？"他的脸扭曲了，说话也变成了咆哮。

　　"是你给我解释的啊，我现在又借了你一笔，是不是？"戴维的嘴咧得更开了，他指了指门，"你先请？"

　　"你……"魔鬼停顿了一会儿，"难道你……"他咽了一口唾沫，接着轻声说，"你不是有意的，对吗？"

　　"哦，当然是。"戴维脑子里出现了画面：枯死的庄稼，燃烧的森林，干旱，热浪，大规模物种灭绝，美洲和非洲大批绝望的难民，还有世界各处他没听说过、没机会去的角落，全变成烤焦的火鸡，用酷热来为他二十年来黑暗和寒冷的岁月复仇。"四十亿人完蛋，不够再奖励几个愿望吗？"

　　"狗杂种！"魔鬼从衣兜里掏出一台老古董计算器，开始飞快按键，"四十八——不对，四十九。妈的，从来没发生过这种事！你这混蛋，一点儿良心都没有吗？"

　　戴维思考了一秒钟。"没有。"

　　"操！"

　　得抓住时机。"我来记一下。"

　　"先记账吗？妈的，行吧，来。"魔鬼递过他的手机，手机很小、很黑、很亮，震动起来像一群苍蝇。

　　"听着，我得走了，我得把这件事报给高层。明天要通知总部。如果没来，我的手下会来拿回手机，和你谈许愿的事。"

"哦！我会等他的。"

魔鬼挪着步子穿过帘子，走进外面的黑夜，消失了。戴维掏出自己的手机，用快速拨号打了一个电话，"现在他是你的了。"他对着话筒含糊地说，接着挂掉电话，转头继续喝酒。几分钟后，一个人走进酒馆，在他旁边坐下，戴维举起一只手，懒洋洋地冲凯蒂招了招。"给谭姆来一杯杜查尔斯。"

凯蒂面无表情地点点头，拿起一个杯子。魔鬼的离开似乎让她高兴了些。

谭姆掏出几只黄铜犄角，放在戴维旁边的吧台上。戴维盯着看了一会儿，钦佩地抬起头来。"厉害，"他夸赞道，"还搞到别的什么没有？"

"没，那杂种太垃圾了，连台手机都没有，只有这些。"谭姆有些厌恶，"我掏出匕首挥了一圈，他直接逃跑了。你觉得会有人来找我们吗？"

"没这机会。"戴维举起酒杯，得意地拍了拍衣兜里魔鬼的手机，"地狱里所有的雪球①加起来也没机会……"

---

① 地狱里的雪球是一句习语。人们认为地狱十分炎热，那里出现雪球的可能性十分微小，便借此比喻某事几乎或根本不可能发生。

TRUNK AND DISORDERLY

躯体与紊乱

劳拉出走；菲欧娜提了个请求

"亲爱的，我想告诉你，我要去投奔别的性爱机器人——她比你要爷们儿两倍。"话音未落，劳拉直奔前门，带出一路诱人的矿物油香味。

我俩的争吵常常以此起头，这一回也丝毫不差。我跟着她走进大厅，脑子里还在想这次又漏了什么暗示。"劳拉……"

她猝不及防地停下，精雕细琢的左膝隐隐发出一声呜咽。"我要走了，"她说道，故意将声音略微调成机械单调音，"你拦不住我。你没给过我维护费。我是个自由的女人，没必要管你怎么想！"

该死的，她说得没错。最近我的心思全放在下一次的"自焚"上面，对她有些疏于关心。"真对不起，"我说，"晚点儿我们能不能谈一谈？你没必要一言不合就走——"

"没什么好说的。"她猛地一转身，手探向门把手，"亲爱的，你已经无视我好几个月了。我受够了想法子跟你沟通！上回你还说你会努力不这么冷淡，结果呢？"她叹了口气，身子也定住片刻，仿佛一幕华丽的机械文艺片，"结果还是空话。拉尔夫，我受够了等待！你要真的爱我，那就承认自己是个强迫症患者，然后修好你的湿件①，好让你能给我我应得的关注。在此之前，恕不奉陪！"

大门打开。她踩着镀铬的细高跟，伴着复古纪梵希香水和臭氧的味道，狂风一般"嗖"地奔出了我的生命。

"妈的，又玩儿这套！"我用额头抵着墙，"为啥又选这种时候？"专挑我坠降之前吵上一架，算是她最不可爱的癖好之一。这已经是第五次了。一般而言，只要看见我气得抓狂，她就会心满意足、愤怒烟消云散，然后要不了多久就会回来。可这种做法总让我觉得混账到无以复加。这么打击一位即将用二十五马赫速度在沙漠里钻个洞的小伙子，是不是有些不合适？然而，甭管这名女士是生物体还是机械体，你都不能理所当然地觉得她是你的私有物。另外，她的这番指责，我得承认，并非毫无根据。

我晃荡着进了客厅，在一件件略带锈斑的祖传太空服中间站定，一种没来由的紧张感压得我难受。我不知道究竟是去模拟器再练练我的热力曲线——模拟受大气折返造成的不规律动力影响，在摇摇晃晃的一块一米厚的烧蚀泡沫板上保持平衡，灼人的喷灯式等

---

① 计算机用语，通常指人脑，或由人脑和机械共同组成的设备。在本文中指的是男主的大脑。

离子热焰以咫尺之遥从头盔边擦过——又或者干脆去喝个酩酊大醉。我讨厌进退维谷的情况，真迫不得已要认真思考事情的时候，总会有种十分不体面的感觉。

要参加自由式竞赛，怎么练习都不可能足够。一方面，我已经看过太多小丑在沙漠里扎出焦黑的窟窿，因此对自己是否无敌不抱任何幻想；更何况，这场比赛的规则还尤为危险与致命。另一方面，劳拉的出走搞得我精神萎靡、心态失衡，压根儿没法有效地集中注意力。好好泡一个热水澡，喝上一瓶清酒，或许能让我挺过去，那我可以晚点儿再练习，可今晚预赛选手要聚餐。俱乐部喜欢让成员们在比赛前先行折损一部分——我猜大概是让我们的第三方保费降到最低之类的——所以吃的全是油炸小食，然后是一分熟的西冷牛排，整晚不会见着一滴陈年烈酒。所以，我还在进退两难之时——到底是咕咚咕咚地喝翻在地，还是晃晃悠悠地踩板子——屋里的电话烦人地清了清嗓子。

"拉尔夫？拉夫[1]！你还好吗？"

不看屏幕我都知道，致电人是我那位只有一半血缘关系的亲姐姐，菲欧娜。她就爱在这个时间点打电话。"还行。"我疲倦地说道。

"听着不像！"她朗声道。菲[2]总认为，负面情绪就意味着要犯罪。

"劳拉又出走了，而我明天有一场坠降。"我嘟哝道。

---

[1] 拉尔夫的昵称。

[2] 菲欧娜的昵称。

"噢，拉夫，别心焦了！等她解了心结，过一个星期就会回来。你对她操心太多啦，她能照顾好自己。我打电话来是想问你，下周你在家不？他们邀请我去参加杰拉丁·荷为奥林匹斯山的高山速降越野滑雪季举办的宴会，可我家的保姆打电话说她意外怀孕了，而我的爬虫学家又在经历另一次变性。我在想，你能不能在我走了之后照顾下杰瑞米？只要几天，顶多一两个星期——"

菲欧娜的侏儒猛犸象宠物杰瑞米，橙褐色，到膝盖那么高，是一只充满恶意的毛茸家伙。上回我照顾杰瑞米的时候，它吐了我一床，而且是吐在床罩下面。那会儿我跟劳拉在为谷神星的沙皇之子主持一场正式的狂欢，后者因为正教会大牧首谴责金星的一些无聊法令，正隐姓埋名前往内太阳系。另外，还有回在港口，我们带杰瑞米去兰兹顿宫酒店跟福瑞·摩根度周末，结果它大发脾气；哪怕我们把它锁进一座旧时的守卫塔，还给它准备了各种侏儒猛犸象该吃的东西，依旧没能拦住它跑来吃掉表亲布兰温最爱的那条裙子。真的，哪儿都别带它去——它就是个讨人厌的野兽，还是个烂酒鬼。

"非得我吗？"我问。

"别抱怨！"菲大声道，"拉夫，没人会把爱抱怨的人当回事。无论如何，你欠我一个人情。实际上是欠我好多个人情。鲍里斯·奥布罗莫夫跟你喝得烂醉那回，你俩开着费瑟斯通豪叔叔的快艇要去月球旁边兜圈，结果没有检查右舷重力偏振镜里边的反物质储备,要不是我帮你兜着……"

"行了行了,菲。"等她终于给我机会说话,我恹恹地说道,"我投降。我答应照顾杰瑞米。可我要是坠降的时候死掉,可就没法保证还能照顾它。我也没法保证它不被劳拉折腾——假如她再度回来,又运行了那个兽性模式,就是你那个白痴朋友拉里嗑嗨了之后给她安装的——"

"别再提拉里。"菲的语气冷得仿佛液氮,"你明知道我再没跟他过打交道。只要你照看杰瑞米两个星期,我就心满意足了。它最近有点儿闷闷不乐,但我很确定你明白是什么情况。我先把它给备份好,然后在去圣保罗空港的路上捎给你,行吧?"

"搞啥哦。"我萎靡地说了一句,挂上电话。我掰着指节找了把椅子,手撑着脑袋坐了一会儿。我姐姐要给她那心理扭曲的小猛犸象做备份,确保杰瑞米未来依旧能够继续折磨人;然而,我要真弄死了这畜生,她还是不会原谅我。女人!甭管正不正经,她们都叫人厌烦。椅子在按摩我紧绷的肩背时发出不高兴的呜咽声,显而易见,我的压力非常大。而明天则是压力更大的一天,可我甚至还没照传统跟那些伙计喝上一场预坠降的酒。

新管家的呼唤

新管家找过来的时候，我正躺在普客酒庄的恒温游泳池底下，一边透过管子呼吸，一边为自己满嘴酒气感到抱歉。至少，我觉得自己是在这么干。在坠降之前练习超声速P–摆动的迫切需求，以及劳拉从我生活中缺席让我想喝酒的强烈渴望，这两者之间的矛盾让我钻了很深的牛角尖。我只记得在卷起来的铁框架——也就是屋顶——之上，有阳光荡漾在一片模糊、起伏的蓝色幕布里。随后，一道巨大、僵硬的影子笼罩了我，用既威严又不失礼貌的语气说起了话。

"下午好，阁下。照日志安排，大概二十分钟之后，阁下应在前厅接收您姐姐的猛犸象。值此场合，阁下是否愿意让自己清醒一点？阁下希望穿着何等装束？"

这家伙称呼我"阁下"的次数，比我能承受的多了四次。"卟咕噜咕噜。"说话间,我晃晃悠悠地坐起身。呼吸管可不是用来发表演讲的。我哽了一下,吐掉管子。"老天,请见谅,你他妈是谁?"

"艾莉森·冯。"她腰部往上的位置僵硬地弯了弯,"机构派我来替代您的上一位,嗯,管家。"她穿着一身素净的黑白管家服,声音也很像位管家——培训显然花了大价钱,更别提还有一流的喉部工程,才能有如此彬彬有礼、高高在上的口音,充满循循善诱的典雅,能把最为有钱或者最为桀骜的雇主从在社交场合里出丑的情况中解救出来。然而……

"你是我的新管家?"我好歹把说话声呛了出来。

"我猜是这么回事。"轮廓分明的眉毛扬起半边,表明了她的怀疑态度。

"噢,噢。好极了。那什么,挺不赖的。"潜意识里酝酿着的一个想法浮上心头。"你,呃,你知不知道上一个管家为什么辞职?"

"不知道,阁下。"她的表情纹丝不动,"照我的经验,对待自己未来的雇主,心态放开一点比较好。"

"都怪我姐姐的猛犸象。"我抢在咳嗽之前出了声,"听好了,只管把那该死的玩意儿带去二号客房的地窖锁起来,就是为那些机械体客人准备的房间。它可以在那儿随心所欲地搞破坏,反正它跑不远,我们可以之后再来收拾。嗝。把门给粘住,或者焊死之类——我姐的某个男朋友教了那东西怎么用身体去撬锁。有醒酒的东西吗?"

"当然，阁下。"她打了个响指，一粒仿佛带着恶魔气息的红色胶囊当即躺在了戴着白手套的指间，半点不作假。

"呕。"我接过来，干吞下去，打了个嗝。"菲欧娜的驯兽师多半会把那小怪物扔在前廊，不过我还是起来吧，免得姐姐也跑过来。"我又打了个嗝，胃里直反酸。"呕。今晚邀请了哪些人？"

"一切尽在掌控。"新管家对我有些爱搭不理，"现在，阁下要是乐意，趁我把衣服摆出来的时候，请移步至烘干器——"

左右躲不了，我投降。

毕竟，我想，等收到以姐姐的名义送来的侏儒猛犸象后，日子还能再糟糕到哪儿去呢，对不对？

很不幸，我错了。菲欧娜的这位司机虽说是送杰瑞米，可啥时候送却是按她自己的想法来的。菲还在电话那头喋喋不休的时候，她多半已经在路上了。冯女士冲我自我介绍的时候，女司机已悄悄咪咪地用豪车的气闸室把那恶心的长鼻动物倒进了装饰性的前廊。她隐蔽、潇洒地做完了这件事，成功抽身而退，还没忘了代我姐姐故意搞出家庭破坏行为：她解开了粉色镶边的束缚绳——这是唯一能阻止杰瑞米冲着一切触手可及的东西发泄怒火的手段。它跑去叔爷阿诺德的台球桌上发泄——只有在他去星系外出差的时候，我才会代为照管这桌子。就在我走楼梯去更衣室的时候，它发出胜利的尖叫声，让我意识到大事不妙——作怪的念头还在脑子里的时候，杰瑞米一般会悄无声息地凑近，安静到无比寻常才对。

"帮我一把。"我说道,朝门廊比画了一下,那里正传来地狱般的动静,仿佛地狱里奏响的短笛二重奏,又或是瓷器店里进了公牛。

新管家掏出一根流星索,当即让我对她的评价上了一个台阶。"这个能顶用吗?"她问道。

"顶用。只不过这东西对猛犸象来说短了点儿——"

没赶上。冯女士瞄得非常准,倘若杰瑞米只有普通袋鼠大小,肯定能套个结结实实。可惜,索球旋转着飞过房间,跟吊灯缠得难分难解;而杰瑞米暴跳如雷,抬起獠牙朝我的膝盖骨顶了过来。"糟了。"新管家说。

我眨了眨眼,开始躲闪。我的反应很慢,醒酒药还在血液里跟酒精的残余影响斗个没完。杰瑞米转向我,气势汹汹地高举獠牙,威胁着我那家传的古老"珠宝"。我转过身,正要举起胳膊抵挡这怪物(它似乎铁了心要改改我的家谱,把继承权转去菲欧娜一脉),冯女士一个侧身,动作优雅地从栏杆上扯下蕾丝窗帘,用它扫过袭击者的獠牙。

令我欣慰的是,之后的混乱在我脑子里只剩一片模糊。不知怎么办到的,管家跟我把杰瑞米——又踢又扭,更别提还又叫又吐——整上了后面的楼梯,弄进了次一等的客房地窖。冯女士顶着门,而我晕头转向地冲去前厅,拿回来一管速效钢隔板黏结剂,把本就厚实的橡木隔板再度加强了一圈。最后,对醒酒药和肾上腺素的组合无比愤怒的胃造起了我的反,冯女士则漫不经心地建议我去主浴室梳洗一下,而她会按优先顺序去搞定门廊、那头厚皮动物,以及我的穿着。

待我梳洗完毕,冯女士已经在梳妆台摆了一套新制作的服饰。"我冒昧地为您安排了一辆去俱乐部的豪华轿车,阁下。"她语气里带着一丝半点歉意,"快到晚上六点了,不希望阁下迟到。"

"六——"我眨眨眼,"我的天,他妈的尴尬了。"

"显然。"她警惕地看着我,"噢,关于机构——"

我不屑地挥了挥手。"既然你能搞定杰瑞米,我觉得你没理由搞不定从半人马座T疱疹星还是啥地方回来的叔爷阿诺德。还有那些可怕的阿姨们,祝福她们。假设,就是说,你想要这份工作——"

冯女士偏着脑袋,"试用期承担相应工作,自然不在话下。"她又轻声补充了一句,我差点没听见,"但继续在此工作的前提在于,我们两人或者其中一人能活过这段经历……"

"嗯,很高兴问题解决了。"我吸吸鼻子,"我还是赶紧过去吧!如果你能把台球桌送去修一修,顺带再搞搞窗帘的话,那我就先走了啊。"

"没问题,阁下。"她点着脑袋,似乎有啥要说,想想又作罢,随后给我开了门。"晚安,阁下。"

惊魂坠降俱乐部

我在惊魂坠降俱乐部待了一晚上，处理着跟明天所要面对的截然不同的"惊魂坠降"。当时我异常明白这一切都很蠢（更别提还会鲁莽到引起那些可怕阿姨的注意，她们无比睿智、冷静且毫无同情心）。但我得承认，劳拉的离开、新管家的到来，以及那头可怕野兽的存在，着实吓坏了我。除了干掉我的脑细胞，我完全没法儿让自己投身任何更有建设性的活动。

鲍里斯·卡明斯基自然是在场的，而且还在假装低调地吹嘘着自己要如何赢下比赛，再请所有重要的人——换句话说，就是其他参赛者——喝酒，管够。这是他的特权，毕竟老话说得好：第二名算个屁。而且，想要教唆其他人搞自杀式自我放纵的可不止他一个。"伙计们，明天我们飞了之后，不一定全都能回来！把酒窖撬开，尝尝最好的佳酿吧。要不，你永远不知道……"鲍里斯总会在坠降之前变成这样,有点儿带着病态、幸灾乐祸的伤感。此外,这也是个喝干酒窖的好借口,而鲍里斯正好囊中富裕——"卡明斯基"并非真名,而是他全不把身份带来的一切头疼和焦虑放心上,只想当一个富可敌国的花花公子的时候用的名字。今晚他穿了一身离谱的装束,仿照的是沙皇普丁一世在启蒙之前的黑暗年代主持酸液狂欢时的穿着。大概是从他哥哥的衣柜深处翻出来的吧。

"我们知道你只是想灌翻我们,好让你不公平地占我们好处。"托里·福赛思开玩笑地说,又举起了手中的红酒杯,"但我说,让我们敬你一杯!祝你双脚着地,干杯。"

"咕噜咕噜。"托德沃斯嗡嗡道,用他那伸缩式水槽撅子一样的玩意儿举起杯子。(至少,我觉得他说的是这个——他的英语无比糟糕,而俱乐部有一条规矩:不允许携带神经假体进入。这就让你更难以跟那些连冰镇饮料都分不清楚的人打交道,我跟你讲,比如某些高带宽机械体后裔;可我得说,这就是缺了像样的古文教育、未消亡语言教育之类东西的下场。)众人隆重地喝干了高脚杯,权当是即将到来的敬酒比赛的祭酒。

"把我灌醉完全没有问题。"马默杜克·博特说道。他的单片眼镜闪烁着仿佛古时股票市场行情展示的红宝石之火。"反正我肯定赢不了!那我还是在看台上坐着吧。"

"喝酒挺好的。"边星·狼黑同意道,同时朝他的六个膝盖的其中一个里注射了某种恶心无比的氟碳润滑剂。俱乐部成员大部分是生物体,而托德沃斯跟边星都是机械体。不过,托德斯特①那圆锥形的外表遮住了自己残余的生物体部分,又体面地藏在了眼部支架下面;而边星更是彻彻底底地把自己上传进了附有八九条高度专业化肢体的陶瓷外骨骼身体里,看着像是多功能工具和漫画里的机器人的私生子。

"碳是新的——"他那巨大的装甲眉毛皱了起来,"黑色?"他是个很够意思的哥儿们,读过不错的学校,可他们发皮质升格证书的时候,他绝对是排在了队伍最后边。

"再给我来一小杯。"我请求道,递出我的杯子,让路过的蜜蜂机器人往里边吐了果汁。"我家今天来了个新管家。"我坦白道,"虽然差点搞砸。我姐又把她的宠物猛犸象扔给了我,我还来不及骗她宣誓效忠,就得让她先去清理烂摊子。"

"真是好可怕呢!"阿卜杜勒怪怪的语调让我猛盯了他一眼。他傻笑了一下,"亲爱的菲欧娜这星期过得如何? 她上次来访都是好久以前的事了。"

"她说了什么奥林匹克越野季之类的东西,我猜。然后她有几条船要发射。除此之外没啥要紧事儿,顶多是滑雪之后的沙龙活动。"我打了个哈欠,拼命表现出一副记不清事情的样子。阿卜杜勒是俱乐部里唯一一名身份高过鲍里斯的人。鲍里斯是整个俄罗斯,

---

① 托德沃斯(Toadsworth)与托德斯特(Toadster)均指托德沃斯。疑为作者在恶搞超级马力欧,因为这两个名字都是超级马力欧里边的蘑菇人NPC的名字。

至少是介于火星和木星之间的所有俄罗斯的王位继承人，所以不得不使用化名，可阿卜杜勒甚至懒得伪装自己。他是火星最为重要的埃米尔①阁下的弟弟，而这么巨大的影响力，自然能让你爱做什么做什么。以二十马赫速度改变地貌，要比王族传统运动的时候，也就是刺杀你的长辈来得有趣得多。阿卜杜勒极有可能是个疯子，有据可依：通过在木卫二上技术潜水和在冥王星上裸体攀登冰川，他成功从自由式轨道折返冲浪项目毕了业——他甚至不像我一样罹患不幸的神经内分泌失调，没法拿这个当借口——但他是个内心基本健全的小伙子。

"哈。那么，我们只好在随后的派对上邀请她了，是吧？"他咯咯笑道。

"派——对？"托德沃斯哗哗道。

"当然了。这回是我第一百次坠降。所以我要开个派对。"阿卜杜勒又傻笑了几声——他的傻笑很有辨识度——然后抿了一口他那杯八十年陈酿的英沃特奇酒，"活下来的人都有份！伙计们，干杯？"

"干杯，"我附和道，举起了杯子，"哒嘀！"

---

① 阿拉伯国家的贵族头衔。

竞技之王

坠降当天的黎明既清亮又寒冷——反正我去车棚旁的阳台上穿戴装备的时候，天色是清亮、寒冷的。

冯女士早已起床，正同一壶热咖啡、一枚预防性的醒酒药和一支好运雪茄一道等我，这叫我小吃了一惊。"这场比赛是否毫无危险，阁下？"我猛灌浓咖啡的时候，她询问道。

"噢，毫无安全才对。"我又向她保证道，"但赛后我的感觉会好上许多！毫厘之差，你就会像燃烧的陨石一般摔死。还有什么能比这更让人血液沸腾呢，是吧？"

"智者见智。"冯女士一脸怀疑地接过喝空的咖啡壶，"对于让人燃烧到血液沸腾的状况，通常的反应是包扎伤口以及叫救护车。或者从一开始就拦着雇主别踏进死亡陷阱。嗯，我猜，阁下是想从这样的经历中幸存下来？"

"就是这个意思！"我像个白痴一样咧嘴笑着，过往那种兴奋感又回来了。赶走抑郁这条黑狗需要很大的努力，但绝处逢生的行为倒是能把它送回狗窝一段时间。"顺便说一嘴，如果劳拉打电话来，能不能请你告诉她，我为了捍卫她的品德之类的，英勇倒下了？我们来世……噢，这倒是提醒了我！阿卜杜勒·阿里–松本邀请我们——活下来的那些，我是说——去他火星的公寓参加周末派对。所以，不知你注意到没有，一等我坠降完毕，换上赴宴的衣服，派对跟着就会开始，我猜你应该没时间给那个小怪物备足食物，对吧？如果我们把它继续锁在阁楼里，它就惹不了任何麻烦，顶多把窗帘给吃了——"

冯女士清了清喉咙，满脸责备地看着我，"阁下确实承诺了您姐姐，要亲自照看那动物，不是吗？"

我有些瞠目结舌。"该死的，你该不会想说……"

冯女士将那根提前庆祝胜利的雪茄递给我。她继续说着，话音里透着深思熟虑，"若阁下珍视您姐姐的好感，不知阁下是否从最符合自身利益的角度考虑过带上杰瑞米同行呢？菲欧娜小姐也在火星上，虽说她正忙着参加滑雪之后的沙龙。若某些厄运使她造访埃米尔的宫殿，发现杰瑞米并不在阁下身边，事情可就不止有一点儿尴尬了。"

"该死的，你说得对。看来我只能带上那头混账厚皮玩意儿了，是吧？烦死了。后备厢塞得下它吗？"

冯女士无比小声地叹了口气,"我认为从理论上来说,此事可能性虽无比渺茫,但尚且存在。在阁下享受没有死掉的感觉时,我会尽力搞清楚答案。"

"试试啤酒。"我拿起冲浪板,爬上轨道运输捷运,一边喊道,"杰瑞米喜欢啤酒!"冯女士行了一礼,屋门渐渐关上。希望她别给它喂太多,我想。突如其来的超级加速,使得重力大增。面对此情,我躺了下去,等待入轨。我并不完全确定这个行动方案是否明智——能比早餐时遭遇一头宿醉的猛犸象还要严峻的情况委实不多——但冯女士看着属于很精干的那种,我猜我只要相信她的判断即可。于是,我深深吸了一口气,又等了六十秒(直到警报响起),随后打开门,在三百公里高的凶险真空中走下了踏脚板。

坠降很顺利——我想你也猜到了,要不我也就没法儿在这儿讲故事了,对吧?站在一块十厘米厚的,在超声速气流中疯狂颠簸、震颤,试图把你扔进轨道折返造成的高速龙卷风的冲浪板上面,那种肾上腺素激荡的感受,完全没法儿形容。还有,看着球形的地平线渐渐平坦、延伸,同时还有等离子体愤怒地冲击着你的脚底板,也是一种无比的享受。多么舒爽!多么快活!我身体里没有半点儿写诗的细胞,这都是托德沃斯在俱乐部外面玩过一次压制力场后说的。就一个有楼梯恐惧症、浑身疙疙瘩瘩的强迫症机械体而言,我觉得托德沃斯是位极好的诗人。不过,总而言之,对于竞技性轨道折返俯冲,近来我还没听到什么比他的话更加准确的描述。

坠降花不了多少时间。从开始到结束,有危险的阶段不超过二十分钟,感觉热也只在最后五分钟。随后,你的速度会降到亚音速,然后你放开烧起来的冲浪板,向祖宗祈祷你的降落伞叠得没问题,毕竟靠裁判的小艇得救什么的有些丢人。尤其他们还非得等你完成对岩石制动的非正式深入探究后才会过来救你,是不是?

我飞过犹他州的时候,天上的云很厚。我猜,在我试图看清下前方云墙的时候,我的"之"字形动作似乎不小心拉得太长了一点儿:等我烧成火球的冲浪板终于散架之后,我发现自己在天上滑偏了差不多有五十公里。这本就够尴尬的了,可我的头盔又贴心地为我高亮了另外三位选手——阿卜杜勒就是其中之一!——他们离目标区要近得多。

我得承认,我那时咕哝了一句不符合体育精神的脏话,可比赛就是这么回事;而且,不到比赛结束,胜负皆有可能。

最终,我着陆的地方离目标区只差了三万三千米。几分钟后,裁判判定我是第三个到达目标点的人。佩里·奥皮列本来排在我前头,结果左膝的密封环在到达对流层上界限之前出了问题,让他变成了比赛的"焦点"。对他来说,这是以一场轰然坠地告终的糟糕比赛,但至少他死的时候脚上有鞋——发着红光,焊在脚脖子上。

我搭上一名裁判的顺风船,蹭完了回坠降基地的剩余路程。穿着冒烟的护甲、深一脚浅一脚地走过沙尘飞扬的沙漠,几周以来第一次感觉到勃勃生机的我发现,派对早已进行得如火如荼。阿卜杜勒的随从——全穿着传统和式罩衫或连帽大袍——牵来了一头改造骆驼,能尿出大量香槟。"我请客!"他高高举起一个巨大的铂金酒壶。托里·福赛思和某个奇奇怪怪的大维齐尔①——大概是远志郎·伊本·割喉——把唱着约德尔调②的阿卜杜勒扛在肩上,跳起了胜利的玛祖卡舞。

"精彩的表演,老伙计!"我嚷嚷道,满心感激地扯掉头盔和手套,往热气腾腾的脑袋上浇了一大杯香槟。"干杯!"

"干杯不了个嘞!"阿卜杜勒四处呲着骆驼的体液以示敬意。我敢说,他真是掌握了这种事情的精髓;显然,这种事情的精髓也掌握了他。

伊本·割喉的弟弟侧身来到我背后。"若拉尔夫大人乐意,请与我同登我那兄长陛下的游船,等其余客人到达我们便立刻出发去火星。"他悄声通知道。

"剩下的客人? 妙极了,妙极了!"我四下环顾,寻找我的机械体情人,可哪里也没看见劳拉。真他妈怪了,她不是老爱在这种场合围着我转吗? 看见我被人烦到快哭了,她就会像合上了电闸似的突然开心得要死。"还有谁要来?"

"人数不少。"小伊本·割喉一脸神秘,"会是一场与王子的生日相称的盛大聚会。你知道今天是他生日吗? 当然,这是场主题聚

---

① 奥斯曼帝国苏丹以下职位最高的大臣,相当于宰相。

② 是源自瑞士阿尔卑斯山区的一种特殊唱法、歌曲。

会，纪念收养他这一脉祖宗的先人，即沙特家族。"

阿卜杜勒·阿里-松本是一位阿拉伯王子，就跟我是麦克格雷格①家族的子弟一样，货真价实。作为逃过几百年前大裁员的那些暴发户的后代，这也是我们需要付出的代价。我们的祖先买下了新腾出来的贵族头衔。因此，我们这些后裔被逼着学了随之而来的各种令人深恶痛绝的传统。侏儒投掷和长柱舞课程折磨了我好些年，更别提还要学习电子风笛来损害自己的听力。可阿卜杜勒更惨：法律要求他不管去哪儿都得在脑袋上戴一块儿抹布，而且不准喝发了酵的葡萄汁，经过多次基因编辑的单峰骆驼用肾脏循环过的那种除外。记住我的话，这种贵族生活不无弊端。

"主题聚会。"我嘟哝道，把脸从酒杯上挪开，"听着有点意思。可我原本计划开我的小快艇来着。容我借句别人的话来问：这样可不可行？帝国船坞还有空位没？"

"当然有。"维齐尔说道，略带淫笑地盯着一名肚皮舞装打扮的女性摇曳着婀娜身姿路过。我注意到他那颗光秃秃的脑袋和用皮绳挂在脖子上的一对干瘪的睾丸，感觉有些厌恶——虽说有些人认为睾丸素会让人变蠢，可凡事都得有个度，是吧？"记好了，这是场化装舞会。主题是'一千零一夜'，旨在为王子殿下提供纪念及挑选新一任小妾。殿下说了，只要你愿意，可以随意带上一两名客人。如

---

① 作者应该是在恶搞英国演员伊万·麦克格雷格。该演员的代表角色有星战前传系列里的欧比旺·克诺比。

果你需要衣服……"

"我确信家里的衣橱就能满足我的需求。"我回应道,或许说得有点儿尖锐,"到时再见!"

伊本·割喉愤怒地行了个礼,然后一个后撤步,转身走了。事情好像有哪里不对头,我意识到,可没等我开始琢磨,我便看见了自家那艘熟悉的快艇以完美的三点式着了陆。好吧,那船其实是费瑟斯通豪叔叔的,不过他六年之后才会回来,所以无伤大雅。

我一边沉思,一边慢悠悠地走过去,发现从引桥上走下来的是冯女士。"没想到你还会开飞船。"我说。

"通常雇主要求我有完整的飞行员资格,阁下。包含星际飞行及战斗许可的军用无限制执照,"她清了清喉咙,"以及其他技能。"她上下打量了我一眼,从烧焦的长靴看到沾满香槟的头发,"我已经冒昧地把阁下的吸烟装①摆在了主卧舱里。请阁下快速冲个澡,好让被阁下朋友的烈酒触碰的那部分脑子恢复恢复,不知我这样建议,可好?"

"请畅所欲言,冯女士,我对你专业的自行决定能力有着十足的信任。我得提醒你的是,一位客人将与我同行,但他不会惹什么麻烦。你要是能在我换衣服的时候带他去休息室,那我们就可以尽快出发。我猜,你应该没有劳拉的消息吧?"

---

① 一种由男士礼服经典的设计和细节与女性高雅、柔美等元素结合的中性风格服装。

她轻轻摇了摇头,"一丝消息都没有,阁下。"她让到一旁,"那么,等客人一登船,我就开船向火星出发?很好,阁下。有需要的话,我就在驾驶舱。"

看来,冯女士不只是一名才华横溢的管家,还是一位优秀至极的飞行员。奇迹可真是一个接一个啊!

冯女士上错了啤酒

费瑟斯通豪叔叔的船里装饰着黄铜配饰的白橡木板、赭色碎绒窗帘和带着点嘶嘶声的煤气灯；一张弧形沙发沿着休息室绕了一圈。墙上有滑动暗门，可以通往舒适的客舱，专为那些前往星系外的烦人长途旅行所准备。堪称低调、古典、奢华之典范的这艘船，能让一位伙计跟他的小伙伴小小地醉上一场，同时还能透过构成天花板的水晶屏幕欣赏一场恢宏的相对论烟花。然而，对于前往阿卜杜勒的火星欢乐圆屋的旅程来说，这艘船有三处缺点：首先吧，一番不该有的交心之下，我答应让边星·狼黑搭我的船，可边星算不上坠降后、饭点前的一趟旅程的最好搭档，因为他喜欢的酒精饮料要么具有腐蚀性质，要么易燃，要么两者皆具。第二，劳拉依旧不知所终。作为"锦上添花"的第三呢，冯女士把杰瑞米锁在了行李箱里。它又吵又闹，动静大得正像一头宿醉的侏儒猛犸象，这喧闹声吵得我连自己的想法都听不见了。

"该死,你给它喝了多少啤酒?"我问管家。

"两升,阁下。"冯女士回答,"喝了年代相当长的布拉戈特酒,是从您叔叔的实验室后面找到的。按我的判断,这酒最没有可能被人想起来。"

"我的老天爷哪!"我惊叫道。

"布拉戈——哦特?"边星学了个舌,楼下隔间也传来一声哀怨的尖叫和一记响亮的碰撞。听声音,底舱的杰瑞米应该是在尝试把自己的脑子给撞出来。(不幸的是,侏儒猛犸象的头盖骨厚到能反弹流星和小型反物质武器)

"有什么问题吗?"冯女士询问道。

我叹了口气,"你初来乍到,所以我猜你不知道这事儿。不过,但凡费瑟斯通豪叔叔酿造的东西,最好都当作颇具创造性的化学武器来对待。他尤其热衷的就是布拉戈特酒——配方源自中世纪,发酵个几年就会变得像上好的糖浆一样。可一旦你把这酒给稀释了,它就会变成强力清肠剂。反正我是这么听说的。"我匆匆补了半句,不想让人联想到我年少时犯的蠢。

"糟了。"她皱起眉头,"那我怀疑它可能有点儿过期了。我在船舱里也放了一小桶,以防需要再度让杰瑞米镇定下来。"

"我觉得应该没啥用。"我遗憾道,"它也没那么蠢。叔叔正在写一篇论文,说1349年的黑死病并非瘟疫,而是一场大宿醉。"

"黑死？我的部族里没有叫这名字的后代。"边星抱怨道。

"砰！"脚下的地板震得我牙齿打战。"还剩两个小时抵达火星。"冯女士报告，"请阁下见谅，我得在抵达前准备好阁下的装束。"她离开这里，去了某间客舱，把我一个人留给边星和那头厚皮的间歇性噪声源。

火星上的欢乐圆屋：入门

　　抵达火星的时候，我的精神有些紧张，身体却是毫发无损。冯女士不知从哪儿给我搞来了连帽大袍、吉拉巴长袍和复古涤纶材质的两件套，让我看起来十分潇洒，活像个无比正宗的、阿拉伯版的情圣拉瑞①。我想让她也换上一身，可她不干，"我是您的管家，阁下，不是以个人身份前来的参宴者。这样做不合适。"她将一小瓶应急的须后水塞进我胸前口袋。如此言之凿凿让我很难反驳，但我总觉得，她说这话单纯是不认可我带来想打扮劳拉的那条丝质灯笼裤和银色链式胸罩。我们给边星套了条毯子，还训练他按指令吐口水——他可以扮成我的骆驼，只要没人指望他用他那二级反应堆冷却剂回路倒香槟就行。杰瑞米从行李舱出来的时候肤色发白、浑身发抖，于是冯女士跟我当场做了一条狗链，准备把它当作白象介绍

_____

　　① 一款色情擦边游戏里的主角，其实长得不好看，还是个草包。

180

给别人。倒不是说真正的白象会用如此恶毒、血红的目光恐吓世界，真正的白象也不会有这么令人不快的气味——不过，鱼和熊掌不可兼得嘛。

再说上两句阿卜杜勒的住所。阿卜杜勒·阿里–松本，火星埃米尔的弟弟，住在乐土峰上半截的一座哥特式宫殿里，距离尘土飞扬的平原有十三公里远。乐土峰无比巨大，你几乎感觉不到自己脚下是一座山。所以，五个世纪之前的某个时候，阿卜杜勒某位更叫人讨厌的先祖破坏了这座火山，在火山口边缘雕了一座比例缩小一半的珠穆朗玛峰模型。因此，地形改造如今把这位垂垂老矣的战神[①]变成了有点儿像农家乐一样的地方，但是阿卜杜勒的欢乐圆屋当真盖着一层圆顶，就是过去那种"请勿打破玻璃，请勿让空气外泄（除非你想死）"的款式。

地面控制中心指挥冯女士在穹顶闪闪发光的玻璃幕墙下的小船坞里降落，又在边星将要蹦到穹顶表面测试自己的真空密封服效果之前派一辆通道牵引车封住了门。

大门"哐"一声打开。"我们走？"我问杰瑞米。杰瑞米一屁股坐下，一只眼睛忌惮地看着我，还发出一声哀怨的叫声。"行吧，行吧。"我嘟哝道，弯腰抱它起来。哪怕在火星的重力环境下，侏儒猛犸象依旧死沉死沉的，但我好歹还是把它夹在了胳肢窝下面，就这么沿着管道一路往阿卜杜勒的接待处前进。

---

① 指火星。火星(Mars)的名字即来源于罗马神话里的战神玛尔斯。

若是接到至高无上的星球霸主那位备受宠溺的花花公子弟弟的聚会邀请，你指定会迷路迷到心烦意乱，除非你记得提前在你的单片眼镜里下载好地图。阿卜杜勒的"陋室"拥有2428个房间，其中有796间卧室、915间浴室、62间办公室，还有147座地窨。（甚至还有四种不同的星球霸主指挥碉堡可供选择，每一种都配备着对应色调的末日武器控制台，方便在需要招待多位星球霸主时使用）

若是走老套路，也就是由生物体仆人来保养的话，这座宫殿只会落得个乌七八糟的结局——2407年火星爆发超级疥疮，太阳系躲过大裁员重挫的那部分人死了个精光，之后这座宫殿才被设计建造出来。正因如此，宫殿里满是闪闪发光、嘀嘀作响的机械玩意儿，它们四处乱窜，擦拭大理石地板；修复无比精细的天青石马赛克砖；给油灯添加特级初榨橄榄油。你一个不留神就会踩到它们。宫殿依旧需要相当规模的人类员工进行管理，但也没到你脑子里的那种浩浩荡荡、人数比梵蒂冈希尔顿酒店的管理队伍还多上好几倍的阵仗。

我从登机管道蹦进门廊，正好跟伸长胳膊的阿卜杜勒撞了个满怀。他身边杵着两名佩着长剑、沉默寡言、满脸严肃的人，周围还有一堆伊斯兰美人、杀手和跟班。"拉夫——桑！"他高喊着，亲吻我两边脸颊，又转过身，把我介绍给周围的闲杂人等。"大家都来认识认识我的贵客，麦克唐纳家族第五任伯爵，拉尔夫·麦克唐纳·铃木——旧苏格兰出身的正宗日本高地领主！拉夫是跟我一块儿玩高空跳伞的,是个什么都会的好人。拉尔夫,这位是——嗯哼!——苏连①总政委、乌里扬诺夫家的弗拉基米尔·伊里奇。"乌里扬诺夫咧嘴一笑:我看出来了,那顶假秃头下面其实是我们的老酒友,沙皇长子鲍里斯·卡明斯基。"还有这位——哈,边星! 还真没把你给认出来! 你这是扮的羊驼吗? 真是逼真!"

"不是,其实扮的是猴子。"狼黑解释道,一边扭动着身子,假骆驼皮在身上飘来荡去。我张嘴想告诉他,冯女士绑在他背上用来撑起驼峰的小桶已经滑脱了,结果他把身子转向了阿卜杜勒。"你喜欢吗?"

"这造型真是棒极了!"

"哗——哗。"托德沃斯说道,一边嘶嘶响着来到旁边,还用伸缩式操纵器抓着一杯老式的神经毒素。那东西与其说是一杯酒,不如说更像是什么高带宽信息爆弹。不过,鉴于我很不幸对植入体有遗传性过敏,我极不擅长分辨这类东西。"老兄,酒吧在哪边?"

"那头。"从一只明朝花瓶后面的暗门里蹦出来的伊本·割喉提醒道。他用手指着大堂另一头的拱廊,"一会儿见!"他的眼睛里闪过一丝凶光。

人群里两名身体武器化到难以置信的生物体杀手背后,一个戴着全覆式面纱的黑袍人一直盯着我看。我觉得他们怪怪的,可还没等我说半句话,托德沃斯便用他的抓钳抓住我空着的那只手,把

---

① 原文此处用的是 Soviet Onion。

我朝烈酒台那边拖。"快来！你这酒鬼！"他嗡嗡道，"所有清醒的敌人都必须被灌醉！哔——哔！"杰瑞米凑近我耳朵怪叫一声，开始踢蹬。我没长第三只手，扶不住，只能放下杰瑞米，由着它冲去了我们前头。在火星的低重力之下，它那双粗壮的耳朵甩得跟疯了似的。

"我的天！"冯女士说。

"要不，你先跑前头去捣整一下我的房间？"我问。这头该死的象可能趁我没回房间，先跑去酒钵里拉屎（也可能更糟，把它的"小老二"泡在里边），一想到这个我就火冒三丈。"那头野兽交给我待会儿收拾。"

"灌翻！灌翻！"托德沃斯嚷嚷着往前冲，他那皮质转塔上的灯疯狂闪烁。"聚——会去！"

拉尔夫解释了他与劳拉的本质关系

那什么,在正常探讨事务的过程中,年轻人应该对令人尴尬的私事审慎一些,非礼勿言。不过,要说的话少了一些对个人隐私的理解,这个故事也就没多大意思了——纯属瞎子点灯白费蜡——另外,无论如何,自打那桩涉及机械体女施虐狂、猫咪窃贼和外星蜂巢心智的不幸事件让我的私事从头到尾成了公众八卦的一部分之后,再说什么要保护隐私之类的话就显得我有些虚伪了。因此,值此或让谦逊之人踌躇不前的场合,请允许我叨扰片刻,冒着伤害诸位感情的风险解释一下我与劳拉的复杂关系。

我一直觉得,当初古典英美文明时代的生活肯定单纯多了:那时公认的性别只有两种。人们不用操心自己的亲密关系应该归属于交换、过渡或者反身的哪一种。没有机械体/生物体,没有上流或者非上流,有的只是古老的雄性/雌性并列,基本由你出生时的外生殖器形状决定。变态很清楚自己的底细，生活得非常纯粹。在我看来，现代生活太过刺激让人总想吃点儿药冷静一下——不过，作为祖先完美无瑕的雄性上流生物体，我拥有包养情妇的社会选择（而且还有钱），而劳拉便扮演着被选择的角色。

劳拉的外形极富机械感，也很有女人味，可她那生物体一般的内心与无比非上流的言谈举止，从通常的私下贵贱通婚层面来讲，只是勉勉强强让文雅社会接受了我与她的非正式关系。我跟她是某个狩猎周末在月球一位巴拉维女孩的牧场里认识的，我们在那儿为演化贡献绵薄之力——在野生机器人每年一度穿越月球静海的迁徙中，帮助消减它们的数量。她当时正在太阳系里搞一场低开销的长途旅行：在日本做正规按摩师，在谷神星做园艺师，同时给下一次星际旅行攒下费用。我猜，她的家长单元给了她一点儿零用钱，为她补贴了一些路费，可她依旧得打点儿工才能维持生计，这对她这样可爱的机械体小公主而言实属可怕至极。透过她那银雕花珀迪双管电磁脉冲炮的开放式后舱，我们的眼神触到了一块儿；一见到她那精致的夹丝睫毛与胸口折射的光亮——它们在真空中是如此的毫无防备，同时又显得美丽动人——我明白我必须要得到她。"哎，我宣布我已经没有电容器了！"她向我扑了过来，而我则往后一弯，将我的心和客房钥匙都交给了她。

一个生物体紧追着一位机械体不放，其中的不正常之处可不算少，甚至可以说是算得上反常。但我能够应付公共场合偷瞥的眼神,而我们这一对雄性/雌性与上流/非上流的组合也足以称作正统,顶多让那些爱八卦的姨妈心生不爽,但不至于越界乃至冒犯她们。劳拉若是能再生物体一些,同时不那么非上流,我觉得可能就会过于有伤风化,没法带去公众场合——我有些偏题了。我相信你们应该能对我的困惑感到同情吧?一个健康男孩的欲望转向某个不太值得尊重的方向之时,他还能怎么办呢?

当然了,我第一眼瞅见劳拉的时候,年纪还要更小,人也更蠢;打那时候起,我俩的关系便一直起伏不定。公平而言,她并不知道我那倒霉的神经内分泌问题;我呢,也不是很清楚,从机械层面和情感方面定期维护一位机械体情妇,还要让她心满意足,究竟会花费多少金钱和精力。我也没料到她如此热衷于支持性格补丁,或者如此容易发脾气和制造热电子暴力。不过吧,我们大部分时间相处得还是挺不错的——直到最后一次坠降前她离家出走,外加坠降区域没有出现她的身影。

杰瑞米撒欢乱窜；晚餐前的可怕发现

我得承认，在能恢复随坠降而来的神经紧张的诸多方法当中，阿卜杜勒老兄给我们准备的那个是最为放纵堕落（意思是棒）的。躺在火星欢乐宫殿的丝绸床铺之上，你很难让紧张的感觉继续保持，因为有年轻的生物体姑娘朝你大张的嘴里扔预先发酵过的葡萄；每人一位的烟嘴仆人负责不让水烟熄灭，还有一支机械体乐团在房间远处角落轻轻拨弄它的诸多器官进行演奏。

舞者们在大厅前面的舞台上旋转、扭动、翻飞，一名腰佩金锻腰布、头戴孔雀羽头巾的生物体年轻人则候在我左肩后面，让我的鸡尾酒杯里的酒永远是满的。当然了，糖渍水果跟最让人快活的欧洲冰生藻果冻自然也不会少。"哇嗨！这才是生活嘛，对不对？"我观察着托德沃斯大致所在的方向。我那位机器人哥们就停在紧挨我的凉亭的地方，他那笨重的移动装置正通过一处不显眼的出风口吸着豪华调整燃料,而他内在依旧属于生物的那部分身体则用一根弯吸管从一个克莱恩带盖大啤酒杯里啜着口感无比精妙的熏制大豆啤酒。

"哔,哔。"他冲我回应。随后,他豪爽又慢悠悠地说道:"老伙计,好像有啥事搞得你有点儿忧郁啊。说实话,你要是有跟我一样的高光谱成像仪,你大概会发现自己有点憔悴。就像这样:嘟嘟。"他说得如此煞有介事,甚至连我那毛病不少但价值连城的家族传家宝抄写器都把他的话认成了垃圾信息,还把它错误地归档去了什么地方。"抛开轻浮不谈,要是有什么哥们儿能帮上忙的——你想喝翻的敌人啊,想征服的星球啊——尽管找托德沃斯,嗯?"

"哥儿们,你人挺好的,有事儿准找你。"我说,"可这回恐怕你帮不了我。我是有点儿郁闷——你知道劳拉离开了我吧? 她以前的确也干过好些次,可坠降之后她都会回来。但这回没有,从前天开始我就没见过她的半片齿轮、半根链齿,我开始有些担心了。"

"我立马开始调查,哥们儿。我这机械体消息灵通,什么都知道。请允许我大胆地说一句:她也许只是需要离开一阵,给封盖上上油,要不了多久就会回来的。"托德沃斯转动着他的目镜转塔,单光谱发射器闪烁着亮光,"干杯!"

托德沃斯真要搞得自己惹火烧身的话,想摆脱可就太难了——但我并未对这个显而易见的事实多嘴,只是举杯致意。随后,我皱起眉头——杯子空了!"小子? 我的酒呢?"我四下瞟了一眼。就在我的鸡尾酒侍者刚才站着的地方，一条毛茸茸、带着两个凸起鼻孔的褐色香肠状物正在四处摸索。

"逮住那头厚皮玩意儿！"我冲侍者喊道。然而，恐怕错不在他：杰瑞米已经对他使了坏，他瘫在最近的那块窗帘下面，正缩成一团哭得梨花带雨。杰瑞米把我杯里剩余的土星环冰玛格丽特吸进了鼻子里，发出一声毛骨悚然的"叭"，又冲我眨了眨眼，然后它打了个巨大的喷嚏。一股子难闻的味道糊了我一脸。"你这卑鄙的怪物！"我勃然大怒，"你以为你在干啥？！"

别人说，我通常对小孩和其他动物都很好，可一到杰瑞米就不是这么回事了。它眯起眼睛，大扇着耳朵，扬扬得意且一身酒气地冲着我大叫一声。逮到你了，他似乎在说。凭什么乐子全被你们两条腿的占了？我一把抓向它的前腿，可它动作太快，直接从我座位下面钻去了另一头，还趁着我忙乱地四处寻找砸它的东西之时，朝我不可描述的部位给我来了一下。

"对！这就对了！"两边的群众全转过来盯着我，想知道究竟啥情况。"我要把你给——"我好不容易站直身子，正好看见杰瑞米爬出大厅后面某个看着尖尖的拱道，然后又发现自己的眼睛跟伊本·割喉的行政助理那毛茸茸的眼睛对了个正着。

"请不要大声喧哗，拉尔夫桑，"这位初级阁员说，"殿下有事要宣布。"

确实如此。一个个人类仆从在观众当中小心翼翼地走动，请宾客集中注意力,把声音降低。乐队已经入场,正拨弄着声带为我们轻唱小夜曲。我最后瞥了一眼杰瑞米。"后面再收拾你。"我嘟哝道。即便按杰瑞米一贯的德行,刚才那行为也完全让人无法忍受,要不是我心里有数,我铁定会觉得这讨厌鬼在谋划什么。然后我回头看向房间前方的舞台。

　　一蓬带着炫耀意味的烟雾腾起,帷幕徐徐拉开,亮出一张被水培枣椰树簇拥的宝座。火星埃米尔的弟弟阿卜杜勒·阿里-松本殿下从宝座上站起了身:涂了油、亮闪闪的裸身阉人保镖分立两旁,举起手上的武士刀致敬。"我的朋友们,"阿卜杜勒老兄用一种极其非阿卜杜勒式的口吻说道,"寒舍今夜能得诸位造访,鄙人心中快活之情溢于言表。"

　　阿卜杜勒身着白得刺眼的棉布长袍,还挂着一根金链子——我敢肯定,是俱乐部发的大气速降头等奖。在他身后,一排戴着面纱、穿着显不出身形的黑袍的人相互轻推着。他的妻子们？我有些好奇。还是他的丈夫们?"今天是我的第一千零一个夜晚。"他继续道,目光呆滞得厉害,"为了纪念我大抵上的先祖,苏丹沙赫里亚尔,又鉴于我那位如今'老得没法处处留情的兄长'——请容许我引用此话,愿他安好——下了令,要为我的婚姻办一场比赛。自今夜起,直至接下来的一千个夜晚,每一位性别合适的幸运嫔妃都有机会参与竞争,成为我唯一且无比重要的伴侣。"

　　"没错,这可不是开玩笑的约会!"一旁的伊本·割喉补充道。

"我将牵着胜出者的手——连带身体的其余部分——举办婚礼。输家——嗯,这个有些过于无聊和让人厌烦,不好在这里说,反正他们没机会写什么八卦故事——如果她们在参与竞争前忘记备份自己,这就跟我无关了。与此同时,我想邀请诸位共同举杯,敬我身后打头阵的这七位雄心勃勃的火星公主,敬她们的智慧与接受山鲁佐德①的赌注的勇气。"听声音,他似乎已经无聊到了极限,心思仿佛已经全放去了别的地方。

大家纷纷举杯向竞争者们致敬,唯独我没有心情,直到伊本·割喉走上舞台前面宣布竞赛的规则,以及宴会一结束就开赛的时候。我或许拥有许多觊觎偷羊贼的土地主宝座的日本祖先,可我从没听闻过如此嗜血、如此封建的事情!与潇洒、年轻的阿卜杜勒春风一夜,给了为爱丧命这种事情一个没人喜欢的全新定义,我倒是觉得这跟这位伊本·沙特王位的篡位者挺衬的,更甭提他的萨珊帝国还是通过三菱重工建立的。"我没觉得哪里有意思,"我对托德沃斯嘟哝道,"真希望劳拉在这儿。"

托德沃斯用他的调酒器推了推我,"哥们儿,我觉得你没必要操心。我用我那超光谱小望远镜刺探——"

伊本·割喉的演说来到高潮部分:"……请看诸位英勇美人的脸!"他高喊道,"女士们,取下面罩!"

———————

①即《一千零一夜》故事中为国王山鲁亚尔每晚讲述睡前故事的女性,整个故事的叙述者。

王子身后的那排黑袍人士甩掉了面纱,对着观众露出她们的脸庞。我像个傻子一样瞪大了眼睛。因为,就在那排人的正中间,有一对我看着无比熟悉的银色睫毛!

"老兄,那不是你的情妇吗?"托德沃斯用他的调酒器附件戳了戳我,"她这不就出现了,是吧?"

"可她怎么会这么干!"我抗议道,"劳拉没有这么蠢! 我还老忘记提醒她做备份,她自己也一直想不起来,这么的——"

"恐怕在台上的就是她,老兄。"托德沃斯同情道,"这也没办法。你觉得她怎么找来的,应征广告还是人才中介?"

"她绝对是在报复! 都是我的错。"我哀叹道。

"不敢苟同,老兄,她还没生物化到懂得报复。反正不把她脑袋先捣碎,她肯定学不会。"

我绝望地抬头盯着舞台。最糟糕的地方在于,这一切都是我搞的错。假如我真的用点心把自己从坠降前的恐惧里拉来,跟她聊一聊,她也就不会站在舞台上,神情紧张地盯着两边的刽子手了。随后,我看见她转了转头。她在看我! 她的嘴在动,哪怕你不懂唇语也知道她在说,快救救我。

"劳拉,我会救你的。"我发了个誓,随后倒在一堆垫子中间。随后我的烟嘴仆人往我的嘴里插了一根水烟管,情况的紧迫性顿时减弱了。毕竟,劳拉并非我的那份要事清单上的头号事项。吃完宴席,有的是时间救她脱困。

饭后表演;园艺讨论

晚餐大概吃了四个小时。松本帝国各个领地的大师级厨师端上来一道又一道令人厌烦的代表性菜肴——整整六十道菜。由此产生的文化混杂当属前所未有,那道传统小牛舌刺身配腌海蜇库斯库斯①当属其中翘楚,让我趁着两道菜之间的空当又紧急去了一次呕吐室。但我跑题了:因为太过担心我那赛博情妇的下落,我几乎每一口菜都尝不出滋味。

等吃光最后那道蜜汁辣椒烤大毛怪②,餐后酒也在桌上一字排开之后,竞赛开始了。多么可怕的场面!我瑟瑟发抖地坐在那里,每轮比赛都盼着劳拉别被叫上场。伊本·割喉是司仪,两名黑皮肤

---

① 库斯库斯是北非的一种蒸藜麦食物。

② 大毛怪是《爱丽丝梦游仙境》作者刘易斯·卡罗尔在诗歌《贾巴沃克》里虚构的一种怪物。

的阉人负责记分。"一号参赛者,毕慕琪·本·雅乐比,你的下一个问题是:王子殿下的主要爱好是什么?"

毕慕琪将一根精心修饰过的手指头放在下唇上,皱着眉头、媚眼如丝地看着观众,"冲浪?"

"啊哈哈!"伊本·割喉大笑道,"不算全错,但我猜你们肯定都同意,她这算是勉强过关。"观众高喊起来,并非全出于高兴。"那么我们再来一道。毕慕琪·本·雅乐比,你觉得王子殿下看上了你哪一点?"

毕慕琪将一只优美的手臂放在线条圆润的臀部,妖媚地对着观众扭动。"我那无与伦比的肚皮舞技巧和",她抛个媚眼,"我的骨盆底肌?"

"我要提问题了!"维齐尔抢白道,冲着观众露出邪笑。观众登时开始起哄。"你们听见问题了吗?"大家的起哄声更大了。

"哔——哔。"托德沃斯悄声道,"我检测到柱子里藏着语言压力分析器,老兄。还有别的东西。"

"我得提醒你,"维齐尔一字一顿道,"你正在出席王子殿下的庭审,在我面前讲出的任何不实之词,我都将以本庭大法官的身份予以揭露,并以伪证处理。另外……"他顿了顿,房间里嗡嗡响起一阵说话声,"在你与王子殿下共度既快活又危险的一夜之前,你还得回答第三个,也是最后一个问题。你,毕慕琪·本·雅乐比,看上了我的王子哪一点?说真话,我们有测谎仪,而我们也知道怎么用它们!"

"嗯。"毕慕琪·本·雅乐比冲着观众露了个腼腆又娇媚的微笑，坚信诚实和速度相结合才是最好的手段："山一样高——的金子——但——并非——唯一的——"

"够了！"伊本·割喉大人拍了拍手，阉人的武士刀"噌噌"一响，她剩下的话便在喷射而出的鲜艳动脉血中戛然而止。"长话短说，殿下受不了优柔寡断的人，掉钱眼儿里的人也不行。"他瞟了一眼观众当中的某片特定区域——那些人正被守卫围着，脸都吓白了——粲然一笑，"现在一切又回到了起点，谁愿意下一个上场？"

"我看不下去了。"我低声呻吟道。

"别担心，哥们儿，晚上会好起来的。"托德沃斯戳了戳我。

为了证明他说得不对，伊本·割喉审视着候选人队伍，本着怕什么来什么，他的眼神不偏不倚地落在了劳拉身上。这种感觉就像吐司永远是涂了黄油的一面掉在地上，除非你拿着记事本跟计数器开始统计。

"你！对，就你！就是你了！"那个可怕的小个子叫道，"上台吧，亲爱的！你叫什么名字？劳拉·本，呃，本拉瑞？噢，多么娇艳的花朵，多么芬芳的机油与陶瓷味！要是我的底架还在，我愿意随时帮她转动她的凸轮。"他冲着观众倾诉道，而我这位脸色惨白的小美女紧紧扯着身上那层薄薄的袍子，畏缩不已。"第一个问题！你是左边那瓣屁股吗？"

劳拉摇摇头。观众一片沉默。我无比紧张，双手紧紧攥成拳头。就没什么我能做的吗?

"第二个问题!你是右边那瓣屁股吗?"

劳拉再度沉默地摇了摇头。我试图吸引她的目光,可她不肯看我。我无比胆怯,害怕得不行。变得安静的劳拉才是最最危险的。

"噢,既然如此!让我瞧瞧。你既不是左边那瓣,也不是右边那瓣,那岂不是说,你哪瓣屁股都不是?"

劳拉翻着白眼盯了他足足有十秒钟,又极为拿腔拿调地用她那"金星黄油放嘴里都融化不了"的冰冷语调懒洋洋地问道:"嗯,有一点我得问明白,你说的这个'屁股'是指什么,人类?你连卵蛋都没有,为什么还要对一瓣屁股这么饥渴?"

我站起身,犹犹豫豫、摇摇晃晃地朝舞台走去,这时伊本·割喉将双拳高举过头顶。"赢家诞生了!"他宣布道,观众欣喜若狂,"你,我芬芳的玫瑰哟,成功通过第一轮测试,晋级第二轮!诸位绅士们,请广而告之,劳拉·本拉瑞赢得了与王子殿下共度难忘一夜的权力!"随即他悄声对观众说道,"之所以难忘,是因为她之后活不了多久——不过,心意最重要嘛,嘿嘿!"

我勃然大怒,毋庸置疑:去他妈的,除了站出来捍卫自己女人的荣誉,哥们儿还能怎么办?不过,没等我往前走上一步,两只肉乎乎的手掌已经按上了我的双肩。"上床睡觉吧。"按着我左边肩膀的守卫嘟哝道。我瞥了一眼他的同伴,后者一边拿手指摩挲着刀刃,一边冲我回了个富有深意的邪笑。

"要不就埋花坛里。"他附和道。

"啊哼。"我瞥向舞台。劳拉正徒劳地挣扎着，一帮像边星一样壮硕到诡异的守卫拿精致的镣铐铐住了她。"你要是不介意的话，这位老兄，我非常想跟你的主人说一说，让他来拿上你坟头的雏菊，把你——"

"上床睡觉去。"冯女士在我右耳后面急匆匆地嘶声道。"我们得谈谈。"她补了一句。

"好吧，上床睡觉。"我同意道，脑袋点得像个蠢货。

二号守卫收刀入鞘，没精打采地叹着气，"牵牛花。"

"啥？"

"这里没雏菊。是牵牛花。"

"上床睡觉！"一号守卫神采奕奕地说。我猜他脑子里只有一根筋。

"你敢反抗的话，我们本来会把你埋在牵牛花下面。"二号守卫解释道，"这些可怜东西的状况很不好，它们在那儿都晒不着太阳，土壤的碱性也太强——"

"不，不，你看，他说得没错，我们要是埋了他，他可不就是入土为安①了吗。"一号守卫总算再度掌控了话题，"那么！你究竟是去睡觉呢，还是让我们把你给塞——"

"这就睡，这就睡。"我说道。两名杀人园艺师放开我，脸上写

---

① 入土为安的原文是 pushing up daisies，而 daisies 就是上文提到的雏菊。

满了不乐意。"我去睡了。"我呜咽道。

"少安毋躁,阁下。"冯女士说道,礼貌地硬是推着我离开了包围舞台的那圈机械体守卫,"我们私下继续讨论,好吗?"

冯女士提了一系列意见

守卫护送我出了用餐亭,上了两段台阶,又顺着一条走廊来到一间供俱乐部成员使用的豪华客房。跟在后面的冯女士看似毫无反应,我却在守卫反锁大门的时候听见她非常小声的咒骂。

"该死的。"我摇摇晃晃地在一堆垫子上面坐下,"我得趁着还来得及,赶紧救她!"

冯女士扬起一边的清秀眉毛,"毫无疑问,阁下。然而,我们似乎被锁在了一个偏执狂皇帝修建的戒备森严的宫殿的二楼客房里,门外还守着卫兵,防止来客进行计划之外的游览。也许阁下可以考虑来一杯餐后酒,再睡个饭后小觉?"

可我已经沉浸在沮丧的情绪里无法自拔。"都是我的错!当初我要是跟她聊一聊,她就不会来这儿了。这也不像阿卜杜勒会做的事情。我了解他,他是个好人。一定是哪里出了误会!"

"请阁下先听我说。"冯女士恼火地深深吸了一口气,黑色外套下的胸脯无比迷人地鼓了起来。"我相信解决问题的关键不在于救出劳拉小姐,而是**之后能不能成功逃走**。阁下兴许还记得火山口岩壁上假设的行星防御器和轨道弩炮吧?我虽然是一名合格的飞行员,可在离开火星上防御第二森严的贵族宅邸时,我更愿意经历交通管控,而非火力管控。而且——"她微不可察地抬起一边眉毛,"阁下确实答应您姐姐,要照顾好她的猛犸象。"

"全他奶奶的下地狱去吧!"我摇摇晃晃地一下子跳起身,"谁在乎杰瑞米!"

冯女士用冰冷的目光盯着我,"如果你姐姐认为你是故意弄丢杰瑞米,到那时你会在乎的,阁下。"

"噢。"我点点头,心灰意冷地踱到隔开中央休息室和内部仆人走道的细密雕刻的皂石回纹屏风前。外面不知道叫啥的小机器人嗡来嗡去、咔嗒作响,四处干着粗活。"我想你说得没错。那好吧。我们得去拯救劳拉,把杰瑞米从它的醉酒逃亡路上找回来,再谈谈我们要怎么逃出去。真是麻烦得要命,日子为啥就不能简单一点?"

"我没办法做什么评论,阁下。相较于为十三世亲王的各种越轨行为打掩护,这件事算是小菜一碟了。顺便问一句,你是否发现阿卜杜勒殿下今晚有什么不对劲的地方?"

"什么?除了他想屠戮我的爱人的古怪欲望之外——"

"我主要指的是有人大着胆子在竞赛之初往他身上移植了脊柱

寄生蟹的事情,阁下。"

"脊柱啥？老天,你是在说他染上什么恶心东西了吗？我需要做什么预防吗？"

"除非阁下希望避免大脑被基因编辑的神经寄生虫劫持,前额叶被挖出来吃掉,身体变成无法控制的人肉傀儡,否则就不用。松本先生的连帽罩袍没能完全遮住,转身的时候被我看见了。你也许注意到了,他如今有些不像自己。我相信,维齐尔远志郎·伊本·拉希德在控制那东西。"

"哎哟。"我停顿了一阵,表达无声的同情,"真是糟糕透顶。"

"我这辈子见过不止一次未遂的政变,阁下,它们让我感觉眼下的情形不对劲。宴会还要持续三天,阁下不妨考虑下,决定待到最后是否明智,毕竟王子殿下的傀儡主人不可能无缘无故就举办聚会,还邀请王子的所有私人朋友前来参加,对吧？"

"既然这样,我猜我们只能救出劳拉,然后就逃走。"我停下话头,"嗯。但是该怎么做？"

"阁下,我有一计。请你吃下这枚醒酒药,我再跟你解释……"

隧道里的会议

　　显然,你需要的一切,冯女士的计划里都有。你甚至可以怀疑她是不是接受过特种兵训练。不过,按我的经验来看,最好永远别刻意低估一名意志足够坚定的管家能造成的杀伤力。我承认,对于她的提议,我在内心深处是抱着一些顾虑的——可既然眼下的风险已经这么高了,有什么计划我就准备用什么,再怎么罕见的计划都行。

　　结果我们一直等到午夜才有机会行动。也就是那个时候,守卫打开了大门,把吐得稀里哗啦的边星跟醉得一塌糊涂的托德沃斯领来同我们做伴。"哔吧吧吧——呕。"托德沃斯打了个嗝,飘到地板中间颤颤巍巍地停下,他的蒙皮转塔被这个嗝带得转了一整圈,转塔上的灯光按着光谱闪了一轮,熄灭了。

　　"被榨干了。"边星说道,又偏偏倒倒地走向一根柱子,随后瘫倒在地。"嗝——!"

"我来帮你。"我走了过去,帮他去掉身上的骆驼毛外套——以及冯女士藏在下面的一整桶布拉戈特酒。我差点把酒桶给摔了:九加仑①麦酒的重量可不算轻,更别提它还被装在防腐蚀钢瓶里,外面贴着生物危害的标签。

"啊啊,好过多了。"边星嘟哝道,顺带伴着液压系统的嘶嘶声和短暂的氯气臭味又缩回一条腿,"累了。晚安。"

"安静点儿。"我把那无比危险的圆柱体往瓷地板上放的时候,冯女士提醒道,"很好。交给我来处理吧。"她将圆柱体横放在地上,滚向门口,又拍给我一枚预防性的清醒药。"我敢肯定,这东西在生物体仆人的聚会上肯定会大受欢迎。"她补充道,身体也动了动,十分像是打了个冷战。

在她敲门的时候,我踮着脚尖离开门口,又在门闩声响起时钻进房间里躲了起来。作为仆人的冯女士不受怀疑的可能性要比我更大——不过她脑子里还想到了别的任务,显然更适合边星、托德沃斯和我去做。正因如此,我把心里的疑虑吞进肚子,拿起醒酒喷雾,往托德沃斯走去。

"不好意思,哥们儿。"我试探道,"你要不要来找乐子?"

"卟卟——"皮质转塔转了过来,我看见一只通红的眼柄。"灌……醉? 派……对?"

---

① 1加仑(英制)约等于4.5升。

"绝赞的乐子，托德沃斯。但我觉得你应该先来点儿这个，好不好？"我朝他轻轻挥了挥醒酒喷雾，"我们可不想扫了大家的兴，对吧？"

一声闷响传来，他的蒙皮转塔旋了三圈，垫圈下面嘶嘶冒出蒸汽。"你这坏透了的缺德鬼！"他冲我嗡嗡道，"你怎么能这么卑劣！"他的灯光不祥地闪动起来，"我非常想——"

"喔！"我举起一只手，"我非常抱歉，之后我非常乐意用你能想到的任何方式来证明我对你的感激，但现在，我们必须去后宫把劳拉救出来，还得想法子从邪恶的维齐尔和他的精神控制螃蟹手上逃走。"

"你说真的？"托德沃斯原地待了片刻，"你是说邪恶的维齐尔？还有螃蟹？我真是爱极了！"

"就说刺激不刺激！"我鼓励性地挥挥双手，"我们只需要把边星给弄醒——"

"有人在说主格标识符？"随着一声液压系统过度紧张的呜呜声，地上瘫作一堆的边星·狼黑开始展开身躯。一只脚滑出他身下，最后蹿去了踢脚板边上。那只脚狂乱地扑腾着，直到托德沃斯用调酒器干掉它。"嗬——查询纵轴的方向？"

"那边。"我指着天花板。边星呻吟了一下，颤抖着以躯干为中心开始折叠，胳膊和腿缩回身体，怪异的金属板探了出来，露出一套整齐的镀铬轮子。

"轰,"他有些不确定地问,"去哪儿?"

"去后宫!趁着冯女士用费瑟斯通豪叔叔的布拉戈特酒给那些生物体仆从下毒,我们去拯救劳拉跟其他参赛者,"我解释道,"如果你们能乖乖跟着我,伙计们……"

我穿上冯女士为我准备的黑色罩袍,弯下腰敲打着机器仆役的舱门,手里握着参加晚宴时冯女士从一名侍者那里搞到的身份信标。舱门十分赏脸,识别了信标还开了门,我表示非常感谢。

仆役通行的隧道是按照超过人类体型的标准修建的,毕竟并非所有的机器人都是那种嘀嘀嘟嘟的小东西。我拧紧了单片镜,沿着潮湿、草草修建的隧道匆匆前进,为自己提前下载地图的先见之明感到庆幸。我不介意承认自己被吓出了一身的冷汗,但至少我有好兄弟在身边——边星像一块癫狂的滑板在身边飞驰,而托德沃斯则气势汹汹地滑翔在漆黑的隧道里,他高举着那只可靠的调酒器,随时准备喷射。

冯女士的计划一目了然。那几位不幸的小姐极有可能会被锁在后宫里遭受折磨。另外,把守后宫主要入口的要么是宫廷阉人,要么就可能是陪护机器人。不过,她推测仆从通道应该还是畅通的——只要我们能通过后门那儿避不开的守卫就行。我们会找到陪护机器人,我将假装一名迷路晕倒的少女,而边星跟托德沃斯负责扮演发现我并带我回宫的宫廷守卫。从里边出来会困难那么一点点,不过那时候费瑟斯通豪叔叔的酒饮料应该已经起作用了……

我前方的隧道里有什么东西在动。我僵住了,吓得两边膝盖都撞到一块儿。我其实挺讲道义的——正是道义让我转身就跑,我压低声音咒骂起来,又在托德沃斯飘过我袍子下摆的时候突然停下脚步。"什么情况?"他悄声嗡嗡道。

"我不知道。嘘。"

我屏住呼吸,竖起耳朵。前面隐约传来脚步拖曳声,还有呼吸带出的哨音。随后,从一处曲折的边侧通道漆黑的凹陷处传来咔嗒的声音。一道影子穿过地板停了下来。我嗅了嗅,闻到一股污秽、肮脏的汗臭味,还有别的什么味道,某种熟悉的味道——然后我眨了眨眼,看见一双邪恶、满是血丝的眼球带着纯粹、盲目的仇恨眼神自黑暗里赫然出现,往我这里来了。

"杰瑞米!"这为非作歹的侏儒猛犸象倒退两步,醉醺醺地冲我的脸挥舞它的獠牙;我能看见它的身躯开始膨胀,准备用它那根鼓风管吹出一口出卖我们的狂风。只有一个办法——我伸出手,一把捉住它。"嘘,你这白痴老东西! 要是让它们听见,它们会把你也杀了的!"

想靠抓身子去逮一头猛犸象——哪怕是一头宿醉到身子不听使唤、眼神迷离的侏儒猛犸象——倘若你珍视平静的生活,我就不赞成你冒这个险。然而,杰瑞米并没有像往常一样对宇宙让他变小了十六个尺码而暴跳如雷——他微微朝我眨了眨眼,居然坐下了。有那么一瞬间,我竟然斗胆期盼这事儿能波澜不惊地过去——结果一瞬间没憋住，这肮脏的小畜生朝我的方向打了一个正宗大象才能打出的喷嚏，还是啤酒味儿的。我本能地松开手，它挣扎着站起来，一边东摇西摆地往隧道里倒退，一边用不信任的眼神盯着我左边肩膀。我想要追过去，却被依旧压在我袍子上的托德沃斯给拽住了。"该死的，哥们儿，跟上那头猛犸象！"

随着一声震得脑子直颤的撞击，一台藏得极为隐蔽的黑色陪护机器人跳过我突然站定的身子，又在满是鼻涕的地板上滑倒，一头撞向对面墙壁，身上的刺盔和尖刀碎了满地。我吓得差点灵魂出窍——事实上，我相信，把我跟我的肉体分开，正是它那套杂耍想实现的唯一目的。

还没等我整理好自己的伪装和脑子准备逃跑时，边星催动引擎加速，"嗖"的一下超过了我。他"轰轰"响得仿佛什么速度凶猛的东西，用最为不友善的方式一下踩上了那球形机器人！我可以向你保证，那场面壮观极了。松本家的陪护机器人看着很像边星的人形形态，只不过没他那么欢快，也不喜欢在下午小小地喝上一点儿酒。它们就喜欢出去四处晃悠，喜欢轻巧地把碰见的倒霉蛋的四肢挨个扯下来。不过呢，作为机器人，它们缺乏机械体生物所具备的真正的勇气和精神；而一台醉醺醺的后类人机械体茶具车只要掏出了家伙，同样能变得凶神恶煞。杰瑞米鬼叫着跑去了宫殿深处，与此同时，边星在那战斗机器人的腹部上蹿下跳，一边发出尖厉的叫声，一边旋转着他的车轮——这些车轮内沿竟然附有玲珑可爱的切割盘！

陪护机器人仰面倒在地上,反弯着腿部用尖细的脚趾朝肚皮上的刺客猛戳,却压根儿跟不上边星的速度。它刺得过于疯狂,反而把自己给害了——只见边星使劲一拽,把刺针从一处缺了口的维修面板下面扯了出来。随着一声昭告胜利的尖厉刹车声,他跳下陪护机器人,在半空中变回人形,而袭击者的关节处开始火花飞溅,冒出刺鼻的烟雾。

"这变形金刚真是帅毙了!"我叹道。

"哗——哗!"找回一点生活乐趣的托德沃斯说道。

我再度查阅地图。"拐个弯就到后宫的后门了! 要我说,哥们儿,我猜你把最后的障碍给清除了。那我们走着? 要想赶在茶点之前回家,我们可得麻溜起来。"

我发现了不对劲的劳拉

嗯,长话短说,我正身处火星埃米尔弟弟的后宫,一群可爱的女性包围着我,而我那两位俱乐部的伙伴却不怎么说话。"亲爱的,"劳拉发着抖,躺在我怀里说道,"我得承认,我太感动了!嘿嘿。"

"我知道,亲爱的,可我们得走了。"我飞快概括了一番我知道的信息,"冯女士认为邪恶的维齐尔密谋推动人们憎恨阿里-松本家族的压迫与残酷的独裁制度,还打算借它来煽动叛乱。"

"阿里-松本家族哪里残酷和独裁了?"其中一名穿着丝质灯笼裤与背心的可爱金发女郎抱怨道,"他们挺可爱的!"房间里响起一阵嬉笑,可我却皱着眉头,这件事情并不好笑。

"等到伊本·割喉的脊柱螃蟹彻底控制阿卜杜勒,他们就会残酷和独裁起来了!该死的,你们想被斩首吗?等到维齐尔掌了权,这就是你们的下场!你们对他毫无用处——他可是太监总管!他就是阉人侠[1]，超能力是砍人脑壳！他可能觉得，参加太多竞赛，你就会沾染睾酮。"

"噢，我肯定能解决这事儿。"一位深色皮肤、长着六只胳膊的美人鼻子轻轻一抽，"我的再生医学可不是白学的。"她脸带讥讽地看着劳拉，"不如你带着自己和你那马口铁[2]骚货一边去，把后续问题交给我们？反正她只会在才艺展示环节输到一败涂地。"

"哔——哔！"托德沃斯大呼小叫，从一间拱形偏殿飘向另一间偏殿，追赶着一个咯咯直笑的圆锥体交际花，他的单眼上挂着一圈丝绸花结。"派对又开始了，老兄！找个漂亮小伙伴！授精！授精！噗！"在他的新"插"件给我的视网膜留下永久的伤痕之前，我移开了视线。你根本没法带着这些机械体种马在人前装文雅：但凡看见个充分润滑的插座，你就别指望他们只是眨眨眼睛，而不会想去搞一搞——

"她说得挺对，亲爱的，我们得走了。"劳拉把她精美的头靠在我肩上，叹了口气，"噢，事先声明，我的脚疼得要命。"我把她搂在怀里，试图检查她满脸的褶皱。

"我好想你。"我告诉她，"可你在这儿干吗呢？"

"嘘——"她吻向我，世界瞬间消失了片刻，"我勇敢的、阳刚的、英武的拉尔夫！"她又叹了口气，"我本来打算等你比完赛就出现的！

---

① 此处为斯特罗斯玩的超级英雄梗。因为是阉人，所以是 ex-man，类似 X 战警（X-men），故译作阉人侠。

② 即镀锡钢板，当然这里是暗讽机械体劳拉。

可刚住进希尔顿酒店，我就接到电话，说大堂有一位先生想见我。"

嫉妒捅了我一刀。"哪个先生啊？"我问。边星正好咕噜着路过，我瞥了一眼，缩了缩脖子，转移开视线——他把自己变成了一辆缠满触手的马车，让一名放荡的金发机器人骑在上面玩耍，骑着他满屋子转悠。

"我不记得了。"她有些恍惚，"我醒来就在这里，等着我的王子——就是你！我事先声明——可远志郎说他安排了一场惊喜，还会有一场派对，然后一切变得有些模糊不清——"

我跟你说，当我意识到她有多迷糊的时候，我的心拔凉拔凉的。"劳拉，你到底怎么了？"

"请别指责我！"她急促地说道，然后又变得有些恍惚，说话也语无伦次起来，"可你来救我了，拉尔夫，噢！他说你会来的。我为你神魂颠倒！再变成我的爱情火箭吧！"

我在旁边桌上看见一只小小的银色容器，心里登时一沉：她显然在嗑"快活汁"。然后我偷偷瞥了一眼她发际线下面、颈椎上的插孔，倒抽了一口冷气。有人给她插了享乐主义芯片和强制覆写装置！难怪她的表现这么古怪。

我把那可怕东西拔出来扔到地上。"劳拉，站起来！"我哄道，"我们得离开了。还有场聚会等着呢，你不知道吗？我们走吧。"

"可我的——"她摇摇晃晃地又倒回我身上，"哎呀！"她咯咯笑道,"嘿嘿。"我虽然把薯条捞出了油锅,可我的鱼却早就腌透了[①]。

我倒是没料到这种事,可冯女士坚持让我带上一颗复位药以防万一。我真不喜欢给她用这东西——或者说,劳拉很讨厌这样,事后总会搞得我们大吵一架——不过,比起被困在发了疯的维齐尔的城堡里,受制于情绪控制植入物,变清醒算是稍微小一些的罪恶,对吧? 于是我把那银色药丸抵在她脖子侧面,摁下按钮。

一声清晰可闻的"咔嗒"声响起,劳拉合上了下巴,身子也在我怀里紧绷了一下。"哎哟!"她非常小声地说道,"你这混蛋,你明知道我讨厌这样。怎么回事?"

"你在火星上,而我们被困住了,就是这么个情况。那个叫伊本·割喉的家伙是个彻头彻尾的坏蛋,他把脊柱蟹偷偷放在了阿卜杜勒身上。我猜他抓你是想控制我,也想控制住俱乐部其他成员——我们肯定会最早注意到我们的哥们儿阿卜杜勒行为有异,对不对? 这个卑鄙的家伙显然给我们下了套,好一次性把我们全干掉。"

"我的天!"劳拉站直了身子,又朝我走开一步,"好吧,那我们最好快走,亲爱的。"她整理了一番装束,四下环顾一圈,又冲着我的邋遢打扮扬起了精雕细琢的半边眉毛,"你知道要怎么离开吗?"

"当然啦。"我握住她的手,带着她走向中央走廊,"我确定这附

---

① 这里是以英国名菜"炸鱼薯条"的双关(Fish and Chips),chip 又同时具有"薯条"和"芯片"两种含义,而指代劳拉的鱼被"腌透"则是表达劳拉的意识被彻底篡改了。

近哪里有出去的路……"

"在那边。"之前那位深色皮肤的美人指着说道,"你肯定不会看漏,朝那两个大块头的阉人和邪恶的维齐尔走就行了。"她朝我腰上用力一推,"抱歉,公事公办。要想嫁给火星第二有钱的人,你就不能太挑剔,嗯?"

杰瑞米办到了

伊本·割喉和他的两位刽子手果然堵在出口那里。阿卜杜勒也在其中,他双眼无神,胳膊往前伸,嘴里喃喃着跟脑子有关的什么话。伊本·割喉看见我们了!

有件事我不得不夸一下这个讨厌鬼:他的表演欲真是棒极了。"噢,这不是麦克唐纳先生吗?"他高喊道,气势汹汹地捻着粘在上唇的反生化武器鼻毛,"在这儿看见你,真让我难过! 我得承认,我原本盼着你能足够理智,能好好在房间里待着,别出来惹麻烦。我猜,你现在肯定盼我把计划跟你和盘托出,再把你锁进没那么牢靠的监狱里,然后你就趁机跑掉? 恐怕不行——我只会赶快弄死你,快快地弄死。我的好戏正要开场,谁也没法阻止了,因为历史是站在我这边的!"

"我才懒得管你的卑鄙计划,我跟你另外有账要算,老小子!"我喊道。两名刽子手踏前一步，劳拉害怕地抱住了我——假装的吗？我也不知道。"你怎么敢在坠降之前绑架我的情人！这可是坠降，不是在打什么板球或者棒球！你永远别想进我的任何一座俱乐部，哪怕走后门都不可能！"与此同时，劳拉把她纤细的胳膊伸进我的罩袍，在我的外套口袋里掏着什么东西；但我没在意，注意力全集中在面前的恶棍身上。

"俱乐部。"这个词连带着些许不耐烦从他嘴里掉出来，"说得好像我对寡头父权制敌人的堕落娱乐活动有兴趣似的！"我不禁打了个冷战：当有人开始用多音节词说话的时候，情况总会变得不妙。他愤怒地张大了一边鼻孔，"你们这些寄生虫能想到的就只有俱乐部、运动和寻欢作乐！你们就像畸形的水蛭一样吞噬着我们的剩余价值！"从他太阳穴上暴起的青筋就能看出来，我这是戳到了他的痛处，"你们这些膨胀的虱子在奢侈的生活里故作感伤，对你们的派对跟时尚抱怨个没完，而数百万的奴隶却成了你们宴会的燃料！呸。"劳拉从我的袍子里抽出手臂捂住脸，显然是为了抵挡这个无赖的指责。"我们努力让自己变得更好的时候，你们不屑一顾，冷嘲热讽；我们卑躬屈膝的时候，你们却把我们当牲口一样使唤！好吧，我受够了。现在是时候把你们偷来的赃物还给普罗劳苦大众了。"

我被这番话惊得合不拢嘴，"该死，老小子，你不是吧！你是想说，你是个……"

"没错！"他哼了一声，眼里闪烁着仇恨与幸灾乐祸，"资本主义的末日总算来了,终于来了! 虽然已经过去了七个世纪,经历了一场持续得太久的大裁员,可现在是时候实现下层阶级的专政与无产阶级的复兴了! 而你们的朋友阿卜杜勒·阿里–松本将会在实现阶级意识提升方面发挥关键作用,他将会用一千名处女的血给奥林匹斯山的土壤施肥,然后自封为独裁者,实施恐怖统治,让——"

不幸的是,我没法告诉你伊本·割喉革命委员会接下来要怎么做,因为我们被两个不同的"人"给打断了:一个是劳拉,她伸长了纤细的胳膊,拿我那瓶须后水把伊本喷倒在地;另一个是杰瑞米。

要知道,后宫之所以闻名遐迩,靠的显然不是满屋子的男性激素。我自不用说,在后宫里显得格格不入。边星显然抽不出身,或者说是"抽"不出身(愿各位容忍我的法语),而托德沃斯也正忙着跟他之前追的那位女性机器人探讨圆锥曲线。不过,除了我自己与伊本·割喉——我猜外加阿卜杜勒,如果他依旧因为那什么什么螃蟹贴着脑袋而显得脑子空空的话——附近就没什么还带着点阳刚气质的人存在了。

过去的一周里,杰瑞米一直处于臭气熏天、郁郁寡欢的闭关状态。确切说来,它处于周期性狂暴,就是那种雄性猛犸象或者大象讨厌、憎恨其他雄性的状态,因为宇宙需求一种明确性,而他在生活中的功能是……唔,除了吼叫和展示攻击性之外,其他功能都被边星和托德沃斯捷足先登了,不过我知道你懂我意思,对吧? 眼下不存在别的小型公猛犸象,而它很清楚自己的敌人是谁。在它去寻找母牛交配之前，它急不可耐地需要展示它的雄性领袖优势。更重要的一点在于，很长一段时间以来，它将某种特别的气味跟敌人这个词联系在了一起——它的敌人闻起来应该有我的味道。可我被黑乎乎的长袍裹了个密不透风，而伊本·割喉刚被我最爱的信息素增强型喷雾给喷了个通透。杰瑞米的缺点可不少，"轻下断言"也是其中之一。

到底有什么念头穿过了杰瑞米那八成都用作目标获取跟发动火力的脑子，我是不太清楚；但它几乎立马做好决定，瞄准了伊本·割喉的"御宝"原本定居的部位。通常而言，长鼻目动物不以滑翔见长，可火星的低重力让杰瑞米表演起了特技飞行，它优雅地、端庄地高挺起獠牙，直直撞向了远志郎的屁股。

"呀嗬，干得漂亮！"我高喊，给了它一个夸奖，而劳拉潇洒地往前迈了两步，提起裙子，优雅地用她最为尖利的资产之一踢中了一号刽子手的额头——她的十厘米细颈高跟可不只是精细的尖钉，还是她镀铬脚踝的物理延伸。

我得承认，当刽子手二号拿斧头转向我，对我龇牙咧嘴时，情况看起来似乎有点儿危险。可我也不是白叫麦克唐纳·铃木这名字的，我也是懂那么一点儿打架的！我将罩袍掀过头顶，让双臂能够自由活动，然后拿托德沃斯的调酒器——他之前为了腾出插槽安装他的授精器，把这东西交给我保管了——对准那个恶棍。"放下斧头！要不我就放倒你！"我咆哮道。

我的威胁毫无作用。那恶棍大步迈向我，又高高扬起了斧头——这时我才惊恐地发现，为了抠动那调酒器，托德沃斯的手指肯定长得十分怪异。不过，就在那巴格达理发师准备修剪我的喉咙之时，一道苗条的黑色身影从他背后凑近，将一罐卑劣的褐色脓液倒在了他头上！他尖叫着，咒骂着，倒在地板上抓挠着自己的眼睛，正好被劳拉踩着弗拉明戈的步子解决了。

冯女士抱歉地清了清喉咙，将空桶放在地板上（艳丽涂绘的地砖模糊起来，涂绘沿着被布拉戈特酒浸泡之处的边缘漂动）。"阁下应该很高兴注意到，有人擅自将游艇停在了后门处，又让陆基防御阵列失效，以便阁下得以离开。不知阁下是计划留在这里迎接爆炸的惊喜，抑或甘愿让这场聚会就此告终？"

我瞥了一眼伊本·割喉，他依旧在杰瑞米无情的攻击下痛苦地扭来扭去；我又看了一眼那俩歇了菜的刽子手。"我觉得不受任何派对欢迎是种奇耻大辱，你们说呢？"劳拉热情洋溢地点点头，跪下来挠杰瑞米的身子。"无论如何，我们走吧。你能好心地朝边星和托德沃斯泼一桶冷水吗？我去把阿卜杜勒给提溜来，然后我们就送他去一家能治疗脊柱螃蟹的诊所，如何？"

"好主意，阁下，我立马就办。"冯女士当即出发，要去打断那俩缺德家伙的情趣了。

我转向依旧在挠杰瑞米痒痒的劳拉。此刻，杰瑞米肚皮朝天，气喘吁吁，而她则扬起一边眉毛。"它不是挺可爱吗？"她称赞道。

"你说是就是吧。不过你得负责带它。"我说道,听起来可能有点儿忘恩负义,"我们赶紧回普客酒庄吧。我真是受够了这些乱七八糟的家伙,只想在更文明的环境里喝上一杯睡前酒。"

"亲爱的!"她热情洋溢地抓着我的裤腰,"我们可以一起看看你那场坠降的回放!"

简而言之,我们实际就是这么做的——但我首先采取了预防措施,把杰瑞米跟一瓶波特酒锁在了我次一等的客房地窟里,还给冯女士放了一晚上的假。

毕竟,两人刚好,三人太乱,对不对?

《躯体与紊乱》作者后记

文字幽默很难,有时候能让人发笑,但更多时候不太行。许多有抱负的脱口秀演员都发现,能让别人发笑是一件令人惊讶的事情。具有讽刺意味的是,好的幽默文字很容易阅读,以至于我们容易被误导,以为写起来很容易。

P.G.伍德豪斯①是最优秀的英语写作者之一,他在两次世界大战之间创作的关于不幸的年轻伯蒂·伍斯特和他长期操劳的管家吉夫斯的社会喜剧已经成为该领域的经典。它们像空气一样轻盈弥漫、容易吸收——这就是为什么我断断续续地花了三年血、汗、泪才挤出《躯体与紊乱》,我对它最大的期望是达到伍德豪斯废稿的水平。

---

①P.G.伍德豪斯(Pelham Grenville Wodehouse,1881—1975),英国幽默小说大师。代表作有《万能管家吉夫斯》,后文提到的两人正是该作品中的人物。

事实上，写出正剧故事相对容易，真正的喜剧故事则很难完成。我希望基于这个宇宙写出一系列故事，但最终我决定砍掉一些剧情，并把它算作《土星的孩子们》的一次试水。

PALIMPSEST
复写本

新鲜的肉

这事永远不会发生：

你会活动着手指，从那个你打算杀掉的年轻人的背后凝望他。他是那位再也不会成为你爷爷之人的父亲。在雪夜中尾随他回家时，你会独自在黑暗中祈求宽恕。

尽管你试着把注意力放到手头工作上，回忆却在不由自主地浮现。他的人生——一切终结之前，呱呱坠地的你与他恰逢其会的那段人生——会从你眼前掠过。你会记起六十多岁时的爷爷，他用皱得好似葡萄干的手握住你青葱的手腕，教你如何把纸飞机扔过水面；你还会回忆起他七十岁时的佝偻模样，穿着那件变得肥大的西装，呆呆地站在奶奶墓旁；最后，他孤零零躺在临终关怀医院的病床上与癌症共眠，呼吸越来越浅，越来越急促。这些都不会是什么美好的回忆。但你也知道他其他的人生故事，因为你已经从父母那里听过了无数次。年轻时的爱情和战时的服役经历就像上个时代的褪色老照片一样遥远。他会在工厂里找到一份好工作，会悄悄爱上一位女孩并娶她为妻，她会在适当的时候为他生三个孩子，而你便是其中一位的后代。爷爷会有一段美好、悠长的人生，活着看到他的五个孙子，见证无数奇迹。而你不得不跟着这个即将成年的毛头小伙子走进征兵办公室，因为你将铭记的那人是他的后代……不过，要么他死，要么你死。

爷爷本可以拥有一段美好的人生。你决不能忘记这一点。这样会让接下来的事情更好办一些。

你会穿过铁轨旁白雪飞溅的灌木和高高的草丛，追着那个永远不会成为你爷爷的年轻人。你穿在身上的植物纤维混纺羊毛衫——你的衣着是完全真实的——会擦伤你的皮肤。到那时，你已经一个星期没洗过澡，也没用热水刮过胡子：你是一个小流氓，一个流浪汉，一个彻头彻尾的混蛋。这就是目击者所看到的，一个穿着脏兮兮的外套、拿着刀的疯狂年轻凶手和他的受害者——后者脆弱不堪，脖子几乎被割断。他的四肢伸展着，好似睡着了。愤怒的警察和关心此事的民众纷纷出动，追捕那个把年轻的、才刚成年的格里从他家人怀抱中夺走的怪物。不过他们找不到你的，因为你会按下那个鹅卵石大小的盒子上的按钮，而斯塔希斯控制中心会打开时间之门，欢迎你加入他们自豪而孤独的行列。

两百年后，你在自己的宿舍里醒来，因恐惧而冒出的恶臭汗水包裹着你,床单像冰冷的胎膜般黏在你的皮肤上。没人会安慰你、拥抱你。母亲慈爱的双手和父亲有力的臂膀将成为你记忆中的幻影,成为回响在你骨头中的幽灵,永远游荡在你记忆的陵墓里。

除了你,将没人记得他们的存在。这一切都是因为你会相信那些招募者,他们告诉你,要加入这个组织就必须杀死你爷爷,而如果你不加入这个组织,你就会死。

(这是一种反裙带关系垄断的措施,他们会告诉你,同时带着些许友好地点点头。这也是在考验你的冷酷和决心。再说了,轮到我们时,我们也是这么做的。)

欢迎来到斯塔希斯,皮尔斯特工!你现在无根无源,是时间流里的一名孤儿。不知从何而来,肩负着通往永恒的使命。而你将会拥有一段辉煌的职业生涯。

黄　石

"你要记住,人类最终会走向灭绝。"魏说道,冷冷地看着缓缓走向河边奴隶站的女人和孩子,"总是如此。一千年也好,十万年也罢,哪怕是二十五万年——都无所谓,人类迟早有一天会灭绝。"他说的是乌雷姆语,这是斯塔希斯之间使用的语言。

"我以为这就是我们在这里的原因?试着阻止人类灭绝?"皮尔

斯问,用的是学生询问导师时使用的敬语。然而,魏自己其实也才到见习的第十二年。这种必要的礼节只是再次提醒他,前面还有很漫长的路要走。

"并不是。"魏举起长矛,用矛根敲打观察岗上又干又硬的泥土,"我们要迁移一些种子群体,数万名吧。但剩下的还是会死。"他转移视线,从奴隶身上挪向了别处,皮尔斯也顺着他的目光望过去。

亮红的天空沿着地平线渐渐黯淡,变成屠宰场地上凝固血液的颜色。距离地平线两千公里外的那座火山已经连续数周都在向平流层喷射着火山灰和气体。每天中午,在那片曾经是扭曲的密西西比河三角洲的荒芜之地,天空总会下起酸雨。

"你来自第一次灭绝纪元之前,对吗?那时候模式还没建立起来。这就是派你来实地考察的原因。你得明白,这种情况总会发生;你得明白我们为什么要这么做。为什么我们要带走野蛮人,让文明人消亡——你得打心底明白才行。"

就像魏,还有在三晚前悄悄清除营地守卫并窃取了他们身份的其他斯塔希斯特工一样,皮尔斯也伪装成了一名边津战士。他涂上战时伪装油彩,戴着铝制臂章,身上尽是战斗的伤痕。他拿着一根长矛,矛尖是人造钻石碎片,是从史前汽车挡风玻璃的深层接缝中挖掘出来的。他甚至裹上了一张边津人的脸,典型的蒙古褶和深色皮肤让他有些深沉严肃。这与皮尔斯本身的白人中产阶级出身截然不同。如果是他爷爷(他回避了这段记忆),宁死都不会装扮成这个模样。

皮尔斯甚至都还不是一名十二年的见习生。他服役还不到四主观年，但已经准备好在监督之下执行任务了，而这次的特殊行动需要的是吃苦耐劳的活人，而非能追溯因果的缜密心思。

五十年前，边津人席卷了当时还是北美洲的东部海岸线。战争从中央地峡的腹地爆发，将他们帝国的纳贡区扩张至后新石器时代游牧民族分散的部落地区。斯塔希斯只知道他们的代号：亚拉巴马亚、佛罗里达亚和阿美利卡亚。边津人一心想要征服新世界，却没意识到，自此番"重新播种"以来，这片土地已经至少被征服过十七次了。他们不明白西方的血色天空和震颤大地的意义，把这一切归咎于部落之神的愤怒。他们不知道这些迹象预示着当前间冰期①时代的结束，也不知道他们的灭绝是即将来临的黄石火山喷发的副作用——那是从第一个出现的人类活动纪元初期计算，每隔六十万年就会发生一次的一系列火山喷发。

边津人没什么深谋远略，尽管他们的君王兼祭司有自己的一套书写记录体系，但他们中的大多数都生活在定义模糊、尚未出现文字且脱离历史的神话世界。他们的时间也不多了。黄石正在苏醒。比起身处其中，即便是斯塔希斯也更倾向于只在这种残酷的地质现象周围做观察工作。

---

① 间冰期，是大冰期中相对温暖的时期。间冰期冰川作用相对变弱，冰盖向高纬度退缩，雪线升高，由于冰体大量消融，冰融水注入海洋，致使海平面上升形成大面积海侵。

"是的,但为什么要带他们走?"皮尔斯冲那群亚拉巴马亚妇女和儿童点点头。这些人默不作声地跋涉着,让恐惧压弯了腰;他们精疲力竭,在抓捕者的矛头下已经走了好几天。敢出头的都死了,外加那些腿脚不利索的。杀掉男人、抓他们这些妇孺去做奴隶的劫掠者骄傲地坐在骆驼上,垂挂在驼鞍旁的敌人头皮晃来晃去,像阴毛做的怪异假发。"边津人或许是野蛮人,但这些人更废物——所以下场更惨。"

魏轻轻摇了摇头,"这里面的成年人都是女性,大多是孕妇。这些都是身强力壮、在行军途中存活下来的人。他们是群居者,惯于依赖土地生活,都待在一处便利的地方。"

皮尔斯意识到自己判断错误,咬了咬牙。"你打算用他们重新播种吗?因为他们人数更少,而且更加原始,更能在荒野中生存下来?"

"是的。为了让重新播种成功,我们需要至少两万具来自尽可能多的不同群体的肉身,即使这样,我们也可能会遇到遗传瓶颈。而他们需要在完全没有文明发展的环境下生存。如果我们把你扔进重新播种区,你可能撑不过一个月。没有批评你的意思,换我也不行。那些战士——"魏再次举起长矛,仿佛在向劫掠者致敬,"需要奴隶、妇女和相应的等级制度才能正常运作。你的矛尖,就是由皇家军械库的奴隶打造的而非战士。你的软皮鞋和衣裤是边津的奴隶缝制的。他们在重新创造文明的道路上走了一半,如果再给他们五千年时间,他们身处遥远未来的后代可能会造出蒸汽机,建立起无处不在的记录机构,将他们的记忆遗留给绝对未来。但对于重新播种来说,他们就像我们一样毫无用处。"

"但他们连半点决定权都没——"

"别动。他们来了。"

最后一批奴隶被赶进入口通道的铁丝网之间,守卫随后把沉重的栅栏挪回原位。劫掠者踢了踢坐骑,让它动起来,然后绕着岗哨周围带刺的一圈竹栅栏不停敲打、戳刺那些奴隶。面对一群向他们冲刺而来的骆驼骑兵,魏和皮尔斯无动于衷地杵在原地。在最后一刻,他们的首领往旁一拉缰绳,他的坐骑打了个响鼻,然后愤怒地用蹄子刨住地面,差点朝魏撞去。

"嗷!"他用边津北方生意人的腔调喊道,"我不记得有你这号人!"

"我是霍克!你他妈是谁?"

魏瞪着骑兵,但这位不速之客放声大笑起来,朝他的驼鞍旁吐了一口唾沫:它落进了泥地里,离魏也挺远的,让他不知道这算不算一种直接的挑衅。

皮尔斯握紧长矛,谨慎地将手指移到藏在矛里的扳机上。在剑拔弩张的两人上空,一只秃鹰般的大鸟正盘旋着,它精准的火力控制系统已经锁定目标。

"我是图什,"骑兵顿了一下说,"是我抓的这些女人!以我父之名抓了她们,以我父之名让她们带着孩子在田里干活!你今天为我父做了什么?"

"我坚守此地,"魏说着托起他的矛,"你们这群混蛋在外寻欢作乐时,我在保护我父的信徒。"

"嚯!"满脸尘土的骑兵咧嘴大笑,举起了右拳,"还有你!"有那么一瞬间,皮尔斯看到了自己被野人开膛破肚的冰冷画面。但出乎意料的是,图什小心地侧身跨了一步,离开了魏、荆棘栅栏和奴隶站。他的脚只是轻轻碰了一下这头骆驼,骆驼抬起头,发出嘶鸣。他离开了时间之门——两天后,疏散小队会来将营地里的囚犯拉走。这些囚犯将在下一次重新播种开始前被关押起来。但是边津人却一个都活不到亲眼看见那一天的时候,毕竟那是未来十万年或更久之后的事了。

或许,他们的骆驼会在令人窒息的、滚烫的火山灰雨中留下足迹,这雨会在明天日落之时席卷整个大陆。或许其中一些脚印会变成化石,这样亚拉巴马亚奴隶的后代就会发现它们,惊叹它们的古老——可万古这种事情,皮尔斯觉得,不过是苟延残喘的可怜替代品罢了。

上课注意听

世界屋脊之上的这一天,天气很晴朗,但有些寒冷。和其他身穿绿袍的学员一样，皮尔斯剃了个光头。他坐在露天院子里的一张矮凳上，等待教学开始。月亮高悬在古老的石堤和图书馆的通天螺旋尖塔之上，向皮尔斯露出她镰刀般的面颊，仿佛在提醒他已经走了多远。

"下午好，尊敬的同学们。"

训练营坐落在地中海阿尔卑斯山脉低矮山峰之间的山谷中。在这个纪元，阿尔卑斯山耸立在撒哈拉盆地郁郁葱葱的低地上，比久经风霜的喜马拉雅山顶的树桩还要高。

"下午好，尊敬的亚罗学者。"十几名六年级的学生齐声喊道。

就像曾经的日语一样，乌雷姆语非常注重讲话者和听众的相对地位。与斯塔希斯打交道的许多文化在性别、社会地位和等级标志方面十分敏感，所以乌雷姆语的设计者在该语言中加入了词尾变化来反映这些情形。新人须对这些形式勤加练习，因为熟练掌握乌雷姆语对他们的未来非常重要——而他们的母语都不是乌雷姆语。

"我今天要给你们讲解的是人类历史的结构以及我们可能与之互动的方式。"

尊贵的学者亚罗，年龄不详：她身着黑袍，头发上笼罩着一层薄薄的金色光芒，年龄可能在三十岁到三百岁之间；鉴于斯塔希斯为他们提供的表观遗传改造，后者更有可能——但肯定不到三千岁。几百年履职造成的消耗终究是留下了痕迹。亚罗落到皮尔斯身上的目光十分清澈，她的眼睛和遥远的地平线一样湛蓝。这是她第一次给皮尔斯的班级讲课——这并不奇怪，因为学院导师众多，且毕业之路漫长到足以让最严于律己的人都不堪重负。据他所知，她是所谓的"大局"方面的专家。他并没有提前去当地图书馆查她。（根据他的经验，以开放的心态来学习这些课程通常会更好。而且无论如何，学生也只能零星地接触到一些他们前辈的记录罢了。）

"作为一个物种，我们非常不稳定。容易陷入马尔萨斯陷阱[1]和自我毁灭的战争。这一明显的弱点也是我们的优势——当我们沦为残存的几千个无知的原始狩猎人时，我们可以在短短几个世纪内扩张并开垦一个星球，并在几千年内创建高度发达的文明。

"让我告诉你们一些数据。在我们可以接触到的二百五十万个纪元中——每个纪元持续一百万年——我们将实现近两千一百万次初始人口的重新播种，其平均灭绝期为六万九千年。每次重新播种平均产生十一点六个跨星球帝国，三十二个大陆帝国，超过九百六十种至少一百万人使用的语言，总人口为一万七千亿。在这颗行星的整个生命周期中——它已经被头顶上你每晚都能看到的宇宙工程学项目大大延长了——我们有将近两千万兆人。我们不仅仅是一个军团，我们的数量可以与当今可观测的星星的数量相媲美。

"我们的物种繁多。在我们漫长的历史长河中，从我们第一次繁盛时建立的第一个监控帝国开始，我们就致力于永久保存与我们

---

[1] 人口增长是按照几何级数增长的，而生存资源仅仅是按照算术级数增长的，多增加的人口总是要以某种方式被消灭掉，人口不能超出相应的农业发展水平。这个理论就被人称为"马尔萨斯陷阱"。

有关的一切记录——除了那些绝对未曾发生的事。"

皮尔斯盯着亚罗的嘴唇。她说话的时候嘴唇会微微翘起，好似她的话语带了些许苦涩的味道——抑或是她在压抑一种情不自禁的幽默，试图在课堂上维持她的威严和庄重。她的嘴大而性感，唇色淡得出奇，好像在等待他人触碰带来的一丝温暖。尽管受过训练，皮尔斯还是和其他二十多岁的男性一样容易分心，就算尽可能集中注意力，但他还是很难听进去她的话——他来自一个充斥着超文本链接和视频课程的时代，这些古老的线性教程让他的注意力备受挑战。她身上的禁欲气息激发了他的想象力，感官在白日梦中绽放，她充满玩味的嘴唇，外加说话时抑扬顿挫的调子，在他脑海中如火焰般燃烧。

"正如第一次灭绝的受害者走过的荆棘之路那样，不受控的文明是一种终极消耗状态。我们保留了他们完整的历史，以便铭记我们的起源，并研究他们的历史以为鉴。在座的有些人就是从那个时代过来的。在其他纪元，我们努力防止因疯狂工业化导致资源枯竭，压制有竞争力的人工智能，并避免因尝试殖民其他星系造成毫无意义的资源消耗。通过管理这颗行星的资源，操控它的恒星和邻近的行星，最大限度延长其宜居时间，我们可以实现斯塔希斯体系，让人类寿命千倍于未经改造的太阳，让每一个曾经存在的人类生命都能被记住。"

亚罗陈述的事实和数据像温暖的糖浆一样从皮尔斯眼前流过。

他几乎没注意这些内容，而是专注于她的语调，她说每一个字时脸颊的细微抽动，以及她呼吸时胸部的起伏。她具有不可思议的吸引力：一个清教徒式的性感偶像，禁欲而不自知，充满了魅力却无法触碰。他知道这愚蠢至极，但出于一些说不清道不明的细微缘故，他发现她令人莫名兴奋。

"若非我们一直掌控着时间之门，这一切都是不可能的。你们已经掌握了相关的基础要领，然而你们可能没有意识到的是，它是一种独一无二的、容易耗尽的资源。时间之门允许我们打开虫洞，连接四维时空的两个开口。但不相容原理阻止了两个这样的开口在时间上的重叠。撕扯和分裂的时间各是七毫秒，与我们掌控的万亿年时间相比，这似乎是一个很小的增量。但是，当你把一段感兴趣的时间切割成十四毫秒的组块，这段时间会很快耗尽。每一个这样的时间跨度，我们只能触及一次，它与我们选择的另一个地点和时间相连。

"因此，斯塔希斯控制区在我们整个历史中理论上可以获得 5.6×10^{21} 个接入口——而我们人类军团的数量非常接近，总共有 2×10^{19} 这么多。在所有可用的接入口中，大部分用来保存数据，并将记录的人类历史的全部内容传送给图书馆——有96%的人类生活在监控无孔不入的年代，或是拥有个人生活日志记录技术的年代，这让保留绝对历史成为可能。毫无疑问，我们要将他们的生命线进行存档。只有斯塔希斯刚刚拉开历史的序幕，以及文明完全崩塌和重新播种的时期,才没有被详尽地监控记载。

"更糟糕的是,在实操中,可用于传输的接入口还要少得多。因为,作为一个物种,我们不具备在不到1秒的时间内做出反应的能力。延续7毫秒的时间之门比通常用于传输的门所持续的时间短一个数量级。

"我们不敢用时间之门进行迭代计算,也不敢用它在各个纪元之间打开永久性的同步连接。虽然理论上我们可以用它启用一艘超光速星际飞船,但那会造成非常可怕的浪费。所以,我们只能用转瞬即逝的虫洞来连接感兴趣的时间片段。不得不说:分配给时间交通的资源很稀少,因为——"

亚罗停顿了一下,扫了一眼她的听众。皮尔斯在凳子上稍稍动了动,裤裆越绷越紧,让他的注意力很难集中。她的目光在他身上停留了很长时间,似乎感觉到了他的心不在焉——她嘴角隐约露出一丝不易察觉的愉悦,吓得他背脊发抖。她张开嘴,这让他意识到,她要开始课堂提问了。"同学们,时间之门的哪些应用方式因接入口的延迟周期而被禁止了? 有人知道吗? 皮尔斯同学? 你来说说看?"她直视着他,充满期待。她脸上保持着微笑,眼神却很冷。

"我,嗯,我不——"皮尔斯挣扎着说不出话来。他从感性愉悦的白日梦中被拖回到尴尬的现实,"延迟周期?"

"你不什么?"尊敬的亚罗学者扬起眉毛,对他的慌乱视而不见,"当然了,皮尔斯同学。你不知道。这一直是一个让你困扰的弱点:

你很容易分心。过盛的好奇心,对你没好处。"她的笑容终于消失了,冷意在她眼睛周围蔓延开来。"下课后到我办公室来。"她说着,然后把注意力转回到班上其他同学身上,"我确实希望你们的注意力能更加集中——"

皮尔斯陷入了一种尴尬的错乱,亚罗接下来的讲课内容从他脑中不留痕迹地溜走了。她谈到了深层时间,谈到了像萨拉米香肠切片般的大陆板块漂移和大陆重新形成的光景,还谈到了数百万年的星体提升和数十亿年毫无生机的冰河期——在此期间,地球偏离了它的天体轨道,在进行某些必要的结构重组时远离了太阳。她很了解我,他有些病态地想,同时看着她苍白的嘴唇吐出毫无意义又意味着一切的话语。她以前见过我。这些事曾经发生在斯塔希斯,正式的礼仪规矩只是有意为之的铺垫,以打破这种与自身未来的影响相碰撞带来的震撼心灵的冲击。讲座在学生的鞠躬和离场中结束。皮尔斯困惑地发现自己正站在学者面前,站在世界屋脊之上,月亮之下。她美丽绝伦,这让他更加羞愧难当。

"尊敬的学者,我不知道该如何解释,我——"

"安静。"亚伦竖起食指碰了碰他的嘴唇。她的气味溢满他的鼻腔,是一阵奇特的花香。"我告诉过你下课来我办公室。你会来吗?"

皮尔斯目瞪口呆地看着她,"但尊敬的学者,我——"

"——差点忘了,作为你的导师,我有权查阅你的图书馆记录。"她不露声色地笑了笑,"但我不需要这么做:很多年前,你——未来的你自己——告诉了我你为什么分心。我们之间有段挺长的渊源。"她仅有的一点儿幽默像热风下的薄雾一样消散殆尽,"你现在愿意跟我去办公室吗?而不是让我们的生活不再有交集?"

"可是我——"他第一次注意到,她用的是敬语形式的"你",这是最亲密、最私人的称呼,"你说的'我们的生活'是什么意思?"

她开始朝通往北院的台阶走去。"我们的生活?"他在她身后叫喊道,对于自己任人摆布这一点有些愤怒,声音变得很尖锐。"你说的'我们的生活'到底是什么意思?"她回头看了他一眼,脸上的表情有些不寻常——几乎有些伤感。"如果不放下你的傲慢,你永远不会懂的,不是吗?"然后她回过头,看了看眼前两百级毫无生气、危机四伏的石阶,开始往山腰走去。她的步履稳健而庄重,像极了那些拒绝稚嫩爱情和虚假回忆的女人。

他望着她渐行渐远的背影,杵在原地将近一分钟,直到受伤的自尊让步,他才跑着追了上去。他不顾一切地在石阶上跌跌撞撞地跑着,不顾一切地想要发现自己的未来。

侵改历史

快乐帝国

他们会热烈欢迎你,仿佛你是王子中的王子;他们会无比崇拜你,就好像你是众神之神。他们会擦去你额上的汗珠,掸去你脚上的尘土,他们会为你献上儿女和葡萄庄园里的美酒。他们的世界只为取悦天国的天使而存在。而我们允许你跻身我们的崇拜者之中,享有神明创造之肉身的一切权利与荣誉。

他们会为你送上美酒和罂粟般甜蜜的梦幻果实。他们会为你穿上用绸缎和黄金做的衣服,赤身裸体地匍匐在你脚下,在你的每一个奇思妙想前卑躬屈膝。他们是由斯塔希斯的尊主建造的快乐帝国的子民,尊主建造帝国以恩惠忠诚的仆人。他们的荣誉和责任就是服从你,穷尽他们在地球上的每一天和一生,以你所希望的方式展示他们对你的爱。你将成为他们其中的一员,住在条纹大理石砌筑的宫殿里,被愉悦喜乐的花园所包围,惬意满足,一无所求。

你享乐的日子有一千零一天,你的情人也会有一千零一个,随你高兴。你的快乐无穷无尽,你未来的派对也不计其数。直到肉体和心灵的快乐变得苍白,无尽且奢侈的新奇感成为你灵魂的负担时,你才需要离开。那时,只有到那时,你才会向往那份赋予生命意义的责任,并充满干劲。你会带着心灵的平静和热情回到工作岗位。你的同事会在工作之余对你的热忱惊讶不已:因为尽管你在快乐帝国待了一个世纪之久,但你在这里的缺勤也不过是眨眼一瞬的事。你是斯塔希斯忠实的仆人——只要你愿意,你可以随时回到天国,因为我们希望你能快乐地工作。

复写本伏击

自从黄石火山的爆发灭绝了边津人和墨西哥湾沿岸的狩猎部落,时间已经过去近十万年。新一轮的重新播种已经有一万两千年的历史,文明又在地球上生根发芽,像一株寄生的藤蔓一样,狂热地蔓延开来。当下正处于扩张主义–重商主义阶段,分散的城邦和朝贡帝国逐渐联合起来,走向试探性的启蒙。最终,他们会拾回电子技术,并随着无处不在的监控项目的建立,再度攀上真正文明的高峰。看着繁华的城市和悬挂白帆的贸易船只，没有人能想到，建造这一切的人除了荣耀加身还能如何。

皮尔斯在卡内格拉沿着钱德勒街一条歪歪扭扭、铺满鹅卵石的小路蹒跚前行，装出醉醺醺的样子，努力融入身边的风景。刚从伊普索利安联盟的船只上下船的水手在这里并不少见，自然就可以解释他那不算流利的依玛格拉语——当地克里奥尔人的语言。这是另一项训练任务——由于接受了六年的个人培训且植入了斯塔希斯的通信设备，皮尔斯如今多多少少能独立行事了。他受了委托，要在没有监督人的情况下完成一项对于见习特工来说还算安全的任务。

"在科尔斯日的第三个小时，前往马格雷福路的红鸭子酒馆。先吃解毒剂，再喝点儿啤酒。你要在那里作为一级观察员和零级撤退诱饵，掩护我们另一名特工撤离。会有一场打斗，你要做好保护好自己的万全准备。但记住，你始终是一名醉醺醺的水手，所以在事态爆发前，你得看起来像个水手。一旦你的目标安全撤退，你就可以走了。如果事态升级到不可控的地步，向我报告，我来解决。"

这项任务的内容简单明了，尽管皮尔斯通常不会被分配到卡内格拉，或者这个纪元的任何地方执行任务。无缝融入异族文化的训练是非常困难的，所以斯塔希斯特工通常在他们的家乡或者附近地区工作，他们所在的地方知识最为有用。事实上，两个月的全日制学习已经让他有足够的背景知识，能在一个离再度发明电报还有三世纪之遥的群岛社会伪装成一名外国水手。这是一项个体化测试，脑海里的警报让他神经质地抖了一下，仿佛猛灌了一杯马黛茶。行动分析部的上级会观察他的表现，判断他的随机应变能力。他决定全力以赴。

他艰苦训练了整整两个月，包括对语言和文化的学习，以及实地演练——所有这一切只为在卡内格拉实地的六个小时。而他之所以确定这是一次测试，是因为在他询问是替谁打掩护时，主管哈尔克转移了话题。

马格雷福路是一条鹅卵石铺成的小巷，每隔几米就有一级台阶，以适应山坡的坡度。两旁是一间又一间的单层竹屋店面，有卖鱼的和卖杂货的。皮尔斯摇摇晃晃地绕过日常采买鲜鱼的仆从、运水工、果蔬贩子和乞丐，躲过米商驮满麻袋的一长列单峰骆驼，避开了两名神学院来的黑袍学者。四散在山坡两侧的一堆神学院，像极了年迈牧师头顶稀疏的头发。岸边的旗帜在微风中飘扬。他去的那家酒馆的屋檐下，纸骷髅灯的抛光玻璃眼正跳动着用来驱赶恶灵的艳俗光亮。

红鸭子酒馆被漆成和它名字一样的颜色。皮尔斯弓着腰，在低矮的遮阳棚下面的黑暗中小心翼翼地摸索着，带着泛泪的双眼，总算摸进了后院。这个时间点，院子里空空落落的，因为酒馆主要还是靠售卖吃食营生。忍冬的香味笼罩着整座院子，一旁的木槿花丛红得耀眼。皮尔斯在后墙附近的一张长椅上坐定，从那里可以清晰地看到入口和厕所，还能不露声色地观察其他客人，不过要谨慎避免目光接触。即便只坐了一半的客人，酒馆老板的年轻儿子也待在院子里（走来走去给客人倒酒）。院子里坐着，四名大概是真喝醉了的水手；三个穿制服的学员仆从；几位衣着艳丽的女人正在和水手调笑，动作大胆又内行；还有三位披着斗篷的朝圣者，他们来自曾经的卡斯卡迪亚高地——估计是来南部地区拜访圣地和参加圣浴的。至少，粗看上去是这样。

一位只有皮尔斯手肘高的伙计凑到他身旁，询问他要点的吃食和饮品。"上啤酒，"皮尔斯努力大着舌头说道，"上好啤酒，淡的，值两枚硬币的。"伙计消失了一阵，带回来满满一石杯的常温啤酒，闻着有股淡淡的香蕉味。"好，很好。"皮尔斯笨拙地摸索着零钱，像是醉糊涂了。他递给那孩子两枚发黑的硬币——都装有射频收发器，会发出信号告诉他的联系人，他们并不是在孤军奋战。

皮尔斯满心期待地把杯子举到嘴边，通信器却突然响了。一种不安的感觉涌上心头，太不寻常了。要不是皮尔斯训练有素，铃声响起的一瞬间他可能就会跳起来。他一边扫视着这座啤酒花园，一边举起酒杯挡住嘴。一群身着黑袍的"乌鸦"——神学院学徒——蜂拥而至，正在门廊处吵吵嚷嚷地排队点酒；一名水手趴在桌上，他的同伴试图叫醒他；一位红衣女工正朝后墙走去，哼着不着调的小曲。

太好了,他想,脸上闪过一丝得意的神情。

皮尔斯胃部一阵痉挛,摸索着通信器。另一名斯塔希斯特工也感觉到通信器的震动和嗡嗡声,声音就像一只愤怒的小黄蜂——果然,就在他的注视下,那个红衣女人突然环视四周,目光停留在他身上时,皮尔斯又是一阵抽搐——这次是不由自主的,好像有一种似曾相识的感觉。不可能,他立马意识到,她不可能参与这样的外勤行动!

红衣女子转身过来,侧身走向他,和他进行无声交流,"你是掩护我的人,对吗?我们快离开这里,情况越来越糟了。"

皮尔斯站起身,"亚罗?"他问道。那个试图叫醒朋友的水手开始拖拽他的肩膀。

"怎么了?听着,你的撤离计划是什么?"她听起来有些焦躁不安。

"但——"他僵住了,胃又开始痉挛。她不认识我,他意识到。"抱歉。如果我引开他们,你能翻过墙吗?"他说道,心脏怦怦直跳。他已经有三年没见过她了。她像一列失控的火车般闯入他的生活,然后又如来时一般突然消失,留下一张潦草的纸条,说被控制中心招去了,最后还留了一幅速写的炭笔素描画。

"我觉得可以,但有两个——"水手站起来,语无伦次地对她咆哮,这时皮尔斯的通信器又响了。"那是谁?"她问。

"五秒后硬接触!"另一名特工说道,不知道那是谁,但声音听起来很急迫,"别过来。"

水手又喊了一声,这次皮尔斯听明白了,"凶手!"水手爬过桌子,抽出一把长长的弯刀,向前走去。

"到我后面去。"皮尔斯站在亚罗和水手之间,他的思绪一片混乱:这太蠢了。她做了什么? 还有谁在这儿? 他在呼叫主管哈尔克的同时,控制着现场局面。"冷静,"他用结结巴巴的卡内格拉语说,"要喝酒吗,我的朋友?"

在愤怒的水手身后,神学院的学生都站起了身,分散开来彼此呼唤着,黑色的长袍也随之晃来荡去。亚罗退到他身后——不可思议的是,他的通信器突然再次响了起来,第四次了。这儿的特工太多了。"发生了什么?"哈尔克问。

"我猜是复写本。"皮尔斯勉强回复道。就像一张被擦干净后重复使用的墨迹斑斑的羊皮纸,一段被多次重写的历史。他举起双手,对水手说:"你想要。东西。钱?"

那个发出警示的第三个特工喊道:"放弃任务,立刻!"

皮尔斯倒了下去,好像是什么东西,什么人——亚罗? ——抓住他的肩膀,把他推向一旁。

其中一个学生拉开了长袍。袍子从他肩膀滑落,淌出一片五彩斑斓的流动液体,像熔化的玻璃般沿着大致的人体轮廓翻涌、荡漾。袍子的上缘在穿着者的脖子和下巴处膨胀,他向前迈步从黑色学者袍里走出来时,它向上隆起,吞噬了他的脑袋。

水手高举着刀,刀尖向下对着皮尔斯,向他逼近。皮尔斯的注意力越来越集中,他稳住了自己,没有跌倒,准备滑出袖子里的伸缩棒并扣动扳机——

一声震耳欲聋的枪响打破了傍晚的宁静。水手的头颅消失在一片深红色的薄雾中,血滴飞溅到皮尔斯脸上。尸身晃悠着,如麻袋一般瘫倒在地。皮尔斯左手推搡着往后退,一边眨着眼想蹭掉眼睛上的血雾,有人——是亚罗吗?——在他身后大声喊叫。

学生的长袍好像拥有了生命。它伸缩着立了起来,像一道邪恶的影子杵在主人身后,这坨行走的人形水团转过身,冲着屋顶举起一只手。一阵阵尖叫在它身后响起,其中一名神学院学生非常不明智地伸手抓袍子,接着便抽搐着倒下了。

"卧倒!"是第三个特工的声音,"装死。"

"我的膝盖——"

皮尔斯斜眼瞥向亚罗,看到她一脸恐惧;他突然意识到什么,不禁打了个寒战。"我来做诱饵。"他发送信息。然后,他脑子里的计划异常清晰起来。他滚向一边,向酒馆里面爬去。

接下来的三秒里发生了几件事:

首先,一个直径两米的蓝绿色圆圈突然打开,盘旋在啤酒花园的后墙前。一群巨型大黄蜂从圆圈里冲出来,大部分都飞向在出口处惊慌失措地挤成一团的学生:其中两只转身径直冲向了阳台。

接着,一阵闪电般明亮的火花,在水团人举起的手和天花板之间跳跃。

最后,什么东西狠狠地砸上了皮尔斯的胸口。他惊讶地发现,自己的手脚似乎都罢工了。

"有特工受伤。"有人示意道。对他来说,这似乎应该是他能理解的事,但他的知觉却在愤怒的大黄蜂的嗡嗡声中迅速消退,眼前的色彩逐渐变得黯淡无光。然后是一阵冗长的静谧。

内务部

"你知道有谁想干掉你吗,见习特工?"双手紧扣的内务部调查员俯身凑到皮尔斯跟前,让皮尔斯联想到饥饿的螳螂。他的耳朵(皮尔斯不禁注意到)很打眼,而且还是粉色的,像雷达的碟形天线一样装饰在消瘦脸颊的两侧。他装扮成弗兰茨·卡夫卡①的模样,如果不是在直接侮辱,肯定也是一种讽刺。或者,也可能是内务部的人不想被认出来。

皮尔斯无力地笑了笑。结果是可以预见的:发作的咳嗽平息下来。视野又变得清晰时,他摇了摇头。

"真可惜。"卡夫卡微微向后摇晃着,缩起肩膀,"这本可以让事情变得简单些。"

---

① 弗兰兹·卡夫卡(Franz Kafka, 1883—1924),奥地利作家,代表作有《变形记》《城堡》等。

皮尔斯冒险提了个问题,"图书馆有什么记录吗?"

卡夫卡吸了吸鼻子,"当然没有。不管是谁设下的这个陷阱,都知道在开始杀人前将复写本擦干净。"

所以,这一段是复写本。皮尔斯隐隐感到被欺骗了,"他们先暗杀了自己? 为了从时间序列中删除证据?"

"你死三次了,见习特工,还没算上你现在这条命。"他指了指覆盖在皮尔斯胸腔一侧辅助心脏的水蛭敷料。它有节奏地搏动着,在他肋骨间的新心脏发育成熟之前负责供血。"亚罗特工死了两次。阿里扎德少校的报告指出,他不得不调用玛杰尔控制中心来控制复写本的扩张。有人——"卡夫卡再次靠向皮尔斯,令人不安的黑色双眼死死盯着他的脸,"在不遗余力地反复杀你。"

"呃。"皮尔斯盯着病房天花板,上面雕刻的石膏小天使手里攥着丰饶的花果和谷穗,和好色的萨特一同嬉戏着。

"我觉得你应该想知道为什么。"

"不。读了你在图书馆分支的档案后,我发现原因有很多,我想知道的是,为什么是现在?"卡夫卡笑起来嘴咧得很宽,仿佛他那令人惊恐的、有些失控的脑袋快要从下颌骨上掉下来了。"你还在受训,是个菜鸟。这个时候找你茬可真有意思,你不觉得吗?"

恐惧让皮尔斯有些紧张,"如果你看过我在图书馆的记录,你肯定知道我非常忠诚……"

"别慌。"卡夫卡做了一个安抚的手势,"我不清楚这种事,图书馆可不能告诉我你脑袋里在想什么。但没人怀疑你企图暗杀你自己。我所知道的是,到目前为止,你的职业生涯相当平淡。图书馆的分支和其他复写本一样容易被覆盖,但我们或许可以通过找寻你的记忆和本地记录的历史版本之间的不一致来推断攻击你的人。"

皮尔斯躺下来,有些筋疲力尽。我没被怀疑。"那我会如何?"他问。

卡夫卡的笑容消失了,"不如何,暂时……你可以悠闲地养病,而且你迟早会搞明白,到底什么东西对我们的敌人如此重要,以至于想要干掉你。有头绪的话,请给我打电话,我将不胜感激。"他站起身准备离开,"你我迟早会再见的。同时呢,记好了,你已经引起了大人物的注意。把它当成是好事吧——要好好利用它。"

卡夫卡离开三天后——毫无疑问是被内务部召回,陷入了无休止的磋商深渊——皮尔斯迎来另一名来访者。

"我是来谢谢你的。"她支支吾吾地说,"你不需要那么做,我是说当诱饵。我非常感激。"

这听起来像一段事先准备好的台词,皮尔斯并不介意。她看起来很年轻,即便穿着特工的制服,仍然赏心悦目。"如果我什么都不做,你会死掉的,"他解释道,"我是你的后援,让你这个主力死掉不太好,而且这是我欠你的。"

"你欠我?但我们之前没见过!在我的图书馆档案中没有关于你的记录。"她睁大眼睛。

"我见过年纪更大些的你。"他温和地说。尽管斯塔希斯保存着每个人的档案，但特工只被允许查看——以及批注——他们自己过去的细节。停顿一阵后，他承认道："我很希望我们能在某个时候再见面。"

"可是我——"她有些犹豫，然后眯起眼盯着他，"我不是单身，我有对象。"

"有意思，她可没告诉我这个。"他闭了闭眼。

"不过她说我们有过一段曾经。在第一次见面时，我就告诉她，她的第一只宠物——一只叫克洛伊的猫——死于野狗的嘴下。"皮尔斯睁开眼，望着巴洛克式的天花板，"我很抱歉说了这些，亚——我尊敬的同事。我不知道你已经有了对象，请原谅我，那颗无端悸动的心。"

几秒沉默后，他听到一阵震惊、不和谐的咯咯笑声。

"我知道通常如此悸动是一箭穿心造成的结果。"他补充道。

她好不容易收住笑，能说出话时，摇了摇头，"我很诚恳，见习特工——皮尔斯？——穿心^①？噢，老天爷！"这次，尽管脸上泛出一丝笑意，她还是努力维持住了自己的尊严。"我很抱歉，如果我——我不是存心怀疑你。但你得明白，就算你认识我，可我却从未见过你，不是吗？"

"我确实也在思考这件事。"水蛭贴着他的胸口温暖地跳动着，

---

① 原文是pierced，与皮尔斯名字Pierce相似。

通过主动脉分流处喷涌出血液，"如你所见，现在的我不仅没有心，还手无缚鸡之力。哪怕再过十天，没有人搀扶的话我也下不了床。你不用害怕我会纠缠你。我仅仅想自我介绍一下，并让你知道——就像她当初对我所做的那样——总有一天，我们可以拥有一段曾经，如果你愿意的话。但显然不是现在。"

"但显然不是——"她站起身，"这不是我所期望的。"

"也不是我所期望的，"他苦笑了一下，"从来都不是，对吗?"

她在门口站定，"我不是说彻底没戏，见习特工。但显然现在不行。别的时间段吧……或许，等我们真的再见面了，再来操心这个问题。让历史再等等吧。另外，谢谢你在某些时间段救了我的命! 这一点上你做得很好，尤其你还只是一名学员。"

权力集团

《太阳系或然简史:第一部分》

已经发生的事:

幻灯片 1.

我们的太阳系还处于胚胎阶段。一圈巨大的气体和尘埃包围、遮罩着一颗新生的恒星。它只不过是一个快速旋转、不断增厚的物质结,正迅速将更多的质量吸入其日益深邃的引力井中。伴随着引力坍缩释放的热量,太阳已开始发出炙热的红光,直到……

幻灯片 2.

点燃！胚胎恒星核心的压力和温度已经上升得如此之高，乃至漂浮在简并①夸克-胶子汤②中的氢原子相互碰撞。复合反应随之发生，迅速释放出伽马射线和中微子，核心开始升温。首先是氘，随后普通的氢原子开始聚变。一束核火焰耀斑穿过恒星的内层。伽马射线脉冲需要一百万年才能穿透简并氢原子封闭的覆盖层，但中微子脉冲的出现，预示着一颗新星诞生了。

幻灯片 3.

一百万年过去，太阳变得更加明亮，旋转的气体和尘埃云开始分化。在凝结线之外、冰粒子可以增长的地方，一团翻滚着的肮脏的冰结正在形成，就像之前的太阳一样，它贪婪地吸食着尘埃和气

①简并（degeneracy，英文degeneracy具有多种含义）在物理学、生物学等领域有不同解释。例如在量子力学中，原子中的电子，由其能量确定的同一能级状态，可以有两种不同自旋量子数的状态，该能级状态是两种不同的自旋状态的简并态。

②夸克-胶子汤是2010年布克海文国家实验室的相对论重离子对撞机获得的一项重大成就。2010年2月科学家宣布，他们已经制成"夸克-胶子汤"，这里的质子和中子的基本组成成分已经分解成夸克和胶子。利用金原子在这个对撞机里进行极其猛烈的撞击，才能达到生成夸克-胶子汤所需的温度——大约7万亿华氏度（4万亿摄氏度）。这些环境比太阳中心热25万倍，跟宇宙刚刚诞生后出现的高温环境非常类似。这是地球上生成的温度最高的环境。

体,变得越来越大。当它大到穿透这团气体云时,会向外喷出雾尘。与此同时,在恒星和胚胎木星引力井之间的平衡点上,其他的尘埃结正在形成……

幻灯片 4.

距太阳被点燃已过去了十亿年。气体和尘埃所形成的星球温床被一队新形成的行星清扫一空。曾有过一些纷争——在海王星向外迁移后期引发的三亿年的大撞击期间,所有行星的表面都发生了改变——但现在这个行星系已经转为长期稳定的状态。火星这颗沙漠行星正在经历它第一个温暖、潮湿的间歇期;在金星的高温(还没有到炽热)大气层中仍然有水的痕迹;地球是一个被寒冷的氮和甲烷笼罩的、上面只有远古的紫色细菌的奇妙星球,它的一昼夜只有七个小时广阔的海洋被年轻的月球拖起的百米潮汐所搅动,而围绕着它的月球每二十四小时多一点儿会完成一次公转。

幻灯片 5.

又过去了三十亿年。太阳系即将完成十六次绕银河系核心的轨道运行,现在距离孕育它的星球苗圃有着难以想象的遥远距离。火星早已干涸,而偶尔喷发的火山会周期性地将整个行星包裹在云层里;金星变得更热;地球正在发生一些奇怪的变化。月亮飘移得离主星越来越远,地球的潮汐平息了。与此同时,大气层呈现出一种奇怪的淡蓝色,这显然是被有毒的氧气雾污染的迹象。在冰盖的覆盖下占据着南大洋的罗迪尼亚①大陆已经分崩离析,泛大洋②和泛非洋③的浅海正孕育着数量惊人的多细胞生命。

幻灯片 6.

六亿五千万年后的地球上,新大陆的轮廓宛如霓虹王冠,在黑夜里闪闪发光。发出的无线电波长如恒星的光芒般响亮,有意识地向天空发出呼喊的轰鸣声。

在幻灯片5和6之间的时间里,有五个主要的纪元被不同科的陆地脊椎动物主导。地球上的所有煤和石油储藏都形成于这个时期。不同科的动物至少有四次发展出飞行技能,而大气层的氧分压从4%上升至远超16%。最后的最后,一种奇怪的两足无尾杂食性动物出现在非洲平原——大脑因氧气和唾手可得的现有糖分混合物而增强——以地质学时间尺度来算的一眨眼间,这种动物迸发出

① 古代地球曾经存在的超大陆。根据板块重构,罗迪尼亚大陆存在于新元古代(11.5亿到7亿年前)。

② 又译泛古洋、盘古大洋,在希腊文中意为"所有的海洋",是个史前巨型海洋,存在于古生代到中生代早期,环绕着盘古大陆。

③ 存在于理论中的大型史前海洋,环绕着潘诺西亚大陆。泛非洋可能在罗迪尼亚大陆分裂以前就已经存在。

了智慧感官能力。

而这是不会发生的：

幻灯片 7.

地球上的大陆将不再被智慧的余光照亮，而是漂移变化成奇怪的新结构。在第六次大灭绝的两亿五千万年后，分散的大陆板块将会重新聚合为一块单一的近赤道超级大陆——终极盘古大陆，只剩下曾经的南极洲和澳大利亚大陆的连体陆地在南大洋里漂流。随着太阳光变得越来越亮，地球的青翠平原也会被随之照亮；海洋藻类的大量繁殖导致大气中的氧气浓度接近25%，闪电引发的野火在内陆地区肆虐。这将是一个以植物快速生长为特征的纪元，但很少有动物形态的生物能在陆地上生存——迟暮的地球上充斥着令人头晕目眩的空气，即使浸过水的肉也会自行燃烧。而太阳依旧明亮夺目……

幻灯片 8.

七亿五千万年后，明亮的太阳将照射在云层萦绕的古老大陆上，风化和侵蚀暴露了大陆的基岩。甚至连植物都放弃了这片土地，因为赤道白天的温度无比危险，已接近水的沸点。那里仅有的生命会退缩到海洋深处,避开灼热的紫外线——它会分裂大气层上层中的水分子。但这一点无法避免:随着电离层中释放的氢气被太阳风吹入太空,海洋本身也在慢慢酸化和蒸发。一场失控的温室效应正在进行,再过十亿年,地球就会像金星一样如地狱般炙热。

幻灯片 9.

地球的智慧生命短暂存在的四十二亿年,也就是宇宙一眨眼的瞬间,这颗星球便大势已去。死气沉沉的地球独自绕着轨道运行,而它的卫星变成了一颗独立的行星,在越来越不稳定的椭圆轨道中围绕太阳游荡。在岩石被烘烤产生的二氧化碳大气下,地球发出暗红色的光,没有任何迹象表明这个世界曾孕育过生命。而它所环绕的太阳,一个面色阴郁的红色怪物,它的氢元素即将耗尽。很快它就会膨胀,开始吞噬内行星。

但更大规模的事件将使地球免于这种厄运。数十亿年来,这颗恒星所处的星系一直与另一个大星群M31,即仙女座星系交汇。眼下,螺旋状的星云正在相互穿透、相互坠落。而随着星系的碰撞,太阳将面临一段颠簸的旅程。一个由红矮星组成的双星系统正以每秒五百公里的速度向太阳系靠近,它们将在距离太阳不到五亿公里的地方路过。以宇宙的尺度来看,可谓擦肩而过:在这个过程中,它们将对太阳系的整体布局造成严重破坏。木星将被拖近太阳几百万公里,进入一个不稳定的椭圆轨道,在几千年里,它会破坏其他所有行星的稳定。月亮先行背离轨道,被弹射出黄道平面。地球,作为剩余行星中质量最大的那颗,会在曾经的金星和土星之间的轨道上游荡五百万年,最终经过木星,飘向永恒的黑夜。它那残破的大气层碎片会在干冰的包裹中凝结冷冻。

缓慢康复

皮尔斯将继续享受整整一年的正式疗养假期。他的心脏被一颗穿甲弹撕得四分五裂,要彻底恢复健康并非易事:这需要修复周围损伤,在原来的地方长出一个新的器官。幸运的是,致命的枪击发生在一段可多次复写的伏击中,该伏击最终被玛杰尔控制中心用过去极度超越时代的武器强行阻止了,然后在皮尔斯牺牲前派人将他血流不止的残躯从时间之门带离。

然而,器官再生——更别提经受猛烈的致命伤害后,心智的恢复——需要时间。因此,他并没有被直接送往第二十五训练区坐落于阿尔卑斯山修道院的医院,而是被送到了菊花诊疗所的重生之翼来进行康复治疗。这间诊所位于不朽医学大道,就在新泽亚兰蒂斯东北沿海的伦市。这座城市是在他出生四十多亿年后建立的。

此轮重新播种的文明智识不凡,他们不仅意识到斯塔希斯的存在，也很清楚他们是一个更大的跨时空宏观文明的一部分：他们讲乌雷姆语，服从于斯塔希斯，甚至可以在特殊情况下使用时间之门。作为回报，这一轮文明的主人——领导国对斯塔希斯作为尽职尽责地履行历史守护者的职责非常认可，并给皮尔斯授了勋——换作其他时代，那可是外交官或者王室子弟才能有的待遇。不幸的是，它让皮尔斯再也享受不了往日的随意。首先是室内装饰：他们显然研究过他所处的时代，但以凡尔赛宫路易十五的卧室设计作为他医院套房的模板，表明他们对他的地位有着一些奇怪的想法。

"如果您愿意的话，我的大人，请您描述一下您是如何开始为天国效力的？"这位询问者年轻、漂亮、目光炯炯有神。皮尔斯那位点头哈腰的门房解释说，她是由城市档案馆派来记录他生活的。显然，她研究过他的公开记录和家乡的文化习俗，决定直奔主题。当地的潮流与古时的米诺斯①帝国风尚相呼应，而她的装束虽然带着学者的气息，却有点儿容易令人分心：踝关节十分匀称，乳头上涂抹了胭脂，还穿了环——皮尔斯意识到自己在盯着她看，愤而转过脸去，懊恼不已。

"拜托？"她重复道，丰满的下唇有些颤抖。她的相机在天花板下飞舞，像一群慵懒的绿头苍蝇，在午后的阳光下色彩斑斓地闪耀着，为子孙后代记录下她的生活。

"好吧……"皮尔斯的声音越来越小，透过敞开的窗户凝视着诊

---

① 克里特岛上的米诺斯文明，最灿烂的代表就是克诺索斯宫殿。

所外低矮的山坡，"但是没什么秘密，真的，一点儿都没有。不是你去找他们，而是他们来找你。等时候到了，有人就来拍着我的肩给我提供这份工作。起初我并不觉得这有什么不寻常之处。"

"这是什么原因导致的，大人？在您效力之前，您的生活是什么样的？"

皮尔斯微微皱起了眉，强迫自己回忆那些阴郁的记忆，但有几段空白。"我不太确定。我似乎是遇上了一场车祸，要不就是正在参战……"

他的水蛭心脏在胸腔里跳动着，像一只心满意足的猫。他斜眼瞥向她时，阳光温暖了他的侧脸。为一篇故事，她愿意付出多大的代价？他漫不经心地思索着，只要处理得当，并且……嗯，或许吧。他短暂的漫不经心——或者其他让他血压飙升的事情——引起了人们的诸多猜测，好在目前都是一些纯学术上的猜疑。

"大人？"他假装没注意到她脸上一闪而过的恼怒表情，但她立马又非常刻意地吸了一口气，太过于明显，让他差点憋不住笑出声。

"我不是你的大人，"他温和地说，"我只是一名见习特工，二十年的训练才刚刚过半。我所知道的关于时间守护者的事——""时间守护者"是领导国的人对斯塔希斯的称呼，是那些当权者对他们的客套用语，"能告诉你的仅仅是一些琐事。我相信你们的档案已经有记载了。"

这是一个被正式承认的科学纪元。在这个纪元中，一系列连续的重新播种致力于整理十亿年前，也就是上一个科学纪元发射的冯·诺依曼①探测器所传回的海量数据。他们和他们的后代已经悄悄在局域星系群中扩散开来，以不到百分之一光速的速度拜访并绘制了一千万光年以内的每个恒星系和太阳系外行星。有很多资料需要整理。泽亚兰蒂斯领导国的精英天文制图师大军有数百万人，他们要花数万年时间才能拼凑出这幅蓝图的一角。而他们对知识的痴迷远不会止步于太阳系的边缘。

（"人人都有集邮强迫症的一个文明，"在短暂拜访他曾经的学生时，魏这么总结道，"你得小心这些科学教派，他们迟早会把生物圈深处所有的碳变成记忆钻石，那时我们会在哪里？"）

"档案馆并不记载一切，我的大人，它不像时间图书馆。"她的声音里有一种奇怪的虔诚，仿佛图书馆有什么与众不同之处似的，"我们没有权限阅读那些被封禁的日记，大人。无论尊贵的客人从盘子里挑选何种智慧的面包屑扔下来，我们都得接受。"

"我不是你的大人。如果你愿意的话，可以叫我皮尔斯。"

"好的，我的，呃，皮尔斯？大人。"

"我该怎么称呼你？"顿了一下，他问道。

"我？我只是个无名小卒，皮尔斯大人！我只是个卑微的日志记录员——"

___

① 美籍匈牙利数学家、计算机科学家、物理学家，是20世纪最重要的数学家之一，被后人称为"现代计算机之父""博弈论之父"。

"胡说。"他直视着她,把一切看在眼里:她那件带荷叶边的女学者裙,戴在耳朵和乳头上的珠宝环,还有她煞费苦心打理的发髻。这是一个活力四射的文明,却又非常古板、保守,有着严格的礼仪法度:如果她是一介平民,她会因身着不雅——或更糟,身着高于她身份地位的服装——受到鞭打。"你到底是谁?你为什么对我这么感兴趣?"

"好吧!如果您**非要**知道的话,我是博士生志愿者希里,历史学院的院长、博士教授兼档案管理员伊马德阁下的女儿,而我母亲是很热门的超级木星卫星学院的名誉博士莱拉夫人,"她腼腆地笑了笑,"出于我的职责和作为一名学者的荣誉,我的导师要求我对您进行事无巨细的研究。他们指定您作为我第一篇论文的主题:英雄的时间守护者。"

"你的**第一篇**论文——"她的父母是教授和院长,在这里地位相当于**族长**或**女男爵**,"这件事上我还有选择的余地吗?"

"您当然可以拒绝。"她打了个寒战,把薄薄的披肩拽回原位,"但我不能。"

"为什么?如果你拒绝了会怎样?"

她哆嗦了一下,"我会丢掉我的博士学位。这是一种耻辱!我父母……"有那么一瞬间,她充满乐观的眼眸里似乎出现了裂痕,"会非常自责。这会让人们对我做出的承诺产生怀疑。"

没能获得终身教职就是对荣誉的抹杀吗?皮尔斯摇了摇头,望向她。"我只是个见习生！"他伸手拿过病床控制器，按下按钮抬高自己的背部。采访有些失控，仿佛进入了深水区，而躺着让他有种溺水的莫名恐惧。"我就是个无名小卒！"

"您又怎么清楚之后的事呢，大人？要知道，或许您注定会获得荣誉。"她又扯了扯披肩，露出微笑，天真地试图让自己看起来很神秘。

"但我没有任何——"升到与她平视的高度后，他关掉了床的升降装置，看着她的眼睛，话还没说完就转移了话题，"你们之前见过我吗？"

他发现，与她争论最困难的就是不盯着她的胸看。她真的非常漂亮，但她的家世告诉他，放弃这种想法才是明智的。引诱她无异于引诱一条响尾蛇。

"没有。"她大笑起来，"一位神秘又英俊的男子，一个时代的英雄。是的，他们曾说过你为什么出现在这里。"她的目光短暂地落在他的胸膛上。

几个月来，皮尔斯第一次使用他的母语。"噢，该死。"他匆匆瞥了眼窗外，又看向希里。"每个人都想研究我，"他坦白道，"我不知道为什么，我真的不……"他双臂交叉，盯着她。"那就研究吧。我任你差遣。"至少，这肯定没有被卡夫卡盘问的体验痛苦。

"哦！谢谢您，大人！"她的一只手紧紧拽住病床边，"我将尽最大的努力，让您有一次愉悦的体验。"

"真的?"她的语气让他有些震惊,仿佛他回答了一个他不记得被问过的问题。在皮尔斯看来,被研究的想法远比用头撞墙有趣得多,从好处想,希里算得上高质量的养眼花瓶。而往坏处想——别往那方面想,他提醒自己。

"你打算从哪里开始?"

"我想就从这儿开始。"她说着把手伸进被子里。

"嘿! 我! 哈。"皮尔斯发现,她那忙碌的手正在起作用,他脑海中隐隐响起警铃,"嗯,我不想听起来很不近人情,但我们真的不应该——为什么你——你不关掉你的摄像机——"

"我看过你们的文化习俗。"她坐在他病床边,丝巾沙沙作响,"某种程度上来说,这些都差不多。他们难道不会记录发生在自己身上的事? 他们难道不会谈论人们'嫁给'了工作? 总之,我们这里是这么做的。"

"但那只是个比喻!"他试图推开她的手,但他内心并不真的想这么做。

"嘘。"她的回应让他不寒而栗,"你可是我的论文主题! 我要了解关于你的一切。这将是我毕生的事业! 我太开心了! 放松点,大人,一切都会变得美好起来。别担心,我研究过你们那个时代的习俗,它们并不那么陌生。我们明天就可以聊聊婚礼的事,等你见过我父亲之后。"

空中楼阁

抵抗是徒劳的——就像被一枚子弹突然击中,将近二十年的时间一眨眼过去。在这期间,皮尔斯有一半时间都是和他的新妻子一起度过的。希里信守了她的承诺,将自己的人生缠绕在他扭曲的时间线上:起初是一位崇拜他的妻子;然后让他越发骄傲同时也很困惑的是,她成为三个孩子的母亲以及博士教授。她的论文就是他的生活:似乎,只要轻触时间的表面,就能获得在领导国的世界中通往财富与地位的通行证。而且他发现,作为一位美丽贵妇的配偶,生活并没有他所期望的那么惬意。

希里并未对皮尔斯在他们家里(由她的院长父亲提供的恩惠)进行的瞬间旅行有过任何抱怨,这通常只持续几秒钟的时间。她也不曾对他随后闭门不出和郁郁寡欢的自省提出异议。恰恰相反,一旦她巧妙地解开了他记忆中非历史的故事,就能为自己毕生的工作提供一些额外的资料。有时,他会在一小时的工作时间内老去一整年,但斯塔希斯的医疗特权也延伸到了此轮文明中智慧不凡的人身上,在过去的几十年和几个世纪里,他们有足够的时间来弥补。

对于皮尔斯来说,他惊讶地发现,拥有一个稳定的家庭作后盾,自己更容易度过训练的后半程。斯塔希斯的传播在他们长达数万亿年的帝国中出奇的少。他的工作性质决定,似乎只有在动荡而有趣的时代,他才会派上用场。从哈伯特顶点①到西班牙流感,从迦太基②到冷战时期,他三千年来的努力有时看起来更像是一片苦海——空泛、可悲,如梦魇一般,与领导国长达一万年的那种装模作样、昏昏欲睡的满足相去甚远。他的大多数同学似乎更喜欢"快乐帝国"提供的享乐与放纵。但皮尔斯坚持自己的原则,且庆贺自己发现了一个意义更加深远的快乐源泉。

在他康复后第一次返回训练时,皮尔斯意外地被叫去了学院院长曼森的办公室。

"你在康复过程中对家庭形成了依赖。"曼森淡然地盯着他,"这是不可取的,你自己肯定明白。然而,行动中心已经注意到,在作为你的定位点的家庭附近,一千年内都未出现过永久居民。那是一个宁静的社会,但也没那么宁静。因此,你可以保留你的这种依赖关系,并在那里发展你的工作能力。这纯粹作为你的工作的辅助,你懂的。"

皮尔斯吓得差点摔倒。他一站稳便立刻问道:"我该向谁汇报呢,院长?"

---

① 1953年,美国地质学家哈伯特(King Hubbert)大胆预言,美国石油生产速率将于二十世纪六十年代末至七十年代初左右达到顶峰,达到了顶峰之后就会一直下降。这种情形叫作哈伯特顶点(Hubbert's peak)或石油顶峰、油峰(Peak Oil)。

② 迦太基,古国名。存在于公元前8世纪至公元前146年。公元前146年,迦太基城被罗马军夷为废墟。后来罗马在迦太基城原址附近建立新城,该城成为罗马帝国的阿非利加行省首府。

"向你的妻子、学生。让她把一切都写下来。我们最终会读到所有论文。"

曼森移开目光，把他打发了出去。皮尔斯摸了摸他的通信器，膝盖有些发软。他不相信自己有能力体面地离开。经过短暂的延迟后，时间之门回应了他的心声，大大地张开了嘴，吞噬了他。

在训练后半程的某一天，大概距离他成为斯塔希斯的正式特工还有半年时间，皮尔斯在十四世纪君士坦丁堡暴发的瘟疫中进行取样行动一周后回到家里。他发现希里异常兴奋，一家人都围在她身旁叽叽喳喳个不停。"太神奇了！"她惊呼道，急匆匆穿过夏日居所的中庭迎向他，"你知道这件事吗？告诉我你知道！这就是你来到我们这个时代的原因，对吗？"

皮尔斯带着深情的微笑冲她打招呼，举起小马格努斯（这孩子一直试图爬上他的背，发出咆哮声，假装是在刺杀巨人），把他交给保姆。"怎么啦？"他温柔地问，尽量不流露出他瞬间感受到的战栗（因为他们最小的儿子不会知道，他的父亲是如何花了一个星期时间采集组织样本，在另一个时代，从一个与他小儿子年纪相仿、能做他玩伴的男孩的尸体上切下一块块腐肉）。

"是什么让大家这么兴奋？"

"是探测器！它们在三角座①星系发现了令人震惊的东西，沿

---

① M-33星系即三角座星系，是位于北天三角座内的一个螺旋星系，距离地球约300万光年，有众多变星，在本星群中是第三大的星系。

着第三旋臂,距离六千光年!"

皮尔斯——他无法想象在几百万光年外的星系中能找到任何离谱的东西,即便这个文明神圣的存在理由就是能把它的地图绘制下来——决定打趣一下妻子。"确实。告诉我,到底是什么东西如此骇人听闻,而不只是让大家单纯的兴奋、好奇或者困惑?"

"看!"希里指了指墙,上面赫然展示出一片群星闪烁、令人眼花缭乱的黑色虚空,"让我们看看。墙,显示两小时前我和尊敬的博士樽教授讨论的反常现象。放大倍率调至四十,向左平移及上升五度——那里! 你看!"

皮尔斯盯着图像研究了一会儿,"在我看来,这只是一块石头。"接着,他绞尽脑汁寻找正确的表达方式,"一颗类地行星,没有空气,属于第三级①,主要被硅酸盐地幔覆盖,对吗?"

"噢!"希里出身高贵,不会做出跺脚这种不体面的行为。然而,保姆扫了四岁的马格努斯一眼,仓促地带着他退了出去。(希里在兴奋的时候,可能会像沃尔夫-拉叶星②一样易爆炸,非常危险)"你就只能看到这些? 墙,放大十倍,重复放大,继续,继续。那里。你看那个,大人,你看!"

---

① 指可能有稀薄的允许生物存活的大气,但是不足以影响行星演化状态的星球。

② 指大质量恒星(大于25个太阳质量)在演化晚期以每秒几千公里的超高星风将其外层气壳(氢包层)抛出而裸露出的星核。它是大质量恒星晚年之后的一种正常阶段。

那颗没有空气的卫星不再占据墙的正中央。现在，它从墙的一边延伸至另一边，如此之近，以至于见不到它的地平线有任何弧度。皮尔斯眯起双眼，看到火山口、溪流，色彩单调而不规则的地貌以及四散分布的直边矩形晶体。晶体？他细细琢磨着这个想法，奇怪的是，他似乎无法解释内心的这种躁动。逐渐地，他感觉到自己对妻子的兴奋开始有了回应。"它们是什么？"

"它们是建筑！或者说，六千六百万年前探测器经过的时候，它们曾经是建筑。那可不是我们修建的……"

时间尽头的图书馆

《太阳系或然简史:第二部分》

……然后,斯塔希斯诞生了:

幻灯片 7.

两亿五千万年后,地球上的大陆板块在闪烁过蜉蝣般短暂的帝国之光后,将会在赤道附近汇聚成一块单一的超级大陆——终极盘古大陆。对人类来说,这个时代可不好过。广阔的内陆沙漠干旱异常,海岸线受到从世界海洋席卷而来的飓风影响。地球上的青翠大地都将笼罩在明亮的阳光下。长期以来,斯塔希斯一直在制订相应的计划,扭转这一不可避免的局面。

在小行星带深处,成群结队的机器蟑螂已经拆解了谷神星[①],利用它的质量建造了无数台太阳帆动力的飞行器。如今,一条具有矮行星质量、由可操纵的岩石组成的河流在内部系统中循环运行,将太阳能转化为动量,并通过数百万次的反复近天体飞行将动量传送给地球。

地球已经在逐渐向外迁移,远离太阳。其他微妙且影响深远的调整也正在进行:整个太阳系正在缓慢地改变形态,嘎吱作响、呻吟不断,渐渐变为一种全新的、更加有用的结构。很快——用宇宙论的术语来说——它将变得面目全非。

幻灯片 8.

十亿年后,地球处于休眠的冰冻状态。它远比海王星还要寒冷和荒芜,大气凝结成了雪和氮云雾气。这从来不是地球家园自然命运的一部分,只是一个暂时的状态——因为再过一千万年,飞行器无休止循环的动量将让地球更接近太阳。五千万年后,会再次进行重新播种,从原核生物以及藻类开始。但在这个时代,斯塔希斯希望来自工程共和国的技术人员能施展他们的魔法,将地球安全封存。

三千万年以来,斯塔希斯致力于用他们的时间之门提升一颗燃烧恒星的质量,引导大量炽热的等离子流进入受引力束缚的巨型掩

[①] 太阳系中最小的,也是唯一位于小行星带的矮行星。

体进行储备,以应对未来的极寒天气。太阳会趋于熄灭,逐渐变成血红色。当内部对流系统开始崩溃时,它会猛烈地燃爆。随着太阳的坍缩和变暗,它们将造成最后的致命危害,并在恒星的核心注入一个黑洞的胚胎。黑洞吞噬质量的速度远比霍金辐射①蒸散质量的速度要快得多,它会不断成长扩大,将恒星核开膛破肚。

地球回到太阳系的霜冻线以内时,技术人员会把毫无生气的死太阳从坟墓中唤醒。它的吸积盘——以从星系边缘绕轨道运行的褐矮星中稳定吸取的质量为原料——将在地球融化的冰盖上投射出一道奇怪、刺眼的光芒。

用一个经质量挤压而成的奇点取代太阳的聚变核心,是斯塔希斯面临的最重要任务之一。湮灭②比核聚变的效率高几个数量级,且更容易控制。他们精心控制的质量足以让近轨道运行的地球在未来数十亿年,甚至数万亿年里保持光亮和温度。

不过,还有另一项更艰巨的任务……

幻灯片 9.

在人类意识觉醒的四十二亿五千万年后,银河系和仙女座星系

①指以量子效应理论推测出的一种由黑洞散发出来的热辐射。此理论在1974年由物理学家史蒂芬·霍金提出。

②物质与其所对应的反物质碰撞后消失并产生高能光子(γ射线)等能量的过程,例如电子与正电子的碰撞,称之为湮灭。

将会相撞。从地球挤作一团的大陆上看去,那景色将壮丽非凡,宛如一片混沌的、燃烧的钻石星辰散落在虚空之中。冲击波雷鸣般穿过气体云,创造出新的恒星温床,点燃数百万颗生命短暂的巨大新星。在短短的一千万年里,夜空将被每月一次的超新星焰火点亮。每个星系中心巨大的黑洞都脱去尘埃和气体的长袍,赤裸裸地发出可怕的光芒。它们彼此擦肩而过,撕碎星团并播撒更多种子,形成几乎半个宇宙都能看见的巨大烟火。

但地球是安全的、宁静的。地球已经不在这条交火线上。

到目前为止,"长期燃烧"是斯塔希斯最大的项目。科学帝国将崛起、繁荣、衰落并走向灭亡,为导航器提供数字原料。要将一个恒星系统从对应星系中弹出,又不让行星和卫星偏离运行轨道,任务无比困难。行星和它们的恒星之间没有物理联系,引力也十分微弱。如果要带上所有重要的行星,需要对它们的轨道进行无数次调整。光靠谷神星的质量流是不够的。岩质的水星也已被拆掉,用于供应控制机械,维持死星的吸积盘稳定燃烧。现在轮到金星为成群结队的光帆驱动大型拖船提供动力了。一颗比木星大十倍的褐矮星将为火箭提供燃料,整个恒星温床将在一百万年内被推入熊熊燃烧的咽喉中。

银河系的逃逸速度①很大,而本星系群的逃逸速度更大。长期

---

① 指逃离大质量物体引力的速度。逃逸速度并没有固定的数值,当发生于一个质量较轻的星球时,需要的逃逸速度就会小一些,反之质量越大引力就越大,所需的逃逸速度就越大。

燃烧项目将持续一万个世纪。每过一年,死星每秒的移动距离就会增加一米。抵达终点时,改头换面的太阳系将以近千分之一的光速逃离本星系群,直冲向牧夫座空洞[①]。

幻灯片 10.

在接下来的十亿年里,"星际飞船"地球以及它的死星将与救生船舰队的其他部件会合。甚至还会有一百颗褐矮星——它们的质量是木星的十至五十倍,每一颗都是工程帝国的机器人探测器从对应母星系里拖出来的。

它们的质量将被全盘接收。

因为地球正在进行一场探索之旅,去此前没有任何星星去过的地方,进入黑暗的中心。

谎言大陆

早年的生活并没有为皮尔斯接下来的遭遇打下什么基础。这有些让人难以置信:数百万年前,另一个星系的一个探测器发射的

---

① 指宇宙中一个非常大,几乎没有星系存在的区域。牧夫座空洞是已知的最大空洞之一。

一连串合成孔径雷达①电磁波引发了一场外交危机，有可能导致世界大战，甚至导致文明的自我毁灭。

尽管领导国是一个科学帝国，却不是这个时代唯一的国家。（真正的世界政府是非常罕见的，它们笨重又落伍，因自上而下的绝对腐败和失败到无以复加的政府模式而臭名昭著。斯塔希斯打算阻止它们。）领导国与赞自治理事会共享它们的世界，赞是古板的图书馆科学家们所在的极度节俭之地（位于一个曾连接北美洲和非洲的大陆），有各种各样的君主制政体、共和政体、僭主政体②、独裁政体、公社（他们认为超级大国邻居有些许疯狂，因为他们在学术机构上浪费了如此多的财富，而不是像别的国家那样漫无目的、毫无目标地追求人类幸福），以及蟑螂王国（那里的居民狂热地崇拜史前先知霍尔丹，欣喜若狂地研究着节肢动物）。

从地理上来说，领导国是最大的国家，根据一套通用的成文且受监管的协议联合而来。位于西部的斯通古公国当局（特殊研究领域：三角座星系里热木星③的岩石卫星）对于在一颗液态巨行星的

---

① 一种主动式的对地观测系统，可安装在飞机、卫星、宇宙飞船等飞行平台上，全天时、全天候对地实施观测并具有一定的地表穿透能力。

② 僭主政体是柏拉图提出的一种城邦政体，一般是指军事领导人、贵族或任何得到机会的人通过政变或内战夺取了政权。僭主制与独裁制有相似之处，不过僭主制更强调是以非法手段夺取政权。僭主制一般只存在于西方政治或历史语境中。

③ 指其公转轨道极为接近其宿主恒星的类木行星，这类行星在其他的星系可以找到。

卫星上发现文明一事表现出了强烈的酸葡萄反应。他们指责东北部的泽亚兰蒂斯人**伪造数据**，不顾一切地试图对领导国联邦税基的"打了就跑"突袭行为进行合理化辩护，虽然真实情况就是，从来没有人明确说过伦市的各大学院打算用这些资金做什么，更没人觉得有必要多这个嘴，因为会把神学院的大学全部惹毛。**伪造数据**在任何一个科学帝国都是致命的，就像皮尔斯出生前几千年里的"十字军东征"和"圣战"这两个词一样可怕。一旦提出这样的指控，就不容忽视——而这给领导国带来了一个重大的内部问题。

"尊敬的时间守护战士，如果你能选择为我们说情，我们的感激将无以言表。"院长会议代表团发言人说道，他们在这个发现出现仅仅两天后就拜访了他家，"我们通常不会想到向阁下请愿，但它的地缘政治影响令人担忧。"

这确实是个棘手问题。领导国向赞自治理事会提供信息，以换取覆盖在自治理事会内陆沙漠的太阳能收集器所收获的无尽能源供应。伪造数据的指控可能会损害领导国的货币价值。事实上，好斗且不怎么宽容的人可能会认为这是战争的理由（也是他们又一次试图获得外尼什群岛的葡萄园和产粮区的令人厌烦的借口）。

"我将尽我所能。"皮尔斯向与会代表深深鞠了一躬。这些代表里至少有十二位院长，甚至还有一两位副校长。他刻意避免同后排的岳父有任何眼神交流。"如果你们对这个案子的理据有绝对把握，我可以和图书馆商量，然后在授权范围内公开做证。这样可以吗？"

伦市的旧学院——目前这家机构已有六千多年历史——的副校长对此鞠躬致谢,脸上满是感激,"我们对自己的案子很有把握,因此愿意按照时间守护者图书馆所说的来。请允许我再次表达感谢——"

长达半小时的寒暄礼节之后,代表团终于离开。独自躲起来的希里又冒出来,指挥着仆人和机器人把宅邸的接待室重新布置得井井有条;孩子们也跑出来继续玩耍,似乎丝毫不明白刚才发生了什么事。"希里,我需要去终极图书馆。"皮尔斯握着她的双手告诉她,观察着她能否听明白。

"啊,那很棒,不是吗? 大人? 皮尔斯?"她凝视着他的双眼,"为什么你看起来如此担忧?"

皮尔斯咽了咽苦涩的唾沫,"图书馆不是一个地方,希里,它是一段时间。它囊括了人类灭亡后所有学识记录的全部。我就快毕业了,我获准使用图书馆,但它并不安全。有时候,去图书馆的人会无缘无故消失,再也回不来了。而有时他们能回来,却像是变了一个人。图书馆不仅仅是一个被动记录的档案馆。"

希里点点头,但看起来有些疑惑,"但考虑到你要提出的问题,它会带来什么样的危险呢? 你只是要求确认一下我们的消息来源是否准确。这和询问自己的死亡时间、地点是不一样的,对吧?"

"我希望你是对的,但我不确定。"皮尔斯顿了顿,"这就是问题所在。"他举起她的手放到嘴唇边,吻了吻她的手背。**如果非做不可,一定要尽快。**"我去试试看,很快就回来……"

他后退一步,激活了通信器。"见习特工皮尔斯,申请一个图书馆接入口。"

在中继器储存他的信息、等待传输接入口时,短暂的停顿出现,然后信息通过时间之门发射去了控制中心。接着,他感觉到左肾附近传来了嗡嗡的提示音,这是虫洞就位的警告。虫洞在周围展开,几毫秒内旋转并吞噬了他,速度快得几乎让人看不清;随后,他不再站在自己宅邸的大厅里,而是在一片黑暗的石灰岩平原上,面对着一扇门,它镶嵌在一个巨大的、半透明穹顶的边缘:终极图书馆。

《太阳系或然简史:第三部分》

幻灯片 11.

一千亿年将会过去。

在这个时代,地球的公转轨道离那颗死星只有两千万公里,吸积盘抽取的火焰被堆积了起来。大陆相互碰撞震动,起起伏伏,光亮在它们的边缘闪烁(每当斯塔希斯允许高能文明出现时,光便偶尔会照射在低赤道轨道上)。

在航行的第一个十亿年结束时,夜空一片漆黑,没有半点星辰。肉眼仍然可以——如果知道往哪里看的话——勉强看到M31和银河系碰撞形成的混沌星系。但它是一座坟墓,里面的岩石行星大多是被超新星洗礼过、被一次次的亲密接触从它们的母星上撕扯下来的冰球。单细胞生命(至少曾经在银河系很常见)受到了冲击,而多细胞生命(更为罕见)则受到了致命打击。只有斯塔希斯的生命之船还幸存着。

月球仍然飘浮在地球轨道上——它是搅动地球液态核心的有用工具。容易发生岩石硬化的地球心脏是斯塔希斯所面临的主要问题。他们不能让它硬化,以免生物圈赖以生存的俯冲带硫循环和深层碳循环停止。不过,有很多方法可以再次搅动它。他们完全有能力等个五亿年让地球完全冷却,然后在这个重生的星球上再次播种古生菌和藻类。斯塔希斯在第一次危机四伏的地球化重造实验后发现,每隔一百亿年左右就能重新启动一次地幔和外核。

宇宙在他们周围缓慢而稳定地变迁。

一千亿年后,铀在地壳中的存储量变得稀少。即便是铀238最终也会衰变,二十一个半衰期足以使它成为一段独特的记忆,就像宇宙开始初期的那阵光亮。其他同位素也将紧随其后,最后只剩最稳定的。

(斯塔希斯有足够的能量满足他们的需求,甚至可能制造更多。如果有必要的话,他们会使用死星的量子能层来锻造。但斯塔希斯并不是很希望他们的客户拥有制造核武器的原料。最好离得远远的。)

天空很暗。在那个地球离开的星系中,恒星纪元已经接近尾声。虚空中已没有新生恒星的温床闪耀。所有明亮的、快速燃烧的太阳都已经爆炸并消失殆尽,而较小的主序星①都已膨胀成消化不良的红巨星②,最后耗尽它们的燃料并发生坍缩。除了暗淡的红矮星和白矮星发出的散射外,没有留下任何明亮的东西。

更小的天体——行星、卫星和彗星——正慢慢地抛弃它们的星系,它们的运行轨道变得混乱不堪,从恒星脱离,然后在与邻近恒星近距离接触后,从星系被高速弹射出去。就像被恒星加热的行星上层大气中的气体分子一样,最轻的分子最先离开。这个过程是不可阻挡的。于是,环绕每颗恒星的行星数量在缓慢下降。

(关于那些气体分子:斯塔希斯经过深思熟虑后,采取了一些补救措施。水蒸气在上层大气中被紫外线分解,而地球不能失去氢气。如今有一颗孤星在地球和死星之间绕轨,过滤掉了短波长辐射,而当它们周期性地重新融化地球搅动岩浆时,会不厌其烦地用一千颗彗星的氢气载体来调整新制造出的地狱。但最终还是需要

---

① 恒星以内部氢核聚变为主要能源的发展阶段就是恒星的主序阶段。处于主序阶段的恒星称为主序星。主序阶段是恒星的青壮年期,恒星在这一阶段停留的时间占整个寿命的90%以上。

② 红巨星是恒星燃烧到后期所经历的一个较短的不稳定阶段,当恒星度过它漫长的青壮年期——主序星阶段,就将进入老年期,红巨星阶段。

采取更极端的措施。)

天空安静而寒冷。宇宙正在膨胀,微波背景辐射的波长也拉伸到了更长。空间本身的温度只比绝对零度高千分之一。宇宙背景中的波纹不再能被探测到,遥远的类星体[①]已变红到看不见了。曾经处于探测边缘的星系团现在已经超出了宇宙事件视界,虽然地球离开本星系群也只走了两亿光年的距离,但它背后的深渊却有近十亿光年之宽广。对于科学帝国来说,这不再是一个适合的纪元,因为它们被要求研究的动态宇宙正在淡出它们的视线。

幻灯片 12.

一万亿年将会过去。

宇宙是一片死星无法触及的黑暗。在它身后,本星系星群的最后一颗恒星已燃烧殆尽。白矮星已经冷却到液态水的温度,而红矮星逐渐消失在寒冷的黑暗里。偶尔会有恒星的残骸发生碰撞,接着虚空会被划过的闪电、超新星和伽马射线爆发的巨大辐射照亮。

但这种大爆炸变得越发罕见了。如今,不仅行星会从星系团冰冷的尸体中迁移开来,当星系自身随着年龄的增长而分崩离析时,就连恒星的残骸也会被喷射进虚空中。

[①] 类星体,天文学名词,是类似恒星天体的简称,与脉冲星、微波背景辐射和星际有机分子一道并称为20世纪60年代天文学"四大发现"。

太空寒冷而空洞,温度几乎刚刚高过绝对零度。死星的航线已穿过曾经的牧夫座空洞,但眼前的空虚没有尽头:此刻,四面八方皆是虚无。斯塔希斯和他们的客户已经放弃了天文学上的实践。他们在行进的方向上留了一个简单的雷达监测,每年发出一个千兆瓦的检测信号,避免流浪小行星带来的微小风险。但数十亿年来,他们还没遇到过比沙粒更大的太阳系外天体。

至于死星的行星随从……

总有一天,他们会把木星烧了取暖。而土星和冰冷的海王星是地球海洋的供水仓。不过,这样的日子还没来到,因为他们仍在通过一些巨大的星球进行着工作——从瑞亚、俄克阿诺斯、克利俄斯到海伯利安——全都是用太阳系偷来的质量建造的褐矮星,还有在长期燃烧项目期间从银河系偷来的其他矮星。每颗褐矮星燃烧的时间都是人类诞生时的宇宙年龄的好几倍。黑洞实在是无比高效,但迟早有一天,它们都会被耗尽,等最后一颗褐矮星变成一堆小煤渣的时候,就可以开始吞噬行星了。

此后不久,将迎来最后的重新播种。

旋转控制

皮尔斯站在穹顶门前,有些犹豫不决。它内部散发着蓝绿色的光。他环顾四周,身后的影子延伸进黑暗里。

"别在外面待太久,"有个声音尖刻地说,"空气不安全。"

空气?皮尔斯一边走进门廊,一边思索着。气闸的三道玻璃板滑到另一边,然后在他身后,接连快速地关闭。他发现自己来到了一座巨大宽敞的生态室,穹顶的顶部挂上了无数三角日光灯,明亮无比。这里到处都是植物:青葱而散发着潮气的苏铁和蕨类,四处爬满的藤蔓。藏在灌木丛里的昆虫发出咔嗒咔嗒的鸣响。

接着,他注意到图书管理员站在几扇门前的空地上,像一具塑化的尸体标本,一动不动。

"我从没来过这里,"皮尔斯承认道,朝那个穿长袍的人走去,"我曾用过外围的分支机构,但没用过中央图书馆。"

"我知道。"图书管理员拉下长袍的兜帽,露出一颗圆圆的光头,整齐的山羊胡子下面藏着宽厚的双下巴。一双目光锐利的眼睛仿佛能看穿他。

皮尔斯停下脚步,"我认识你吗?"

"几乎可以肯定不认识。你可以叫我托克或者图书管理员。"托克指向一条穿过植被的路,"来,跟我来。我带你去你的阅览室,然后你就可以开始了。你可能需要把这个位置标记下来,返回的时候或许用得着。"

皮尔斯点点头,"这里还有别人吗?"

"目前没有。"托克吸了吸鼻子,"现在,你和我是这个星球上唯一活着的人类,尽管可能不止一个你在这里。在这十年里,你们可以在合理范围内独享图书馆的资源。"

"合理范围?"

"有时候我们的主管——你的或我的——会对此感兴趣。而他们的出现不需要通知我。"小道上有一条岔路,绕过一块暴露在外的、像石英一般的巨大水晶岩,托克向左转去,"啊,我们到了。这就是你的阅览室,见习特工皮尔斯。"

一间没有屋顶的白墙隔间坐落在一片空地中央,旁边有条小溪,溪岸上长满了苔藓和蕨类植物。墙只有肩高,这是一种形式,也是对隐私的象征。它们包围着一张普通的木桌和一把椅子。"这就是全部了?"皮尔斯问道,有些吃惊。

"不完全是,往上看。"托克指向他们上方的穹顶,"我们在这里维系着一个可与人类共存的生物圈,用于重新处理你需要的空气和排出的废气。我们还提供光和热,尽管几百万年后此处将不再需要供热。我们关闭了太阳以维持它的质量,但它仍在释放明亮的红外辐射。真正的问题将在大约一千八百万年后、我们消耗完最后一点燃料储备时出现。穹顶应该能保证读者在此后的大约三千万年里都能访问图书馆,一直持续到芬布尔之冬①。"

芬布尔之冬——世界末日的冬天。在死星吸积盘的最后一点

---

① 北欧神话的重要事件,一场漫长而寒冷的严冬。这个冬季代表了诸神黄昏的开端。芬布尔之冬有连续三个冬季,分别是风之冬、剑之冬、狼之冬,在这段时间,冰雪从四面八方吹来,有数不清的战乱,兄弟之间将互相杀戮。

燃料被耗尽后，地球将飘浮在一个寒冷黑洞的轨道上，离任何其他东西却有数十亿光年远。想到这一点，皮尔斯微微打了个寒战，"外部的空气有什么问题吗？"

"我们的氢气消耗得太快了。没有氢气，就没有水；没有水，就无法维系生物圈；而没有了生物圈，地球很快就会变得不适宜居住——没有游离氧气是原因之一。因此，大约在三百亿年前，我们氚化了生物圈作为保护措施。当然，这就必须对所有生命形态——从细菌开始——的酶系统进行重大调整。而你和我都不具备使用重水的条件，那些东西对我们来说有毒。"托克指了指溪流，"如果你愿意，可以从那儿饮水，或者用通信器点一些吃食。但穹顶之外的水可千万别喝，如果你能控制得住，也尽可能别大口呼吸外面的空气。"

皮尔斯环顾四周，"所以这基本上只是一间阅览室，就像一座分馆。真正的图书馆在哪里？档案在哪里？"

"你就站在它们上面。"托克尽量克制自己脸上的不耐烦：你上课到底有没有在认真听讲？"这个阅览室所处的高原——事实上，是整个上层地壳——布满了记忆钻石的存储单元，上面铺设了薄薄的沉积岩来保护它们。大约五十亿年前，在上一个核心冷却周期之后，我们彻底关闭了大陆漂移循环。从那时起，我们便开始累积图书馆的存储量。"

"哦，"皮尔斯到处看了看，"好吧，我想我最好这就开始，如果你不介意的话。"

"你请便。"皮尔斯背过身走开。"如果你需要我,我就在这附近。"他发来一条信息。

皮尔斯在空桌前坐下,双掌朝下放在记事簿上。**一整片大陆的记忆钻石?** 如此大量的数据简直令人难以想象。"它就在这里的某个地方。"他嘟囔着,笑了起来。

非历史

斯塔希斯的特工首先要学会的是耐心。这并不是说他们缺少时间,他们漫长的生命早已超出了记忆范围。如果能避免因暴力、事故或自杀而身亡,那他们就可以从事超过普通人寿命的项目。而时间之门的使用权限仅限于工作时使用,平日冗长的生活只能耐心度过。

起初,皮尔斯以为副校长的要求相当微不足道,他只需要花上几小时或几天时间在书库里翻一翻或查询一下历史记录就好。他在离开几分钟后就会凯旋,并向理事会提交他的发现。希里则会得体地表达对他的崇拜,无疑还会为他的图书馆之行写下一组的十四行诗(因为在伦市,诗歌学是社会学学术案例研究中最多且最合理的表现形式);而他的家庭时间则可以避免一场不必要的教条主义战争。他本来是这么计划的。

抵达图书馆一周后,他的心态开始浮躁。那时,他已经不再因恐慌日渐增长而四处乱晃悠,而是绕着生物群落的小路一直踱步,暗自沉思,试图量化自己的任务。

记忆钻石是一种密度惊人、持久耐用的数据基板。和其他钻石一样,它是由碳原子组成的晶格,只不过它是人工合成的,原子在晶格中的位置代表了数据。按照惯例,碳12原子代表0,一个碳13原子代表1;12.5克的记忆钻石(一摩尔质量,略低于过去测量单位"盎司"的一半)可以存储 6×10^{23} 位的数据,或是压缩后的 10^{23} 字节。

阅览室所处的大陆有十五千米厚,面积不到四千万平方公里,相当于皮尔斯出生时代的南北美洲总和。而大陆有一半都是记忆钻石,它们远超 10^{18} 吨,大约是 10^{23} 摩尔质量。一摩尔质量的记忆钻石足以容纳人类在皮尔斯出生前,也就是到被称为二十一世纪的时间节点,所创造和储存的所有数据。

斯塔希斯统治了一万亿年的文明,储存了更多数据。文明崩塌之后,斯塔希斯洗劫了他们的亚历山大档案馆,大肆掠夺偷来的数据,然后在遥远的时间尽头把它们吐了出来。

皮尔斯的问题在于:图书馆里百分之九十以上的内容都是谎言。

他动身时,很自然地着手于两条信息:他通信器里的路径点——那是他位于伦市住宅门廊的确切位置;另一条则是M33里一个行星系的名称,该星系曾引起巨大争议。正如希里所说,领导国正沉醉于数千万年前横扫三角座星系的机器人探测舰队所传输的信息之中。而他知道——他很确定！——希里也好，领导国也罢，包括有着地中海风情和荒谬学术习俗的伦市都是真实存在的。他把她当作自己的妻子和爱人已有将近二十年的时间，其中有超过十年的时间他都以尊贵的客人身份居住在那里，遵循他们的方式生活：他的鼻孔里充斥着炎热潮湿的夏季晚风，还有屋后花架上攀爬的蓝色玫瑰的香味。

他第一次向图书馆提供自己的家庭住址和身份信息进行搜索时，它为他查询到了自治理事会的战争墓志记录，那是在希里第一次采访他的两年前。他看到岳父岳母的名字被列入了恐怖主义破坏者和抵抗者名单，感到颇为不快。在理事会部队解放伦市后，他们全部被真相警察肃清。

他又试了一次：这一次，通过希里安装的无处不在的摄像头，他看到了在君士坦丁堡实地考察结束后，回到家里的自己。他松了一口气，但希里面对他却不怎么激动，这让他很疑惑。他回溯了一下，扩大了搜索范围，直到他惊讶地发现，根据图书馆的记录，领导国事实上根本没有研究三角座星系，而是把注意力集中到了七百万光年外的马费伊1星系。

那天晚上，他点了两瓶味道尚可的西拉葡萄酒①，几年来第一次让自己喝得酩酊大醉。这是一种幼稚且毫无远见的行为，但一而再

---

① 古典红葡萄酒中的王子，属中浓度酒体，具藏酿价值。

再而三的失败正消耗着他的耐心。第二天，他脑子清醒了点儿，却有些急躁。他又尝试了一次，在桌上输入自家的坐标，并要求查看整个府邸。

那里没有房屋，也没有伦市，更没有领导国，没有愤怒地挥舞着长矛的浣熊发现了菘蓝草。

皮尔斯站起身，沮丧得直发抖。他走出阅览室，在小溪旁潮湿的绿地上站了一会儿，凝视着流动水面上变幻的光影。这还不够。他不假思索地脱下学者袍，转身面向那条把他带进死胡同的土路，开始狂奔。到达入口处的气闸时他也没有停下，而是猛蹬双腿，冲出了穹顶。然后，他围着穹顶绕了很长一圈，双脚在崎岖的石灰岩路面上踩得咚咚作响。脚下的每一块石板都像巨型蜥蜴化石的鳞片。他逆时针绕着发光的穹顶跑着，一圈，两圈。跑完时，他已精疲力竭，胸口开始发烫，随着汗水从脸颊滴落，他的双腿变得热且沉重。

气闸再次出现在视野中时，他放慢了脚步。等做好质问的准备后，他激活了通信器，"托克，你那该死的图书馆在欺骗我。这是为什么？"

"啊，你才注意到么。"托克听起来有些开心，"你进来，我们聊聊。"

我不想聊，我只想让它发挥作用。皮尔斯一边怒气冲冲地自言自语一边走回气闸。头顶上，三颗行星在漆黑的夜空中闪烁着红色的光芒。

托克在空地上等他，手里拿着一瓶酒和一对烈酒杯[①]。"你会需要这个的，"他说，眼里闪着光，"每个人第一次都需要喝上一杯。"

"呸。"皮尔斯僵硬地从他身旁走过，打算回到阅览室，"一座满是谎言的图书馆有什么用？"

"它们不是谎言。"托克的回应一反常态地温和，"它们是非历史。"

"非——"皮尔斯停下脚步，"我用过的图书馆分馆里可没有非历史。"他的语气有些沉闷。

"不会有的。你有没有想过每次跨过时间之门的时候会发生什么？"

"没仔细想过。那个和这些有什么关系——"

"一切都息息相关。"托克的声音里透出一丝恼怒，"你应该好好学学理论知识，特工。不是所有问题都能用刀子解决。"

"哈，所以图书馆被非历史污染了，是因为……？"

"学生。你通过时间之门进入一个虫洞，再从里面出来——你出现点所在的坐标系，会出现一个短暂的奇点并释放大量的信息：**你**。这些信息与导致它们突然出现的时间点并不一致——一方面，它们违反了因果关系；另一方面，这些信息，即旅行者，可能记住或

---

① 烈酒杯，又叫子弹杯，杯身矮小，常见于酒吧，通常用于饮用纯烈酒（伏特加等）或烈性的鸡尾酒。

涵盖了一些此前不存在的数据。你只是虫洞喷出的一串数据,不必与周围的宇宙保持一致。所以你记得自己的成长经历和被招募的经过,尽管没有其他任何人会记得。除了图书馆。"

他们来到一块空地上,托克没有走通往阅览室的小路,而是选了一条不同的路。

"假设你访问了一个与时间有关的区域——我们称之为A1——当你在那里时,做了一些改变其历史模式的事。现在你来到了A2。A1已经不存在并且被覆盖了。如果A1曾经有一座图书馆分馆,它现在在A2,那么它也发生了改变,因为它必须与自己的历史保持一致。然而,真正的图书馆——告诉我,信息是怎么进入图书馆的?"

皮尔斯有些支支吾吾,"我以为那是档案专业的事?在无穷无尽的时间中,每五秒就会打开一个监听接入口,持续一毫秒。任何与我们利益相关的内容都会被发送到控制中心。"

"不完全是。"托克在穹顶丛林里另一块空地的边缘停下,"从时间角度而言,通信接入口是向过去发送数据,而不是向未来。有一个长达十亿年的纪元,位于太古宙和元古宙,我们在那里运行着图书馆的继电器。关键是——在隐生宙①时期的继电器是没有复写本的。那时没有人类历史的污染,除了一堆存储和传输的继电

---

① 也称"前寒武纪""前古生代",古生代第一个纪——寒武纪(距今约六亿年)之前的地质时代。

器,什么都没有。因此,来自A1区的报告传送回隐生宙,而来自A2区的也是如此。当它们被传送回终极图书馆进行汇编时,我们便从A区得到了两份互相矛盾的报告。"

皮尔斯有些困惑,"你是说,我们改变事物时,并不会破坏时间线? 一切都是共存的? 这简直是异端邪说!"

"我可不是在宣扬异端。"托克转身面对他,"这个区域确实被新的历史所覆盖:其他事件现在都变成了非历史,都是从未发生过的、似是而非的谎言。如果你问理论学家的话,他们会说:'通过裸奇点①从虫洞中跳出的原始数据与现实没有因果关系。'但所有的谎言最终都进入了图书馆。图书馆不仅记录了一切有记载的人类历史——确实非常非常多,因为无处不在的监控技术既便宜又很好开发,毕竟这是我们定义文明的方式——它还记录了历史上所有可能的路径,最终创造了终极图书馆。这就是为什么我们有终极图书馆,以及所有转瞬即逝的、受复写影响的分馆。"

这简直难以想象。"好吧。所以图书馆里充满了内部矛盾的时间线。为什么我找不到我要找的东西?"

"这个嘛,如果你正确使用了你的路径点,却看到被随机选取的

---

① 裸奇点是理论中没有视界包围住的引力奇点。在广义相对论中所描绘的黑洞是由奇点与包围住它的视界所构成的,速度最快的光也无法逃脱到视界之外,因此理论上外界观察者无法直接观测到黑洞内部的现象。裸奇点则与之相反,光与其他粒子有机会逃离奇点至远方,而视界因此不存在;外界观察者有机会观察到发生在奇点附近剧烈扭曲时空的现象。

错误景象,那这通常是因为有人复写了那个区域。那是一个复写本。你来这里寻找的信息不仅被埋藏在一堆近乎无穷无尽的非历史中,而且你不太可能回到原点——除非你能找到那个区域历史上被更改的点,并撤销更改。"

屡次杀佛

毕业典礼

你在那天会起个大早，最后一次穿上斯塔希斯见习特工的正式列队长袍。在过去的二十年间，这些长袍你穿过很多次，而你已不再是那个手握志士之刀、接受他们第一次无情命令的惊恐少年。如果你拒绝了招募，如果你还在你出生的那个年代，你或许已步入中年，衰老如瘟疫般在你的皮肤下肆虐蔓延。事实上，尽管斯塔希斯的医疗技术让你的外表看起来只有二十五岁，但你的眼睛是窥视古老灵魂的窗户。

你头脑清晰、目的明确，被打磨得犹如刀片般锋利。因为你将用六个月的时间为今早做准备。在托克替你解围之后，你度过了孤独绝望的六个月，在世界屋脊上训练，痴迷地专注于最后的学习。

你已经完成了实习和试用期的任务,在无人监督的情况下独立完成了危险的工作。现在,你将向考官展示自己,接受他们最后的严格考验,希望最终能成为一名合格的斯塔希斯特工。而作为一名正式特工,你对图书馆的访问将不再受限——你对时间之门的召唤许可也没有了限制。你将成为一名托管人,成为历史监狱的钥匙持有者,能随心所欲地翻查生活,自由地寻找你失去的东西(或者说被夺走的东西——至今你仍不能确定,到底是恶意还是过失毁掉了你的私人生活)。

你将穿上橘红色长袍,系上代表你目前级别的黑腰带,头戴一顶先进特工的贝雷帽。在这里的其他地方,十几名见习生也在做着同样的准备。你把前晚磨得锋利无比的匕首挂在腰带上,痴迷地擦拭着你的使命象征。在太阳升至顶点前,它将夺走一条生命:你的责任是确保受害者迅速且无痛苦地死去。

在被轨道动量转移体的闪光金属顶环一分为二的深蓝色穹顶之下,在久经风霜的石板上,你们在老师和监管面前站成一排。这时你会发现自己在询问这一切是否值得,而这也不是第一次。他们会居高临下地凝视你和你的同学,准备宣布审判——或宣布你成为他们的一员,与他们平起平坐;或开除并抹杀那些毫无价值的人,让他们消失在非历史中。他们的人数是你受训同伴的三倍,因为他们对新人的培训无比重视和认真。他们是历史的永恒守护者,是真实事件的仲裁者。不知出于什么原因,他们给了你——从十亿竞争者中脱颖而出的你—— 一个机会。

届时会有演讲，会有更多的演讲。然后，学院院长曼森将进行一场训示，内容正是这种场合里人们所期望的。"这个重大而庄严的时刻标志着你们正式训练的结束，但并不意味着你们的学习生涯和对杰出的追求走向终点。你们以孤儿以及异乡人的身份进入这所学院，而你们将以斯塔希斯特工的身份离开这里，宣誓为我们的伟大事业——人类的整个历史服务。"他会滔滔不绝地讲上近一个小时，你会听到一段接一段的训示，传统意识形态的表现，以及凌驾于实践之上的理论。

"我们接受原原本本的你们，作为人类有志之士的你们有许多缺点，也有许多优点。我们都是人类，这是我们的弱点——却也是我们的优势。因为，我们是人类命运的主宰，肩负着保护我们的种族免受灭绝、超验被时间迭代以及注定在黑暗中瓦解的宇宙这三重威胁的神圣职责——尽管你们有弱点：你，池云兄弟，执着地探索极端的苦痛；而你，格雷茨姐妹，热情地追寻着梦中的罂粟果；还有你，皮尔斯兄弟，有着复写家庭的爱好——我们了解你们所有的小嗜好，而我们接受你们本来的样子，尽管你们缺点无数，尽管我们很清楚只有通过为斯塔希斯效力才能实现你们注定要实现的一切——"

当学院院长曼森践踏你家庭的非历史坟墓时，你不会感到愤怒，尽管伤痕依旧刺痛、哭泣从未停止，因为你很清楚仪式就是这样拉开序幕的。你会回顾几天前通过内部邮件发来的录音，听到当他向现在的你说明毕业典礼程序时，自己那在恐惧边缘颤抖的刺耳呼吸声。在你等待信号时，手指因紧握汗渍斑斑的匕首柄而发白。虽然你表面上保持着平静，内心却动荡不安，不知道自己是否能坚持下去。你手刃了自己的爷爷，把自己从历史构造中解脱出来是一回事，而此时此刻又是另一回事。

"兄弟姐妹们，在斯塔希斯你需要永远保持警惕。破坏远比刻意去创造更容易改变历史的枝干，因此我们必须警觉并时刻准备着，如果我们的手偏离了最直的那道笔触，在必要时，甚至可以对自己进行干预。每当我们踏出一扇时间之门，便作为从奇点进入宇宙的信息而重新诞生：我们不能因为害怕个人的连续性而让自己的手停下来——"

你意识到，曼森已步入正题，接下来他真的打算下达命令——那个更加苍老的你曾用颤抖的声音描述过的命令。你呼叫了控制中心，紧张地做着准备，请求进入你毕业必须经过的那扇大门。

"在个人生活中，软弱是可以原谅的，但在伟大的工作中却不能。人类很脆弱，我们中的许多人迟早会误入歧途，被人类的悲伤和狂妄带入混乱和自私中。但我们可以改变自己，这是我们的荣耀与特权。我们不必接受一个错误的自我版本，因为他已经陷入了思想错误和绝望之中！不久之后，你将被要求承担第一份自动监测职责，监察未来的自己是否有任何偏差迹象。保持清醒的头脑，记住你的原则，坚定摧毁自己的错误的决心——这就是为斯塔希斯良好服务所需要的一切。我们就是自己最好的警察力量,比任何永恒的监督者都能更好地追踪另一个自己。"曼森会鼓鼓掌,接下来不多说一句废话,直接补充道:"你们都已被告知,想要毕业,你们必须做什么。去做吧。向我证明你们有能力成为斯塔希斯的中坚力量。现在就去放手一搏。"

在你两秒前用通信器在身后一米远处发出设置时间之门的请求之时,你抽出了匕首。控制中心确认了你的请求,你开始走向面前打开的洞口。但你这么做时,会感到有些不对劲,你吸气时,会转过身举起刀挡在身前,你的脑海中发出一声尖叫:不!不是我!但为时已晚。

那个长着你的脸的陌生人从你身后的奇点走出来。他会紧紧地抓住你的肩膀,而当你扭动脖子四下张望时,他会利用这个动量将你靠向被你磨得锋利无比的刀口。它会无声无息地穿过你的颈动脉和气管,将你的生命带向汩汩流出的血液和渐没的空气。

毕业典礼总是以这种方式结束,新创造的特工在老旧的星空下和石板路上屠戮掉自己的佛心。遗憾的是,你没法活着目睹这一切。

这是时间旅行者最具启示意义的仪式之一,直接切入他们所存在的核心。但你不必担心自己即将到来的死亡——另一个你,从你身后打开的奇点里浴血而生的那个你,此生都将悔恨不已。

审　判

在皮尔斯冷血地杀害了自己的第二天，他收到一道紧急召唤，要求他参加十九世纪末的一场会议。

他迷迷糊糊地想，这是意料之中的事：选择一位特工，任何一位都可以，只要他们来自这个日期变更线一千年以内的地方。从二十一世纪的加拿大到十九世纪的德国，有什么区别呢？他想，如果你只是成千上万督察员中的一个，或许看起来就没那么具体了。这些原历史的人都是一群狂妄的利己主义者，在总体史技术粗暴地摧毁混乱而不确定的前斯塔希斯世界之前，这群人一直在那儿生老病死。而皮尔斯只是一名初级特工，最好先确定督察员想要的到底是什么。

德意志帝国并不是皮尔斯熟知的领域，所以他花了一个月时间学习，为会议做准备。在他走出斯比特尔马克一所公厕隔间后面的时间之门前，他要学会基础的会话德语并了解欧洲时事，充分熟悉后维多利亚时期的伦敦，以立住他找寻新产品进口的投资企业家这一掩饰身份。

炸弹世纪之前的柏林不是一座风景如画的城市，没有姜饼面包和糖果，市场里尽是屠宰场散发出的臭气。放眼望去，一栋栋阴森狭窄的公寓楼矗立在郊区，被上百万座褐煤炉侵蚀污染。然而，空气里弥漫的马粪味还是盖住了柴油的气味（尽管鲁道夫·狄赛尔①此刻已经在上流社区里捣鼓他的引擎了）。皮尔斯非常轻快地离开公厕——有些年长的侍从似乎把他在此地的出现当作一种对他们的个人侮辱——匆忙地叫了一辆出租车到指定会面地点，也就是夏洛滕贝格的一家酒店。

炎炎夏日中，酒店的大堂有些闷热潮湿。青蝇在深色木板周围嗡嗡飞舞，皮尔斯正四处寻找他的联络人。他望向内院时，通信器拉回了他的注意力。那里有一组铸铁椅子和圆桌，暗示这里有服务员能提供服务。果然，一张熟悉的面孔向他友好地点了点头。

皮尔斯走近桌子，带着一种如丧考妣的心态。"你想见我。"他说。桌上放两个酒杯，里面盛着绿色的气泡液体，还有两把椅子。"还有谁要来？"

"另一杯是给你的。柏林白啤，加了香车叶草糖浆。你会喜欢的，我保证。"卡夫卡指了指空椅子，"坐吧。"

"你怎么知道——"愚蠢的问题。皮尔斯坐下来。"你知道这不是我的时间？"

"是的。"卡夫卡拿起一个盛满深棕色啤酒的弧形高脚玻璃杯，喝了一大口。"无所谓。"他盯着皮尔斯，"你是个应届毕业生。妈的，我讨厌这份工作。"

---

① 柴油机的发明人，被誉为柴油机之父。德语的"柴油"一词就是从他的姓氏而来的。

"到底发生了什么?"皮尔斯问。

"我不知道。这就是为什么我希望你在这里。"

"这和有人试图暗杀我那次有关吗?"

"没有。"卡夫卡摇了摇头,"恐怕情况更糟。根据观察,你的某位导师出了点儿问题。所以我让你负责这个案子。你可能需要……你可能需要干掉这个人。"

"一位导师。"他忍不住感兴趣起来。卡夫卡,这个来自内务部的人(但他在里面的具体角色还不清楚,不过斯塔希斯不就是管理监督他们自己的过去和未来的吗?)想让他来调查一位高级特工兼导师? 命令他去监视未来的自己还说得通,但这个的话——

"是的。"卡夫卡放下酒杯,撇了撇下唇表示反感,"我们有理由相信她可能在为反对派工作。"

"反对派?"皮尔斯挑了挑眉,"哪会有反对派——"

"得了吧,别天真了。每一段有记载的历史中的每种意识形态都有反对的声音。为什么我们会有所不同?"

"但是我们——"皮尔斯停下来,那句短语"凌驾于历史之上"在他舌尖枯萎,"你再说一遍?"

"好好想想。"卡夫卡有些难掩脸上的不耐烦,"你不可能没有想过把自己推崇为一位变态的神,对吧? 每个人都想过,都心知肚明。在宇宙播种生命,创建自己的科学帝国,在隐生宙的深处建立一个跟它竞争的星际文明,并在斯塔希斯注意到之前利用它入侵或分离地球——诸如此类的事。并不是说这么想就是犯罪：当一个完全沉浸在唯我主义中的特工认为自己真的可以做到时，问题就开始了。若反对派已初具规模，情况则更糟。"

"但我——"皮尔斯停下来，整理一下思绪，继续道，"我以为这从来不会发生？自我监督不就是一种充分保障吗？"

"小伙子，"卡夫卡摇摇头，"很显然你心怀善意。而且，自我监督在多数时候确实充分地发挥了作用。但不要被毕业典礼上的表演给骗了：漏网之鱼确实存在。我们给你布置了大量的监视任务来混淆视听——当然，这些都会全部进行复写。一旦他们提交了报告，我们就会进行覆盖，这样一来，未来的你便对他们没有任何记忆——但你不可能一直监视自己。而且，行政管理上也出了一些问题。你不仅是自己行为的最佳监督者，还是最清楚如何能更好地腐化自己的人。人无完人，这就是为什么我们需要独立在外的内务部，特别是在有反对派参与的时候，必须有人协调事情。"

"反对派？"皮尔斯端起酒杯喝了一大口，眼睛审视着卡夫卡，"他们是谁？"你想让我出卖谁？他想知道，我自己吗？卡夫卡肯定不会忽视他与希里的那段过往，现在已经埋在改写过无数次的尘封的书页下了吧？

"等你遇到他们，就会知道了。"卡夫卡苦笑了一下，站起身，"到我楼上办公室来，我会让你看看为什么我要求你来执行这次的任务。"

卡夫卡的办公室占据了这栋建筑的整个顶层，要抵达那里，得乘坐一台嘎吱作响的格栅电梯，费力地从宽大的电梯井中升上去。皮尔斯跟着卡夫卡走出电梯，上面很暖和，但并没有热得令人厌烦。"门是自动感应的。"卡夫卡警告说，把一只手保护性地挡在门把手上。里面隐藏的封包在一层模拟黄铜的薄膜下等待着，随时准备将毒液注入粗心入侵者的手掌。"门：允许皮尔斯特工进入。一般防御：接受具有标准特工权限的皮尔斯特工。现在你可以跟我来了。"

卡夫卡将门敞开。里面，一排排有棱有角的写字台横贯整个房间。每张桌后的高脚凳上都坐着一位穿着深色西装的卡夫卡，握着笔不停地在账簿上写着什么。一位初级来访者（一个没有被门把手、地板或墙纸当场杀死的访客）或许会对书页上不断变化的笔迹和蜘蛛网般的图表目瞪口呆，它们随着历史书籍的重新书写而不停改变，并推断出数字报告。皮尔斯可不是初级访客，而他在通信器里搜索、调出房间里正在进行复写的次数时，还是感到衣领下的汗毛都竖了起来。"你真的是把控制中心物尽其用了。"他冲着远处卡夫卡的后背说道。

"这是史前德国的主要协调节点。"卡夫卡将双手背在身后，驼着背，在桌子间踱来踱去，"我们已经足够接近斯塔希斯历史的开端了，干预起来较为棘手——我们必须保持连贯性，不能简单随意地进行编辑。"干预史前历史应该是没有风险的：如果一个新石器时代的野蛮人冻死在冰川上，没有记录下来，那么对深层历史的影响是微不足道的。然而，规则并不固定，干预还是会有风险：例如，一位时间旅行者射杀了德国皇帝,或以其他方式破坏了通往斯塔希斯的原始历史线,它或许会将整个未来变成一个复写本。"我们正在调查的这个人,对斯塔希斯和史前时代的分界表现出了危险的兴趣。"

其中一个埋头苦干的卡夫卡抬起头,有些恼怒地皱起眉。"你能把这人带到别处去吗?"他问。

"很抱歉。"皮尔斯的这个卡夫卡异常谦卑地回答道,"皮尔斯特工,这边走。"

卡夫卡把他领进一间房,那里布置得像精算师的隐居之处。皮尔斯问:"你们自己是不是也面临着时间错误的风险?像这样处理多重任务,如此接近真正的卡夫卡的数据?"

卡夫卡在那张厚重的橡木桌后坐下时,露出一丝阴森的笑容,"我采取了预防措施。并且,知道账簿内容的人越少越好。"他指了指桌前一张又小又硬的椅子,"请坐,皮尔斯特工。现在,用你自己的话告诉我你和特工兼学者亚罗的关系。事无巨细,如果你愿意的话。"他把手伸进抽屉,拿出一个智能记事簿。"我这里有一份你们的书面通信记录,接下来让我们一条一条地看一遍……"

柏林的葬礼

审讯持续了三天。卡夫卡甚至懒得将记录从皮尔斯的回溯时间线上抹去:很显然他是想表明,想越过内务部可不是明智之举。

后来,皮尔斯离开了酒店,在柏林的大街上漫无目的地游荡,陷入了神经衰弱般的恍惚。

卡夫卡相信我吗? 信还是不信? 总体来看,应该是不信任的:卡夫卡对皮尔斯的盘问冷静且有条不紊,主要是针对亚罗情书的确切含义(对皮尔斯来说,这已经是尘封几十年的回忆了),这是一种羞辱,一种情感上赤裸裸的搜身。他知道,卡夫卡明白他与亚罗的调情不过是年轻时的轻率行为,也知道卡夫卡很清楚(并容忍)他越来越绝望地在寻找自己与希里的历史被重写的那个点,而这些只会让事情变得更糟。**只要我们愿意,我们可以抹去你生命的一切意义**。对于皮尔斯来说,感到无能为力是一种全新且令人震惊的体验,毕竟他已经享受了很长时间的自由。这一切就好像回到了他加入斯塔希斯之前的生活,半饥半饱,在一段有趣的时代阴影中惊恐地躲躲藏藏。

还有就是,任何与内务部的接触都会引发他的被害妄想。我现在被监视着吗? 他边走边思索着,一个为内务部工作的幽灵监视员,还是别的什么? 他很肯定,卡夫卡要是不安排一个人监视他,那才是疯了。如果亚罗被调查,那么他自己肯定也被怀疑了。毕竟,连带责任是反间谍活动的首要法则。

一种折磨灵魂的压抑感渗入他的骨髓。自从他在图书馆的搜索变得日渐疯狂之后,这种模糊的暗示就已持续了好几个月。但卡夫卡安静又古板的调查方式不知怎的让他越来越确信再也见不到希里,也见不到马格努斯和利安了——就算找到他们,内务部审讯灯严酷的刺眼光芒在他脑海中投下的阴影,也会将他们驱逐进更加遥远的非历史中。

因此,他踌躇了。

文明就像一张厚重的毯子铺在这片土地上,皱巴巴地挤在灰蒙蒙的五层楼公寓和浮夸冰冷的商业场所之间。它们的柱子、门廊还有屋檐四下膨胀蔓延,宛如多情的街鸽一般自大。这座城市在夏天的热浪中汗流浃背,街道上恶臭的马粪和盘旋的苍蝇为刺鼻的煤炉烟增添了一股酸涩。

还有其他人与他分享这条街道。这里有一名小贩推着手推车卖苹果;那里有一对夫妇并肩散着步。皮尔斯沿着大街旁的人行道慢慢地走着,他穿着救生服,大汗淋漓,尽可能在商店的遮阳棚下躲避夏日无情的阳光。他让通信器导航引领着他的脚步,甚至有些沮丧地想知道自己能否找到回家的路。他可以永远在历史世界的虚无中流浪,永远无所适从——尽管斯塔希斯和他们精心培育、无所不在的监视工具已经牢牢钉住了构成历史的事件序列,但历史是一张复杂纠缠的编织图,许多线层层穿梭叠加,被重新染色,并在最终的图案里被剪裁掉……

这种气味是他发现自己并非独自一人的第一条线索,扑鼻的甜甜花香和依稀记得的违法的兴奋感让他的心怦怦直跳。掩藏记忆的流沙逐渐褪去：我知道这种味道——

他的通信器震动了。"不要表现出你察觉到了震动。"有人在他脑子里用乌雷姆语轻声说道，"他们盯着你呢。"这是他自己的声音。

那对手挽着手漫步的夫妇走在他前面。那是她的气味，熟悉的花香，但是——"你在哪里？"他发出讯息，"现身吧。"

通信器再次嗡嗡震动起来，像一只被困在他肋骨里的愤怒黄蜂。"有监视者我是不会现身的。去这个地方等我。"叛徒的声音说着，一个地点在他脑海的角落里辟出了一小块空间，"我们会去接你。"会面地点在几公里外，一座在夜间臭名昭著的公园。他要在一处肮脏淫乱之地搞一场地下接头。

他尽可能不去盯着她看。这很可能是她，他想着，并试图把三十年来的记忆拼图摇身一变，变成与刚才瞥到的十九世纪末的礼服以及宽檐帽相匹配的东西。就在他们拐进一条居民区的街道时，他脑子里也拐过一道弯："内部刚刚审问了我关于亚罗的事。"

"你已经告诉我们了。快走。剩下的交给我们。"

皮尔斯的通信器没了声响。他用眼角的余光瞄了一眼，已经看不到那对散步的夫妇了。他张大鼻孔嗅了嗅，寻找熟悉的香气余味，但它也消失了。毫无疑问，他们根本没有来过这里，毕竟他们是斯塔希斯，不是吗？

在通信器内置提示的引导下，皮尔斯慢慢地向公园走去。他放松肩膀，双手背在身后，好像在享受安静的午后漫步。但他的心在怦怦直跳，胃里一阵翻涌，就像肚子里藏着一颗拉了栓的手榴弹。*你已经告诉我们了。快走。剩下的交给我们。*他脑子里盘旋的叛徒的声音带着某种致命的愤世嫉俗。**他们盯着你。**这是一位自封为神、狂妄地想要阻止历史洪流的变态，还是卡夫卡警告过他的神秘反对派？这是无法估量也无法容忍的事。*我可能会踩进陷阱里。*皮尔斯思索着这个念头，立即开始激活通信器里的宏库，这是他为这种不可预测的情况编写的。正如学院院长曼森不断提醒他的那样，合理的被害妄想是避免再一次遭遇水蛭心脏和不那么愉快的医疗干预的关键。

皮尔斯穿过街道，沿着一条运河走过几个街区，然后过了座桥，走向公园的林荫道大门。草丛斑驳的阴影中传来嗡嗡声，像无数被踩坏翅膀的蝴蝶在扑腾。在现实边缘的窃窃私语宛如遥远天边的一道惊雷。这段历史——在第一个监控全面普及的社会出现前的一个多世纪，在斯塔希斯所宣称的历史开始之前——微小且重要的方面还有机会改变。于特定时间、特定地点会出现什么人，这事情谁都说不准，可是不能把这种说不准就当作颠覆性事项：缺乏决定性因素使他的选择具有了一定的灵活性。

一穿过公园大门，皮尔斯便触发了一道宏指令。走了一步又一步，他最终踏入一座斯塔希斯的地下储藏室。在冰壳从北德平原褪去之前，这储藏室已经尘封了十亿年。它已彻底废弃了一个多世纪，自皮尔斯之后也有至少十年没人再使用它——皮尔斯设置好监控器，耐心地铺好线路以确保自己有安全逃离的时间。他在那里耽搁了近三个小时，从库存充足的货架上挑挑拣拣，并发送信息给一个还不存在的大陆工厂订购所需物品。他还吃了一顿长贮产品配给袋里的冷餐，试图平复自己的情绪以面对即将到来的会面。

尾随他的观察者可以看到他身体的一丝颤动。皮尔斯走完这段路程时，救生服变得更重，布料摸着更硬，肩膀被隐藏的重量微微压弯了。还有些其他的变化，部分发生在内部，或许观察者会看到，但是：**剩下的交给我们**。他把手伸进口袋，不停地眨着眼，直到瘙痒消退。平视显示器已布置就位，正在对全景进行扫描并增强。他召唤了观察者，在陆地上盘旋：隐形、静音，只有神经连接至他的中心。*去他妈的卡夫卡小游戏！* 他愤怒地想，*都去死吧！* 在隐生宙那间没有记录的储藏室里待的三小时，让他有时间从沮丧转变为愤怒。*我要知道答案！*

那一天很热，可公园里人还是很多。有年轻女人、家庭教师或是女仆，推着她们资产阶级雇主的婴儿车；有翘班的文员或白领；还有逃课的中学生。这边有一位扫大街的清洁工，那边还有个拿着手摇风琴的怪人，在他身后的几名流浪汉正在分享一瓶杜松子酒。在一片修剪整齐的草坪中央，一个华丽的石头底座上支撑着一台有四扇黄铜面的时钟。皮尔斯跟着通信器的指引走着，漫不经心地环顾四周，同时他的危险探测器也在扫描这些毫无价值的东西。人不在此处——他的通信器又响了。

"你爱上我的那家酒馆叫什么?"一道熟悉得令他痛彻心扉的声音在耳边响起。

"跟野禽有关,在卡内格拉,红鹅或红鸭子之类的——"

"三秒后进行硬接触,"他被不知道从哪里来的声音打断,"做好准备,听到指令迅速趴到地上。就是现在。"

当周围出现刺眼的深红色威胁标志时,皮尔斯一头扎向路边草地。救生服在他扑倒时膨胀了起来——领口变大、旋转并笼罩了他,衣领周围那些类似橡胶的圆锥体让他看起来就像一头炸毛的刺猬。公园的人数在一秒钟时间里翻了倍,棱角分明的金属数字在四周闪烁。随着时间不停跳动,时间之门不停地开合,吐出一件件凶险的货物。皮尔斯努力控制住痉挛的肌肉,在袭来的无人机相互锁定发射导弹和激光时,触发了隐蔽程序。

"发生什么了?"

"复写本伏击!硬……"

在干扰器以及一些胡乱、随机的干扰下,信号突然中断。皮尔斯开始打滚,趁着救生服开始反干扰,翻身坐起来。这太疯狂了,他想,震惊于眼前的暴力袭击,他们不能指望隐藏——

天空变成了闪电般的紫白色,他周围的草地开始冒烟。

温度迅速升高。他的衣服开始被瞬发辐射脉冲灼烧,身下的地面打开,他掉进了黑暗中。

复　活

你的军队

看到大地吞噬掉皮尔斯时，你松了一口气——你终于看到你的一个迭代逃出生天。不过情况依旧十分危急，让你丝毫没有喘息机会。如果内务部一开始就使用作战无人机和轨道 X 射线激光器的话，战斗升级到何种地步才会算完？他们到底是多想抓到你？

看样子，他们势在必得。

到大清洗阶段时，后果会相当严重。原始历史可没有国家对德意志帝国的首都发动核突袭。家庭教师和手摇风琴手的遗体在广岛原子弹爆炸的余烬中瞬间扭曲、爆裂。时钟的四个铜面散发出红色的微光，十几个你穿着抗高热银色战甲出现在视野里时，时钟已熔化在了地面。你的战斗无人机回声大军呈扇形向四周扩散开来，在与敌军交火的同时，通过瞬间打开的时间之门向遥远未来的冰冻深渊疯狂倾泻热量。"提取完成，准备撤离。"你的通信器提示。这个版本的你的迭代标签是一组天文数字，数以百万计。这不仅仅是一次复写本伏击，还相当于在一场可怕的非历史海啸中，对整个《塔木德》①进行重写、注解、尝试提出悖论，最后再将它们一口气全倾倒进脑袋里。

你将抓住未来自己的元数据，跳向一扇时间之门，到达一片疏散区，漂流在红木星北极上方的轨道上。你衣服的肩膀和脚踝处的火箭推进器猛然发动，等到漂浮起来，你会抓住第一次热浪袭来时产生的一闪而过的马赫波，然后以内务部的名义，借它来拆除和粉碎学校、医院、教堂、公寓、房屋以及商店。他们没法找到这个疏散区，也不会揭露控制中心的真相，更不会发现反对派的真相——只要你还活着，你就会确保这一点。

你从两脚之间往下望去，看着木星上层大气中橙色和奶油色相间的混乱旋涡。你的盔甲在冷却时发出砰砰声，你会静待星际跟踪定位器锁定你的位置，你的脑子里除了一片宁静的满足感外，什么都没有。这是对你出色工作的嘉奖：从内务部的掌控中提取你的主要节点。在某个时间点上——几百万年前——复写战争仍在继续，

① 该书犹太教中地位仅次于《塔纳赫》的宗教文献。源于公元前2世纪至公元5世纪，记录了犹太教的律法、条例和传统。

你的虚拟军团正在和卡夫卡玩一场绝望的骗局游戏,但你已经赢了。剩下要做的就是,在去卡夫卡法庭的路上,巧妙地把替身插入原始历史,准备好告诉内务部你想让他们知道的事。然后,在卡夫卡复写战斗区域并恢复历史的正常流动之前,在柏林的废墟中精心策划撤离。

你的衣服发出轻微的提示音。"扫描完成。"它宣布,"加速开始。"推进器将短暂地启动片刻,调整你的方向,让木星消失在你身后。然后它会再次启动,把你推向庭院,以及正在建造的三十公里长的星舰,还有亚罗。

他得到了你的女孩

我还活着,皮尔斯想,接着又确认了一遍,我还活着?四周一片漆黑,有些分不清方向。他嘴里一股金属味儿,浑身都疼。

"我在哪儿?"他问。

"你得等等,让我们把你从里面弄出来。"一个陌生的声音说道,听起来有些奇怪的含糊。而他惊讶地意识到,这不是从自己内心发出的声音。"你遭遇了电磁脉冲攻击,衣服烧坏了。你逃离得很及时——只承受了几希沃特的辐射。我们为你准备了一张床。"

什么东西从一旁推了一下,他奇怪地感觉到自己坠向了一旁。

"我在自由落体吗?"他问。

"当然了。尽量别动。"

我不在地球上,他意识到。这很奇怪,他已实际造访过数百个具备不断变化的大陆和生物圈的行星,但他过去从未离开过地球。它们都是盖娅①的各个方面,是斯塔希斯称之为所有可能的地球中因果纠缠的切片。

有人拽住了他的左脚,一阵寒意袭上皮肤,他的脚趾抽搐了一下。"很好,继续保持。如果疼就告诉我。"他头上的罩子让话音听起来依旧含糊不清,不过他好歹知道声音是从哪儿传来的了。卡莉,一个安静的女人,是他前一届见习班的。他紧张起来,令人窒息的恐慌感涌上心头。"嘿,亚罗!他很紧张——"

"别动,皮尔斯。"亚罗的声音在他耳边响起,也很模糊,"你的通信器离线了,它也受到了冲击。卡莉是我们这边的,不会有事的。"

你可没资格告诉我这个,他愤怒地想,但她的声音确实产生了预期的效果。所以,卡莉也是他们一伙的。难道斯塔希斯的内部已经腐败透了?老实说,考虑到他自己的贪欲——或许已彻底没救了。他试着放慢呼吸,但残破的救生服逐渐变得闷热起来。

更多的部件从他的皮肤分离,他开始感觉瘙痒得厉害。重力的缺乏让他有些想吐。

最后,眼前的面罩裂开并漂浮起来。他对着强光眨了眨泛泪的

---

① 盖娅,被视为能进行自我规划与控制的巨大自然体系的地球。

双眼,试图看清眼前的一切。

"卡莉——"

飘浮在他面前的球形无人机的智能皮肤上有她的脸。一群青铜色的七鳃鳗在它后面忙碌地游动着,对着这件已经报废且有轻微放射性衣服的碎片不知所措。更远处,一堵由暗蓝色三角形组成的曲面墙围绕着他,像倒扣的盘子一样,上面还有好几处开孔。

"尽量别说话。"卡莉的无人机说,"你吸收的辐射剂量足以致命,我们必须立刻把你送到医务室。"

他的喉咙很痛,"亚罗在吗?"

另一架球形无人机从他身后的某个地方飘进视野。它的脸是希里的模样。"我的爱人? 你一净化完我就去看你。敌人总是试图乘虚而入,他们眼下不会让我来见你的。坚强些,大人。"她笑起来,但眼角担忧的皱纹出卖了她,"我为你骄傲。"

他试图回答,但他的胃似乎有别的想法,想要造反,"感觉。恶心……"

有人用冰冷的嘴唇吻了吻他的后颈,眼前的世界消失了。

随着一阵断裂感传来,皮尔斯恢复了意识,仿佛时间根本没有流逝:有人把他的意识关了又开,就像他父母曾重启的一台不听使唤的电器。

"亲爱的? 皮尔斯?"

他睁开双眼,盯着她看了几秒钟,然后清了清嗓子。一切感觉异常正常:疼痛全都消失了。"我们不能再以这样的方式见面了。"他背后的床升高,"希里?"

她的衣着以领导国人的角度来说简直令人发指(不是说不合时宜或不暴露),但她绝对是他的希里。她凑过来狠狠地拥抱他时,他感到内心有什么东西屈服了,绝望的堤坝在解脱的浪潮中崩塌。"他们怎么找到你的?"他靠在她肩上,享受着她怀抱的安全,"他们为什么要恢复——"

"嘘,皮尔斯。你还生着病——"

他抱住她,"我还没好?"

"他们隔了整整半个月才让我见你!他们把你身上的救生服剥掉的时候,你浑身都是烧伤!你到底做了什么?"

皮尔斯思索着这个问题,"某件我本来同意做的事……临时改了主意……"

他们一起躺在床上,直到好奇心打败了他,"我们在哪里?我们在什么时间点?**你从哪儿弄来的那件连体衣?**"

希里叹了口气,依偎得更紧了些。"说来话长,"她平静地说,"我仍然不确定这是不是真的。"

"现在,肯定是真的。"他理智地指出,"但或许在一段时间内不是。但我们此时在哪里?"

她稍稍缓了缓,"我们在木星轨道上。但不会在这儿待太久。"

"但我——"他停下来,"真的?"

"他们断开了你的通信器，否则我可以给你看。殖民舰队，还有船坞。"

他惊讶地冲她眨眨眼，"怎么给我看？"

"我们都有通信器植入，在这里。"她眼里闪烁着开心的光芒，"这不是你所熟知的那个斯塔希斯。"

"我猜到了。"他咽了咽口水，"你在这里多久了？"

"自从——"她呼吸有些急促，"两年，两年多。"

他轻轻抓住她的右手，拇指抚过她手腕背面光滑、柔软的皮肤。她由他抚摸着。"我也差不多，"他又咽了一口唾沫，"我以为我再也见不到你了。所有人都会认为是他们策划了这一切。"

"哦，但确实是他们干的。"她紧张地笑起来，"他说他们不希望我们失去同步，离得太远。"她握住他的大拇指，紧密而温暖。

"'他'是谁？"皮尔斯问，尽管他觉得自己知道。

"他曾是你，曾经是。这是他告诉我的。"她的手突然握紧，"可他不是你，我的爱人。你们完全不一样，**丝毫不像**。"

"我得见见他。"

皮尔斯试着坐起身，希里紧紧抓住他，把他拖着躺下。"不，还不行。"她嘶吼道。

皮尔斯怕伤到她，停止了挣扎。他的手臂和腹肌感觉出奇的强壮有力，就好像它们从未受过伤似的。

"为什么不行？"

"亚罗学者让我出面进行调解。他说你会想与他对质。"一提到亚罗的名字，她便紧张起来，"关于很多事，她都是对的。"

"她是哪边的？"

"她和他是一伙的。"希里有些犹豫，"这让我花了好些时间适应。一开始我还出过洋相。"

皮尔斯抬起手抚摸她的头发。"我理解。"他琢磨着自己平淡的反应，"你知道我认识她很多年了。而如果他是我想的那个人，那他从未与你结过婚，对吗？"

"对，没有。"她靠着他静静地躺了一会儿，"你打算怎么做？"她低声问。

皮尔斯望着天花板笑了笑。（天花板很低，没有任何装饰——如果他需要提示的话，这便是另一个：他没有回到领导国。）就目前而言，重新找到她的震惊和喜悦让他如释重负。"孩子们在哪儿？"他强迫自己问道：最后一道测验。

"我把利安留给了保姆照看。马格努斯不在这里，他去了舰船上的学校。"她脸上慢慢流露出关切的表情，"他们长大了许多，你想不想——"

他慢慢呼出一口气，放松下来。"会有时间重新认识他们的，我确信。"她伸出手横过他的胸膛，紧紧抱住他。他抚弄着她的头发，暂时感到一阵心满意足，但又悲哀地意识到一切都将发生改变。"但请告诉我一件事，你到底想对我隐瞒什么？"

我的国度

"很高兴见到你，皮尔斯。"王座上的人说道。他愉快地笑了笑，但显得很疏远。"我想你一直过得不错。"

皮尔斯已经明白，真正的古人和普通人不一样。"你还记得你曾是我吗？"他问道，凝视着眼前这个人。

王座上的人挑了挑眉，"你不想知道吗？"他指了指房间另一边连接他指挥台的桥。"你可以靠近点儿。"战斗无人机和身着制服的仆从恭敬地退后，给皮尔斯留出一段安全距离。

他过桥时尽量不往下看，但还是没忍住偷瞄了几眼。木星的风暴在脚下疯狂地旋转肆虐。在带他来的那架低速穿梭机上，他透过哑光玻璃第一次看到它们时便感到一阵恶心——显然抓他来的人想让他确信自己离家很遥远。一块淡蓝色水银盘遮挡了这颗星球的全景，这块水银盘是他见过的最大的时间之门。它无视规则，以一种荒谬、令人愤慨的存在形式维持着打开的状态。

"我为什么在这里？"皮尔斯质问道。

他冷笑一声，"你觉得是为什么呢？"

"你就是我。"皮尔斯耸耸肩，"一个经验更丰富、更年长的我，还有些桀骜不驯。"他们给他穿上了斯塔希斯特工的正式列队长袍，而不是更符合此地的黑色连体衣。这是个微小的细节,迫使他感到格格不入。再说了,这衣服连口袋都没有。为了反击,他把注意力集中到了一些荒唐的事上。黑色连体衣和锃亮的靴子,在一艘太空船上?看来这里的某些人怀有戏剧性的幻想。"而你现在抓到我了。"

年长的那个自己有些僵住了,"我们需要单独谈谈。"他眼睛扫视过正殿,"你们都退下。"

皮尔斯扫视四周,正好看到最后一位人类观众的身影闪进非历史中。他回头望向王座。"我希望我们能保持这份礼节,"他温和地说,"你已经有了你所需要的全部筹码,而我在你的掌控之下。"瞧,一切都如此显而易见。甚至从一开始就毫无疑问。这位冷酷无情的古人,以其宛如照镜子般熟悉的面容、假装的温和,以及对迎宾者的选择清楚地表明了皮尔斯的处境。皮尔斯能做的就是礼貌地露出自己的喉咙,祈求得到一个好的结果。

"我把你从那些人渣手里救出来,可不是为了再把你扔出去。"年长的自己似乎有些恼火,"尽管你在她身上看到的……"他摇摇头,"你在这里很安全。"

皮尔斯翻了个白眼,"哦,真的吗?我想,如果我拒绝接受你强加给我的任何小提议,你就会放我走,是吗?而不是找回观众,用一个不会失手的我再试一次?"他迎向王座上男人的目光,突然感到一阵汗毛倒竖。

"不，"王座上的人顿了顿，接着说，"没这个必要。任何你没要求我让你做的事情，我都不会要求你做。"

"哦。"皮尔斯思索了一会儿，"不过，你是反对派的，不是吗？而你知道我不是。"他诚实地补充道，"暂时还不是。"

"我告诉过你他会这么说的。"亚罗出现在皮尔斯身后说道。他猛地回过头。她冲他点点头，但对王座上的人露出了笑容，"他年轻又天真烂漫，对他好点儿。"

王座上的人点了点头，"他没**那么**天真，女士。"他皱起眉，"皮尔斯，你割断了你自己复写本的喉咙，他与你分离开来也就数秒时间。毕竟，你加入了斯塔希斯。但你真的认为，随着年龄的增长，当你有时间思考你曾经的所作所为，生活会变得更加容易吗？军队派他们的年轻花朵去杀人和送死，而不是派年长的和愤世嫉俗的人是有原因的。我们给那些杀人越多越得心应手的人取了个名字：'怪物'。"

他抬起一只手，"椅子。"台上出现一对座位，面对着他——钻石雕刻而成的幽灵浮雕，适合造物主使用。"我认为应该由你来告诉他这个消息，"他向亚罗建议，"我不确定他是否会相信我。他还未从创伤中恢复过来。"

"好吧。"亚罗感激地坐进她的椅子，接着瞥了一眼皮尔斯，"你最好坐下。"

"为什么？"皮尔斯满怀期待地坐了上去。

"因为，"她冲年长的皮尔斯点点头，他回以冷笑，"他不仅仅是反对派的一员，他是我们的领袖。所以内务部才会像一群蚂蚁一样盯着你。这也是为什么我们不得不把你揪出来，带到这里。"

"放屁。"皮尔斯交叉手臂，"这不是你必须要抓我的理由。你已经抓到他了，我猜我是个复写本或一次暗杀行动的残留物。所以你想从我身上得到什么？我是说，此时此刻？"

亚罗有些慌张，"皮尔斯……"

年长的他前倾身体，一只手放到她膝盖上以示安抚。"让我来？"他看着皮尔斯的双眼，"反对派并非——你或许已经弄清楚了——与斯塔希斯毫无关系，我们都是其内部成员。斯塔希斯已破败不堪，皮尔斯，它正漫无目的地朝着时间尽头漂流。我们有一个备选的生存计划。内务部的任务是维持内部准则，他们不惜一切代价反对任何结构改革。他们改写了你妻子所处的时代，因为他们发现了我们可能成功的证据。"

陌生卫星上残存的、被遗弃的城市，慢于光速的巨型殖民星际舰队——这些都只是斯塔希斯统治集团内部的政治斗争吗？

"他们为什么要这么做？"他问，"他们对外太空毫无兴趣。"除非有什么威胁到人类的生存，他们才会加以处理。

亚罗摇了摇头，"我们不这么认为。他们对外太空**非常**感兴趣——确切地说，是对让我们远离外太空非常感兴趣。"她深吸一口气，"你在图书馆查阅的时候，有没有找到任何涉及外星定居的历史记载？即便我们已经把地球改造了成千上万次，对太阳进行开采，重新排列气态巨行星，建造黑洞，并把整个恒星系统从其原在的星系中撕扯出来？"皮尔斯摇摇头，有些不太确定。"我们建立并摧毁了数以千计的生物圈，塑造了大陆，我们的数量超过了宇宙中的恒星数——但我们却从未扩张蔓延至其他太阳系！你不觉得有点儿奇怪吗？"

"但我们与我们的星球共同进化，我们不适宜在其他地方生存——"皮尔斯停下来。我们可以进行使其地球化的改造，我们还有时间之门，他意识到。即使我们在指定时间之内只能打开一个虫洞终端，但我们重建了太阳，我们还绘制了一千万光年内每一颗行星的地图。"是吗？"他有些哀怨地问。

"现在的地球上有一个科学帝国正在繁衍。"王座上的人说，"他们已经研究这个问题一万两千年了。我们给他们带去了探测舰的报告，他们说这是可以做到的。在过去的六个世纪里，他们每年都建造并发射一艘殖民飞船。"他皱起眉毛，"我们从文明诞生之初就有了那扇大门，阻止内务部发现和覆盖我们在这里的行动。从官方角度来看，我们正处于一段休耕的时代，这个系统应该无人居住并且也不适宜人居住。我们在第一次计划重新播种前就搬了进去。不过他们从不放弃，迟早会注意到我们，并会开始想方设法绕过我们设置的屏障寻找另一条入口，也就是我们带你穿过的静态坠落。"

"他们找到了会怎样？"皮尔斯问。

"六百个有人居住的世界会死亡，这还只是开始，"亚罗轻声说，

"如果你喜欢委婉的说法,可以称之为非历史——但你觉得你的毕业杀戮是假的吗?"她皱起鼻子吸了吸气,"不像你的妻子和孩子,殖民世界的居民是不可能通过图书馆恢复的。"

"那六百个行星只是种子库,"年长的他插话道,"一个宏伟的开端。"

"但是为什么?"他问,"他们为什么要……"他停下来。

"斯塔希斯与历史无关,"亚罗说,"历史或许只是这个组织存在的理由。但事情的原本真相是,斯塔希斯与**权力**有关。和其他任何组织一样,它是为了自己而生存和发展的,并不是为了它所承担的任务。管理委员会——令人很难过。但自从有斯塔希斯以来,就一直是这样。"

"我们救你是因为我们非常需要你——我的第一次迭代,或者说是我们能得到的最接近的版本。不管有没有卡内格拉的暗杀伏击,"王座上的人说,"我们需要你的帮助,把我们从历史的死亡之手中解脱出来。"

"但到底——"皮尔斯垂下双手,摸了摸自己的肚子。"我的通信器。"他缓缓地说,"它坏了,但你能修好它。你拿走了它,对吗?"

亚罗慢慢地点了点头。"你能告诉我为什么吗?"她问。

重新播种

《宇宙或然简史》

幻灯片 1.

我们的太阳系处于斯塔希斯掌控下的第一纪元。

大陆板块崩裂、漂移，蹭着地幔的表面疾驰而过。海岸线上的灯光闪烁，随着文明的兴起和衰落，每隔上千年便会明灭周转。太空中，由谷神星的岩石内核建造的轨道动量转移机器人开始循环往复，缓慢地向地球输送能量，把它拖离逐渐变亮的太阳。

幻灯片 2.

快照：一些不寻常的事正在发生。

我们放大一段一万年的片段，这只是地质学时间尺度的一眨眼。在那之前的数百万年里，地球是安静的，从科科斯板块[①]和纳斯卡板块[②]交界处喷涌而出的岩浆让它的大陆陷入一片黑暗。但现在，灯光再次亮起，它们是散落在夜间半球那块陌生大陆上的璀璨珠宝。不同寻常的是，它们并不仅仅局限于地球表面——三条钻石项链般的光带环绕着地球，缠在地球同步轨道的赤道之上。在它们之外，地球和月球之间的L1拉格朗日点[③]，漂浮着一扇异常大的时间之门，宛如一个发光的巨大胃囊。

当地的居民似乎有些惶恐不安……

幻灯片 3.

从木星轨道的角度看去，异常现象正在扩散。一些较小的木星卫星已经不见踪影：木卫十四和木卫五消失了，而似乎有什么东西正在蚕食木卫六。一团较小物质组成的金属云聚集在木卫二的轨道上，针尖大小的光点在表面闪烁。

与此同时，动量转移体的数量正在减少，它们原本简单的设计

①科科斯板块是由沿着东太平洋海隆发生的海底扩张形成的，位于被地质学家叫作科科斯-纳斯卡扩张系的复杂区域内。

②位于东太平洋赤道以南，它的东边与南美板块交界。在1968年勒皮雄首次提出的六大板块中，它是南极洲板块的一部分。

③指在两大物体引力作用下，能够使小物体稳定的点，小物体相对于两大物体基本保持静止。L1拉格朗日点在两个大天体的连线上，且在它们之间。

被各种扭曲的形态和目的所取代。这种新工具仍然由轻型帆提供动力,它携带着奇特的机器,可以从太阳风中收集能量并作为反物质储存起来。太空船穿梭其中,像极了蚜虫农场的蚂蚁。当它们向木星延伸时,会收获并储存其慷慨的馈赠,然后再掉头返回水星。

在围绕木卫二运行的数百颗金属卫星中,有些散发着红外波长,它们的温度接近三百开尔文①。相对于太阳系的行星尺度,它们非常微小——也就比火星的卫星稍大一点。但它们是那群充满梦想的类人猿所建造的最大工程结构之一:比城市更加巨大,也比金字塔更加均匀。而且它们很快便会开始移动。

幻灯片 4.

三千年过去了。

地球再次陷入黑暗,荒无人烟。因为人类——一如既往——已经灭绝。木星轨道上那些伟大的作品几乎没有留下任何痕迹。巨大的舰船已经不见踪影,船坞早已脱离轨道,消失在这颗气态巨行星的混乱大气旋涡中。而那些畸形、扭曲的转移体已被拆解,并恢复到它们本身的用途上。

五颗小卫星消失了。缓缓愈合的凿痕彰显着木卫一和木卫二上巨大的采矿工程遗址。但当斯塔希斯给地球重新播种时(六十七

---

① 热力学温标或称绝对温标,是国际单位制中的温度单位。

万年后），木卫二的冰壳正缓慢地再度凝结，工业的痕迹被渐渐掩盖。或许在那之后的几千年人们才会注意到。

幻灯片 5.

两千万年过去了，星系慢慢被一束相干光①照亮。这是有人居住的世界之间，通信往来所产生的废弃能源。

第一代殖民地早已陷入衰老和消亡，第三代和第四代也是如此。在第一代中，只有五分之一的人口繁荣起来——但这已经足够了。那些存活的人会大量繁殖。行星很常见，陆地岩质天体也并不稀罕，甚至一些更奇特的类型(液态巨行星、围绕红矮星转动的潮汐岩巨星和其他)也很适合人类居住。

在没有行星的地方，生命的发展更加艰难，容易突发灭绝事件——没有人能在太空殖民地文明地崩塌中幸存下来。但是，外星环境地球化的改造工具和技术是众所周知的，而且最佳的实践做法也在不断发展。

许多居住者已经适应了他们新的栖息地，以至于几乎辨认不出他们是灵长类，甚至是哺乳动物。

---

① 指两个光的波动(光波)在传播过程中保持着相同的相位差，具有相同的频率，或者有完全一致的波形。

幻灯片 6.

三十亿年过去。

两朵闪闪发光的、仿佛拥有生命的巨大云层相互穿透,这是一场壮观的协同飞行,星球的舰队在无尽的虚空中相互交错。冲击波轰鸣着穿过气体云,数以百万计质量巨大的、转瞬即逝的新星像鞭炮一样被点燃引爆。星爆的确非常宏伟。但在大多数情况下,有人居住的世界是安全的:成群结队的动量转移机器人,数量之多无法计算,在事件发生前后工作了数百万年,指挥了最近的遭遇战。紧急的群居规则和事先制定的周密计划已经操控着殖民地避开高危区域,将褐矮星作为阻尼器和缓冲器来重新引导失控的恒星——两个星系正在交互,因为不断扩大的感知范围现在涵盖了整个本星系群。

在这个纪元,地球已不再有人居住。但珍贵的时间之门仍然存在,它是镶嵌在奇异的人造世界里的一个玄妙而深奥的枢纽,指挥和编排着这个世界的舞蹈。

现在,在不断扩大的智慧泡沫中,存在着一亿种文明,每种文明的平均人口高达数十亿。他们已经达到了斯塔希斯的最终人口数量级,而他们的年龄还不到斯塔希斯人的千分之一岁。宇宙似乎已经开始苏醒。

幻灯片 7.

水晶球里乌云密布……

最善意的谎言

他们沿着一条弯弯曲曲的小路前行,路两旁尽是灌木丛和攀爬的藤蔓,还有几棵矮树生长在潮湿难闻的土丘上。这条路似乎是由古老的砂岩铺成的,上面布满乳白色方解石般的缝隙。表象从来都是不可靠的。

"你把我当猴儿耍呢。"皮尔斯说。他像往常一样背着手,与她保持一臂的距离。

"我没有!"她的否认与其说是愤怒,更多是受伤,"在他,也就是你,招募我之前,我不知道这件事。"她的靴子蹭到一块岩石,石头像颗烂牙般歪向草丛,一群小虫从她脚旁窜过,没人注意。"在你被抽调去做——做其他事情的时候,我还在受训,和你一样。"

他们沉默着走了一分钟,上了山,绕过一个曲折的拐角,然后走下一道嵌在低矮山坡处的阶梯。

"如果这只是简单的内部调整,那为什么内务部不全面叫停?"他问,"他们肯定知道谁牵涉其中……"

"他们不知道。"她摇摇头，"你使用通信器请求打开时间之门时，你的通信器不会说，'顺便说一句，这个迭代版本的皮尔斯是反对派成员。'我们所有人都曾顺从过。如果他们抓到我们，可以追溯我们的历史，撤销使我们陷入分歧的种种情况。而有时我们可以抓住并分离他们，把他们放入一个充满怀疑的环境里。如果他们开始撤换每一个被怀疑有不忠诚思想的特工，就会引发一场政治迫害，瓦解斯塔希斯。我们不是那种会乖乖滚蛋的人。因此，他们坚持控制、疏远家庭和其他固定的参考点，共谋参与暴行。他们的目的是在不忠思想萌芽之前就将其扼杀。"

"嗯。"他们来到一个岔路口，旁边有一张被青苔侵蚀得脏兮兮的石凳，"那么，是你策划了这次暗杀行动吗？"

"不是我。"她试探着坐到长凳一边，"那绝对是内务部干的。他们在追杀他，不是你。"

"他——"

"你的迭代从未在领导国待过，也从没见过希里。他最终不知不觉地陷入了许多不同的思想之中，并在有利的情况下再次遇到了亚罗——"

皮尔斯在她说话时缓缓转过身，但他看向的每个方向都没有地平线，只有一堵整洁的迷宫墙逐渐向顶上弯曲。"在我看来，他们已经失控了。"

"是的。"她变得专心致志起来，摆出了那张讲师的脸，"所有为某个目标而成立的组织,都会迅速挤满把自己的角色本身视为目标的人。内务部是二次增长。他们一旦成功,斯塔希斯将不复存在,只剩下内务部,每个人都永远在监视自己,试图保留一个单一的结果,不允许任何人问为什么……"

并不是所有事情都说得通。皮尔斯一边思索着,一边小心翼翼地坐到长凳另一边。他没有看向她,"我见了伊马德和莱拉,希里的父母。他们怎么活下来的? 每个人都杀掉了自己的祖父母,这是进入斯塔希斯的唯一方式。"

"你是怎么熬到毕业的?"她转头看着他,眼里闪着泪光,"你有时反应真的很慢,皮尔斯。"

"什么——"

"亲爱的,你不必遵守他们让你做的事。腐败行为,利用共谋的暴行将新招募的人捆绑在一项事业上:这是应内务部的要求,在培训协议中后期加入的条款。这甚至可能是反对派最开始怨声载道的原因。我们有机会弥补我们的错误——甚至可以回到过去,撤销错误;尽管我们已经毕业了,但仍然可以不进入斯塔希斯。特工有时会这么做;在他们已精疲力竭、无法继续时,他们会隐匿、逃跑,切断自己的所有联系。这就是为什么没有特工负责你所在的领导国时期。他们抹去了自身与斯塔希斯的历史,深深地隐藏了起来。"

"你说'他们'。你是不是想和他们的行为撇清关系?"他轻声问道。

"不是！"现在她听起来有些生气，"我从不后悔。**她**也从不后悔。所以这么多年来一直对你隐瞒真相——那么，如果你知道你亲爱的希里，你孩子的母亲，是反对派的卧底，你会怎么做？"她伸手抓住他的手肘，凝视着他，寻找一些他无法表达的真相。

"我……不……知道。"他的肩膀垮下来。

"这么多年来，你一直在被自己的其他实体监视，你宣誓为内务部效力，向卡夫卡报告，"她指出，"诚实并不可取。除非你能保证，从你被斯塔希斯招募起，所有那些幽灵般的实体都能共谋保守秘密。"

"这就是为什么，早在学院时期——"启蒙时刻总是令人震惊难忘的。那是他第一次看到亚罗的嘴，宽厚而性感，唇色浅淡，还有他的反应。他望向长凳对面，看到她点头时眼里的光亮。"我永远不会背叛她。"

"根据终极图书馆的记载，这种情况不止发生过一次。他们可以让你背叛任何人，只要他们的爪牙控制住你的时间够早。预防它的唯一办法，就是把你被招募到斯塔希斯的整个过程复写一遍——从一开始就用一个不忠诚的冒充者取代那个被征召的年轻的你，或者干脆拒绝邀请，转入地下。"

"但我是我，他是他。确切来说，我并不是他。"

她松开了他的胳膊，"亲爱的，除非你愿意成为他。"

"**我**是你的爱人吗？或者他是？"

"这取决于你想成为哪个版本的你。"

"你是在告诉我,从根本上说,只有我撤回他们让我做的事,我才能脱离内务部。"

"有一项协议,"她说着望向别处,"我们可以重新激活你的通信器。如果你不想的话,你不用重新加入斯塔希斯。殖民舰船上有泊位等着我们所有人……"

"但这只是用一种具体的命运来交换另一种,不是吗?在空间而不是时间中扩张。为什么这比解放机器、将所有可用的时间带宽转换为类时计算,以便看看机器中的人工智能预言家和上传的幽灵是否真的有意义要好呢?"

她奇怪地看着他,"你知道你自己有时候有多古怪吗?"

他哼了一声,"别担心,我不是认真的。我有分寸,如果我不做我们讨论的这件事,上面的他会生气。因为卡夫卡有那么多天真、忠诚还潜力无限的年轻的我可以被派去执行监视任务,不是吗?"皮尔斯深吸一口气,"我真看不出还有什么别的选择。而这正是令人痛苦的地方。我曾希望反对派愿意给我比卡夫卡更多的行动自由,仅此而已。"他感受到皱得仿佛葡萄干一般的指关节像幽灵般握住他十几岁的手腕,教他如何投掷出抛物线。他觉得,这是他欠爷爷的:给自己的孩子留下一个不受绝对历史束缚的有自由活动空间的宇宙。"我回来时你还会在这里吗?"

她沉重地凝视着他,"之后你还想见我吗?"

"当然。"

"那么，回头见。"她微笑着站起身，离开了。

他盯着她那似乎坐了很长很长时间的地方。但他试图回想她的脸时，只能看到两个人，希里和亚罗，重叠在一起的模样。

与现在告别

在斯塔希斯二十年。死亡不计其数，许多都是由那些自封的神下达的冷酷命令造成的。这些命令滋养了一颗不再平静的良心，而这颗心的主人知道自己本能变得更好，甚至依旧有机会变得更好——只要他能解开自己命运的戈尔迪乌姆之结①——在它被捆起来并由那些他厌恶的人交给他之后。

简而言之，这就是你，皮尔斯。

你身处荒凉的十字路口，周围有你的爱人和盟友。哦，在你命运的关键时刻，你是如此孤立无援。说实话，你会成为什么样的人？你想成为什么样的人？

无数的路摆在你面前，你身后还有未走完的路——你到底想成为谁？

你见过更年长的自己，一个处在阴谋中心的人形机器；如果卡

①西方传说中的物品，神谕说，如果谁能解开这个结，那么他就会成为亚细亚之王。

夫卡得逞,这场阴谋将永不存在。而你也将与希里渐行渐远,而决裂的根源就是她对斯塔希斯的绝望。你可以用无情的、全新的角度来审视自己的生活。只要你愿意,就能发现它的欠缺之处。你甚至可以纠正你的错误:让爷爷起死回生,删除你年少时害怕的谋杀噩梦。你可以随时离开谋杀的无限循环之道,退出游戏或重新加入并赢得胜利——但你最近开始提问,规则是谁制定的?

你想成为谁?

你站在黑暗中,膝盖深陷在铁轨边的沟渠里,雪无声无息地落在周围。夜幕下,一个年轻人孤独地走在光之群岛之间。一名猎头者暗地里跟踪着他。而另一位青年内心充满恐惧,耳中满是谎言。他的袖子里有一把刀,口袋里揣着一个鹅卵石大小的机器,而你知道他打算干什么,清楚会有什么结果。你也知道你需要做什么。

现在,轮到你开始创造历史……

《复写本》作者后记

　　《复写本》本该是部长篇小说。它真的、真的应该是一部长篇小说。也许有一天它会被扩写为一部长篇小说。也许将它写成一篇短篇小说，单纯用来充实这部短篇集，也没什么问题。但如果不是因为我脑后虚空中总传来我的编辑唠唠叨叨的声音（"你知道一本超过五百页的精装书制作成本有多高吗？"），这个故事或许会更长一些。

　　小说之所以是这样的长度，部分原因是印刷和装订的成本。装订一本厚书要比装订两本薄书贵多了，甚至都不成比例，再加上精装书的价格有下行压力，使得出版商很难从厚书中获得利润。因此，最近出现很多长篇幻想类小说被拆成两本甚至更多来卖的现象也就不奇怪了。

　　也许当出版商将销售渠道全面迁移至网络平台时，长篇故事的流行风潮和印刷、装订成本的消失会催生更多的长篇小说。

　　但此时此刻,这部短篇集已经逼近我能做到的极限了,不需要再加十万字了!